O MISTÉRIO DA NOIVA DA TRANSILVÂNIA

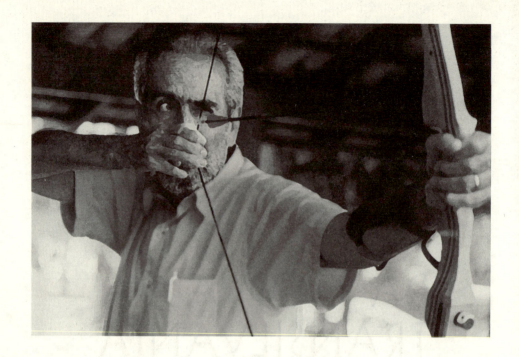

O Arqueiro

GERALDO JORDÃO PEREIRA (1938-2008) começou sua carreira aos 17 anos, quando foi trabalhar com seu pai, o célebre editor José Olympio, publicando obras marcantes como *O menino do dedo verde*, de Maurice Druon, e *Minha vida*, de Charles Chaplin.

Em 1976, fundou a Editora Salamandra com o propósito de formar uma nova geração de leitores e acabou criando um dos catálogos infantis mais premiados do Brasil. Em 1992, fugindo de sua linha editorial, lançou *Muitas vidas, muitos mestres*, de Brian Weiss, livro que deu origem à Editora Sextante.

Fã de histórias de suspense, Geraldo descobriu *O Código Da Vinci* antes mesmo de ele ser lançado nos Estados Unidos. A aposta em ficção, que não era o foco da Sextante, foi certeira: o título se transformou em um dos maiores fenômenos editoriais de todos os tempos.

Mas não foi só aos livros que se dedicou. Com seu desejo de ajudar o próximo, Geraldo desenvolveu diversos projetos sociais que se tornaram sua grande paixão.

Com a missão de publicar histórias empolgantes, tornar os livros cada vez mais acessíveis e despertar o amor pela leitura, a Editora Arqueiro é uma homenagem a esta figura extraordinária, capaz de enxergar mais além, mirar nas coisas verdadeiramente importantes e não perder o idealismo e a esperança diante dos desafios e contratempos da vida.

Rhys Bowen

O MISTÉRIO DA NOIVA DA TRANSILVÂNIA

Mais um caso da Espiã da Realeza

Título original: *Royal Blood*

Copyright © 2010 por Janet Quin-Harkin
Copyright da tradução © 2023 por Editora Arqueiro Ltda.

Todos os direitos reservados. Nenhuma parte deste livro pode ser utilizada ou reproduzida sob quaisquer meios existentes sem autorização por escrito dos editores.

tradução: Camila Fernandes
preparo de originais: Cláudia Mello Belhassof
revisão: Ana Grillo e Carolina Rodrigues
diagramação: Ana Paula Daudt Brandão
capa: Rita Frangie
imagem de capa: John Mattos
adaptação de capa: Gustavo Cardozo
impressão e acabamento: Lis Gráfica e Editora Ltda.

CIP-BRASIL. CATALOGAÇÃO NA PUBLICAÇÃO
SINDICATO NACIONAL DOS EDITORES DE LIVROS, RJ

B782m

Bowen, Rhys
   O mistério da noiva da Transilvânia / Rhys Bowen ; tradução Camila Fernandes. - 1. ed. - São Paulo : Arqueiro, 2023.
   272 p. ; 23 cm. (A espiã da realeza ; 4)

Tradução de: Royal blood
Sequência de: A caçada real
ISBN 978-65-5565-490-5

1. Ficção inglesa. I. Fernandes, Camila. II. Título. III. Série.

23-82665
CDD: 823
CDU: 82-3(410.1)

Meri Gleice Rodrigues de Souza - Bibliotecária - CRB-7/6439

Todos os direitos reservados, no Brasil, por
Editora Arqueiro Ltda.
Rua Funchal, 538 – conjuntos 52 e 54 – Vila Olímpia
04551-060 – São Paulo – SP
Tel.: (11) 3868-4492 – Fax: (11) 3862-5818
E-mail: atendimento@editoraarqueiro.com.br
www.editoraarqueiro.com.br

Agradecimentos

AGRADEÇO, COMO SEMPRE, À MINHA BRILHANTE EQUIPE na Berkley, à minha editora, Jackie Cantor, e à minha assessora de imprensa, Megan Swartz; aos meus agentes, Meg Ruley e Christina Hogrebe; e aos meus assessores e editores domésticos, Clare, Jane e John.

Um

👑

Rannoch House
Belgrave Square
Londres
Terça-feira, 8 de novembro de 1932
Dias de nevoeiro. Presa sozinha na casa de Londres.
Em breve vou perder o juízo.

EM LONDRES, NOVEMBRO É UMA PORCARIA. É, sei que uma dama não deveria dizer esse tipo de coisa, mas não consigo pensar em outro modo de descrever o nevoeiro úmido, arrepiante, denso e amarelado que tomou conta da Belgrave Square na última semana. Nossa residência em Londres, a Rannoch House, não é exatamente quente e alegre nem nos melhores momentos, mas pelo menos é suportável quando a família está aqui, com serviçais por todo lado e o fogo ardendo alegremente em todas as lareiras. Mas, estando apenas eu na casa, sem nenhum criado à vista, simplesmente não havia como me manter aquecida. Não quero que você pense que sou o tipo de pessoa fraca e delicada que está sempre morrendo de frio. Na verdade, quando estou no Castelo de Rannoch, na Escócia, fico entre as mais bem-dispostas. Saio para longas cavalgadas nas manhãs gélidas; estou acostumada a dormir com as janelas abertas o tempo todo. Mas o frio de Londres era diferente de tudo que eu conhecia. Gelava até os ossos. Minha vontade era passar o dia todo na cama.

Não que eu tivesse muitas razões para me levantar no momento, e era só a educação rigorosa da babá, que não me permitia ficar deitada até mais tarde por nada menos que pneumonia dupla, que me fazia sair da cama de manhã, vestir três blusas de lã e descer correndo para o calor relativo da cozinha.

Nessa manhã específica, eu estava encolhida na cozinha, tomando uma xícara de chá, quando ouvi o som da correspondência matinal caindo no capacho do vestíbulo no andar de cima. Como quase ninguém sabia que eu estava em Londres, isso era um verdadeiro acontecimento. Subi correndo e vi não uma, mas duas cartas no capacho. *Duas cartas, que emoção,* pensei, e depois reconheci a caligrafia fina da minha cunhada numa delas. Ah, caramba, o que é que ela queria? Fig não era o tipo de pessoa que escrevia cartas quando não era necessário. Ela relutava em desperdiçar os selos postais.

A segunda carta fez meu coração gelar ainda mais. Ela exibia o brasão real e vinha do Palácio de Buckingham. Nem esperei até estar de volta ao calor da cozinha. Abri no mesmo instante. Era do secretário pessoal de Sua Majestade, a rainha.

Cara lady Georgiana,

Sua Majestade, a rainha Mary, pede que eu lhe transmita as mais calorosas lembranças e espera que a senhorita esteja disponível para se encontrar com ela no palácio para o almoço na quinta-feira, 8 de novembro. Ela solicita que a senhorita faça a gentileza de chegar um pouco antes, digamos por volta das onze e quarenta e cinco, pois tem um assunto de certa importância para discutir.

– Ai, puxa vida – murmurei.

Eu precisava perder o hábito de dizer esses impropérios infantis. Talvez precisasse até adotar algumas palavras mais cabeludas para uso estritamente pessoal. Era de se imaginar que um convite para almoçar com a rainha no Palácio de Buckingham seria uma honra. Na verdade, esses convites eram frequentes demais para o meu gosto. Veja bem, o rei Jorge é meu primo em segundo grau e, desde que eu fui morar em Londres, a rainha tinha me incumbido de uma série de pequenas tarefas. Bom, para dizer a verdade, não tão pequenas assim. Eram missões como espionar a nova amiga americana do príncipe de Gales, e alguns meses atrás ela me fez hospedar uma princesa alemã e seu séquito – o que foi bem estranho considerando que eu não tinha serviçais nem dinheiro para comprar comida. Mas é óbvio que ninguém diz não para a rainha.

Aliás, você pode estar imaginando por que alguém que tem parentesco com a realeza estaria morando sozinha, sem criados nem dinheiro para comprar comida. A triste verdade é que o meu lado da família não tem um tostão. Meu pai gastou a maior parte da fortuna em apostas e perdeu o resto na Queda da Bolsa de 1929. Meu irmão, Binky, o atual duque, mora na propriedade da família na Escócia. Eu bem que poderia morar com ele, mas minha querida cunhada, Fig, tinha deixado claro que eu não era desejada lá.

Olhei para a carta de Fig e suspirei. O que ela poderia querer, afinal? Estava frio demais para continuar no corredor, por isso levei a carta para a cozinha e retomei a minha posição perto do fogão antes de abrir o envelope.

Cara Georgiana,

Espero que você esteja bem e que o clima de Londres esteja mais ameno do que os vendavais que estamos enfrentando no momento. Escrevo para informá-la dos nossos planos. Decidimos passar o inverno na casa de Londres este ano. Binky continua fraco por ter ficado acamado tanto tempo depois do acidente, e Podge teve vários resfriados terríveis, um após o outro; então, creio que um pouco de calor e cultura virão a calhar. Pretendemos chegar à Rannoch House em algum momento da semana que vem. Binky me contou da sua destreza nas tarefas domésticas; assim, não vejo necessidade de pagar as despesas extras do envio de serviçais à nossa frente quando sei que você pode fazer um trabalho esplêndido preparando a casa para nos receber. Posso contar com você, não posso, Georgiana?

E, quando chegarmos, Binky acha que devemos organizar algumas festas para você, embora eu tenha lembrado a ele que quantias consideráveis já foram investidas na sua temporada. Ele está ansioso para vê-la bem encaminhada, e eu concordo que, neste momento difícil, seria uma preocupação a menos para toda a família. Eu espero que você faça a sua parte, Georgiana, e não despreze os rapazes que lhe apresentarmos, como fez com o pobre príncipe Siegfried, que parecia um jovem muito bem-educado e pode até, um dia, herdar um reino. Devo lembrar que você não está ficando mais jovem. Quando uma mulher chega aos 24 anos, como você logo chegará, passa a ser vista como solteirona. O viço acaba.

Então, por favor, deixe a casa pronta para nós quando chegarmos. Hoje em dia, viajar está muito caro, portanto vamos levar o menor número possível de serviçais. Seu irmão mandou um abraço carinhoso.

Da sua leal cunhada, Hilda Rannoch

Fiquei surpresa por ela não ter assinado também como "duquesa de". É, Hilda era o nome dela, embora todos a chamassem de Fig. Sinceramente, se o meu nome fosse Hilda, eu também ia preferir que me chamassem de Fig. A imagem dela chegando num futuro próximo me fez agir. Eu precisava me ocupar para não ficar presa naquela casa ouvindo sermões sobre o fato de ser um fardo para a família.

Ter um emprego seria uma ótima ideia, mas eu tinha abandonado toda a esperança de conseguir um. Alguns dos homens desempregados que eu via parados nas esquinas tinham todo tipo de diplomas e qualificações. Minha educação numa escola de boas maneiras exageradamente chique na Suíça só tinha me preparado para andar por aí com um livro equilibrado na cabeça, falar bem francês e saber que assento oferecer a um bispo num jantar. Eu tinha sido treinada para me casar, nada mais. Além disso, a maior parte dos empregos disponíveis seria malvisto para alguém na minha posição. Seria uma decepção para a família se me encontrassem trabalhando atrás de um balcão na Woolworths ou servindo cerveja num pub local.

Um convite para um lugar distante – era disso que eu precisava. De preferência, um convite para Timbuktu ou, no mínimo, uma vila no Mediterrâneo. Isso também me livraria de qualquer sugestão que a rainha quisesse me fazer. "Lamento, madame. Eu adoraria espionar a Sra. Simpson, mas estão me esperando em Monte Carlo no fim da semana."

Havia apenas uma pessoa em Londres a quem eu podia recorrer em circunstâncias tão extremas: Belinda Warburton-Stoke, minha velha amiga da escola. Belinda é o tipo de pessoa que sempre dá um jeito de cair de pé – ou, no caso dela, deitada. Ela vivia recebendo convites para festas e cruzeiros em iates – porque é muitíssimo atrevida e sensual, veja você, ao contrário de mim, que ainda não tive chance de ser nem atrevida nem sensual.

Algumas semanas atrás, quando voltei do Castelo de Rannoch para Londres, fui ao chalé de Belinda em Knightsbridge, mas encontrei o lugar fechado e sem nenhum sinal da minha amiga. Imaginei que ela tivesse ido para a Itália com o namorado da vez, um lindo conde italiano, que infelizmente estava noivo de outra pessoa. Havia a possibilidade de ela já ter voltado, e a situação era urgente o bastante para justificar o risco de eu sair no meio de um nevoeiro horroroso. Se havia alguém que saberia como me salvar de uma Fig iminente, era Belinda. Por isso, me embrulhei em camadas de agasalhos e saí. Céus, que atmosfera sobrenatural. Todos os sons estavam abafados, e o ar, impregnado pela fumaça de milhares de aquecedores a carvão, deixava um gosto metálico repugnante na boca. As casas ao redor da Belgrave Square tinham sido engolidas pelas trevas, e eu só conseguia distinguir as grades em torno dos jardins no meio dela. Parecia não haver mais ninguém na rua enquanto eu contornava a praça com cuidado.

Houve vários momentos em que quase desisti, dizendo a mim mesma que seria perda de tempo, pois não havia a menor chance de uma mocinha esperta como Belinda ficar em Londres num clima como aquele. Mas segui em frente, obstinada. Nós, os Rannochs, somos conhecidos por não voltar atrás, quaisquer que sejam os obstáculos. Pensei em Robert Bruce Rannoch, que continuou a subir pelas planícies de Abraão, no Quebec, depois de levar vários tiros, chegou ao topo com mais buracos do que um escorredor de macarrão e ainda conseguiu matar cinco inimigos antes de morrer. Não é lá uma história muito alegre, eu acho. A maioria das histórias dos meus ancestrais galantes termina com a morte do ancestral em questão.

Demorei algum tempo para perceber que estava totalmente perdida. O chalé de Belinda ficava a apenas algumas ruas da minha casa, e eu estava andando havia séculos. Eu sabia que precisava me deslocar com cuidado, um passinho de cada vez, com a mão tateando as grades na frente das casas por segurança, mas devo ter errado em algum ponto.

Não entre em pânico, falei para mim mesma. No fim das contas, eu ia chegar a um lugar que reconhecia e daria tudo certo. O problema era que não havia mais ninguém na rua e era impossível ler as placas. Elas também tinham desaparecido nas trevas sobre a minha cabeça. Eu não tinha escolha a não ser continuar em frente. Sem dúvida acabaria chegando a Knightsbridge e à Harrods. Eu veria luzes nas vitrines das lojas. A Harrods não ia fechar por causa de um nevoeirozinho. Não importava como estivesse o clima, haveria gente suficiente em Londres exigindo seu *foie gras* e suas trufas. Mas a Harrods não apareceu. Por fim, cheguei ao que parecia ser um jardim. Não consegui distinguir qual. Não era possível que eu tivesse atravessado Knightsbridge e chegado ao lado do Hyde Park, não é?

Comecei a ficar muito apreensiva. Foi aí que percebi os passos atrás de mim – passos baixos e constantes, seguindo o ritmo exato dos meus. Eu me virei, mas não consegui ver ninguém. *Deixe de ser boba*, falei para mim mesma. O som podia ser só um eco estranho produzido pelo nevoeiro. Voltei a andar, parei de repente e ouvi os passos continuarem por mais um tempinho antes de também cessarem. Passei a caminhar cada vez mais rápido enquanto minha mente conjurava o tipo de coisas que aconteciam no meio da névoa nas histórias de Sherlock Holmes. Tropecei num meio-fio, segui em frente e, de repente, senti um grande espaço escancarado diante de mim antes de colidir com uma espécie de barreira dura.

Onde diabos eu estava? Tateei a barreira, tentando visualizá-la. Era feita de pedra fria e áspera. Havia um muro em volta do Serpentine no Hyde Park? Senti uma umidade fria se elevar até as narinas e um cheiro desagradável de vegetação podre. E um barulho de água batendo. Eu me inclinei para a frente tentando identificar o som que ouvia lá embaixo, imaginando se deveria subir no muro para fugir de quem estava me seguindo. Logo depois, o meu coração quase saiu pela boca quando a mão agarrou o meu ombro por trás.

Dois

– Eu não faria isso, senhorita – disse uma voz grave com sotaque do leste de Londres.

– O quê?

Eu me virei e consegui distinguir o formato vago de um capacete policial.

– Eu sei o que a senhorita ia fazer – respondeu ele. – Ia saltar no rio, não é? Eu a segui. Vi que ia pular a balaustrada. Ia acabar com tudo.

Eu ainda estava digerindo a informação de que, de alguma forma, eu tinha caminhado até o rio Tâmisa, na direção errada, e demorei um instante para assimilar o que ele dizia.

– Acabar com tudo? De jeito nenhum, policial.

Ele voltou a pôr a mão no meu ombro, desta vez com leveza.

– Ah, moça. Pode falar a verdade. Por que mais a senhorita ia sair num dia como esse e tentar entrar no rio? Não se sinta mal. Eu vejo isso o tempo todo hoje em dia, minha querida. Essa depressão pegou todo mundo, mas estou aqui para lhe dizer que a vida ainda vale a pena, apesar de tudo. Venha comigo para a delegacia que eu lhe faço um chá bem quentinho.

Eu não sabia se ria ou se ficava indignada. A segunda opção venceu.

– Olhe aqui, policial, eu só estava tentando chegar à casa da minha amiga e devo ter virado no lugar errado – respondi. – Eu não tinha a menor ideia de que estava perto do rio.

– Se a senhorita está dizendo... – retrucou ele.

Fiquei tentada a informar que era "milady" e não "senhorita", mas estava tão constrangida que só queria ir embora.

– Se o senhor puder me levar de volta para a direção de Knightsbridge…
– falei. – Ou Belgravia. Eu vim de Belgrave Square.

– Nossa, então a senhorita errou o caminho. Estamos perto da Chelsea Bridge.

Ele pegou o meu braço e me acompanhou de volta, atravessando o aterro e seguindo por uma rua que identificou como Sloane Street até a Sloane Square. Recusei a segunda oferta de uma xícara de chá na delegacia e garanti que eu ficaria bem, agora que já sabia onde estava.

– Se eu fosse a senhorita, iria direto para casa – disse ele. – É perigoso sair num clima desses. Fale com a sua amiga pelo telefone.

É claro que ele tinha razão, mas eu só usava o aparelho em caso de emergência, já que Fig se recusava a pagar a conta e eu não tinha dinheiro para isso. Percebi que teria sido a atitude mais sensata, mas, na verdade, eu ansiava por companhia. Ficar numa casa enorme sem nem mesmo a minha criada para conversar é muito solitário, e eu sou o tipo de pessoa que gosta de estar com alguém. Por isso, saí da Sloane Square e finalmente consegui chegar ao chalé de Belinda sem mais complicações, apenas para descobrir que, tal como eu desconfiava, ela não estava em casa.

Tentei refazer o caminho até a Belgrave Square; quem me dera ter seguido o conselho do policial e ido direto para casa. Nessa hora, em meio à névoa, ouvi um barulho que reconheci – um apito de trem. Quer dizer que, apesar do nevoeiro, alguns trens ainda estavam circulando, e a Victoria Station estava logo à minha frente. Se eu encontrasse a estação, conseguiria me orientar com relativa facilidade. De repente, deparei com uma fila de pessoas, na maioria homens, abatidos, com cachecóis cobrindo a boca e mãos enfiadas nos bolsos. Eu não consegui imaginar o que eles estavam fazendo até sentir o cheiro de repolho cozido e perceber que estavam se dirigindo à cozinha beneficente da estação.

Foi quando tive uma ideia brilhante: eu poderia ser voluntária na cozinha beneficente. Se eu trabalhasse lá, a família aprovaria; na verdade, a própria rainha tinha sugerido que eu fizesse um trabalho de caridade, e pelo menos eu ganharia uma refeição completa por dia até Binky e Fig chegarem. Fazia séculos que eu não conseguia pagar por uma comida decente. Na verdade, neste momento havia uma horrenda sensação de vazio no meu estômago. Comecei a andar ao longo da fila para tentar encontrar quem estava no comando quando alguém estendeu a mão e me segurou.

– Aonde você pensa que vai? – perguntou um homem grande e corpulento. – Estava tentando furar a fila, é? Faça como todos os outros e vá para o fim esperar a sua vez.

– Eu só ia falar com as pessoas que administram a cozinha – respondi. – Ia me oferecer como voluntária.

– Sei… Já ouvi todo tipo de desculpa nessa vida. Vá para o fim da fila.

Dei as costas, constrangida, e estava prestes a correr para casa quando o homem atrás dele saiu da fila.

– Olhe para ela, Harry. Está só pele e osso, e todo mundo está vendo que é uma dama passando por maus bocados. Entre aqui na minha frente, querida. Você está com cara de quem vai desmaiar se não comer alguma coisa logo.

Eu estava prestes a recusar essa oferta gentil, mas farejei o aroma da sopa. Considerando que eu estava achando bom o cheiro de repolho cozido, dá para imaginar o tamanho da minha fome. Que mal faria experimentar uma tigela antes de oferecer os meus serviços? Abri um sorriso agradecido para o homem e entrei na fila. Caminhamos aos poucos até que, finalmente, entramos na estação em si. O local tinha um aspecto estranhamente deserto, mas ouvi o sibilo do vapor de uma locomotiva, e uma voz incorpórea anunciou a partida do trem rumo ao porto de Dover, despertando em mim um anseio melancólico. Pegar um trem para Dover e ir de barco para o continente. Não seria supimpa?

Mas minha jornada terminou poucos metros à frente numa mesa coberta de lona ao lado das plataformas. Alguém me deu um prato e uma colher. Um pedaço de pão foi jogado no prato, e eu fui até um dos grandes caldeirões de ensopado. Dava para ver pedaços de carne e cenoura flutuando num molho marrom espesso. Vi a concha se erguer e se aproximar do meu prato, mas depois parou no meio do caminho.

Levantei o olhar, irritada com a pausa, e me peguei encarando os olhos alarmados de Darcy O'Mara. Seus cachos escuros estavam ainda mais indisciplinados do que o normal, e ele usava uma grossa blusa de lã azul-royal que combinava perfeitamente com o azul dos olhos. Em resumo, estava lindo como sempre. Comecei a sorrir.

– Georgie!

Ele não ficaria mais chocado se eu estivesse parada ali sem roupa. Na verdade, conhecendo Darcy, talvez ele gostasse de me ver nua na Victoria Station.

Senti que estava ficando vermelha como um tomate e tentei parecer animada.

– Olá, Darcy! Há quanto tempo.

– Georgie, o que é que você tem na cabeça?

Ele arrancou o prato das minhas mãos como se estivesse em brasa.

– Não é o que parece, Darcy. – Tentei rir, mas não deu muito certo. – Vim aqui para ver se podia ajudar na cozinha, mas um homem na fila achou que eu tinha vindo para comer e insistiu que eu ficasse na frente dele. Ele foi tão gentil que não quis decepcioná-lo.

Enquanto eu falava, percebia os resmungos na fila atrás de mim. Era óbvio que o cheiro bom também estava chegando a eles.

– Ande logo – disse uma voz furiosa.

Darcy tirou o grande avental azul que estava usando.

– Wilson, assuma o meu lugar, por favor? – pediu ele a um colega ajudante. – Preciso tirar essa jovem daqui antes que ela desmaie.

E ele quase pulou por cima da mesa para me agarrar, pegando o meu braço e me guiando para longe dali com firmeza.

– O que você está fazendo? – exigi saber, ciente de todos os olhos me encarando.

– Tirando você daqui antes que alguém a reconheça, é claro – sibilou ele no meu ouvido.

– Não sei por que você está fazendo tanto alarde – retruquei. – Se não tivesse reagido assim, ninguém teria reparado em mim. E eu vim mesmo oferecer os meus serviços, sabia?

– Pode até ser, mas de vez em quando os cavalheiros da imprensa espreitam as grandes estações de Londres na esperança de fotografar uma celebridade – explicou ele com aquela voz rouca, com um leve traço de sotaque irlandês, enquanto me conduzia num passo ligeiro. – Não é difícil reconhecer você, milady. Fiz isso numa casa de chá em Londres, lembra? Consegue imaginar como eles iam se aproveitar disso? Membro da família real vista entre os menos favorecidos? "Do palácio à pobreza"? Pense no constrangimento que isso causaria aos seus parentes da família real.

– Não sei por que eu deveria me preocupar com o que eles pensam. Eles não pagam as minhas contas.

Tínhamos saído da fuligem da estação por uma porta lateral. Ele soltou o meu braço e me encarou com firmeza.

– Você queria mesmo comer aquela gororoba que eles chamam de sopa?

– Se quer saber, eu queria, sim. Desde minha última tentativa de ter uma carreira no verão passado, carreira que, aliás, você interrompeu, não ganhei dinheiro nenhum e, até onde sei, é preciso ter dinheiro para comprar comida.

A expressão dele mudou e se atenuou.

– Minha pobre e querida garota. Por que você não falou com ninguém? Por que não me contou?

– Darcy, eu nunca sei onde te encontrar. Além disso, na maior parte do tempo você também parece não ter um tostão.

– Mas, ao contrário de você, eu sei como sobreviver – respondeu ele. – No momento, estou cuidando da casa de um amigo em Kensington. Ele tem uma adega excepcionalmente boa e deixou metade dos serviçais na casa, então não tenho do que me queixar. E você, ainda está sozinha na Rannoch House?

– Totalmente.

Passado o choque de encontrá-lo em circunstâncias tão perturbadoras, e vendo-o olhar para mim com ternura, senti que estava prestes a chorar.

Ele me levou até a calçada e encontrou um táxi parado ali.

– O senhor acha que consegue encontrar a Belgrave Square? – perguntou ele.

– Prometo tentar, meu amigo – respondeu o taxista, obviamente feliz por conseguir uma corrida. – Pelo menos não temos que nos preocupar com engarrafamentos, não é?

Darcy me acomodou lá dentro e partimos.

– Pobre lady Georgie.

Ele levou a mão até o meu rosto e o acariciou com leveza, me enervando ainda mais.

– Você não está mesmo preparada para sobreviver no mundo, não é?

– Estou tentando – respondi. – Não é fácil.

– Na última vez que tive notícias suas, você estava com seu irmão no Castelo de Rannoch – disse ele. – Concordo que não é o lugar mais alegre do mundo, mas pelo menos lá você tem três refeições completas por dia. O que, em nome de Deus, fez você vir para cá nesta época do ano?

– Uma palavra: Fig. Ela voltou ao jeito desagradável de ser e fica sugerindo que tem bocas demais para alimentar e pode ter que ficar sem a geleia da Fortnum & Mason.

– Aquela é a casa dos seus ancestrais, não dos dela – disse ele. – Seu irmão com certeza ficou grato pelo que você fez por eles, não? Se não fosse você, o filho deles teria morrido, além do próprio Binky.

– Você conhece o Binky. É uma boa pessoa, mas pacato demais. Fig faz gato e sapato dele. E ele estava de cama com aquela infecção horrível no tornozelo; isso o deixou muito fraco. No fim das contas, achei mais sensato vir embora. Eu tinha a esperança de conseguir arranjar um emprego.

– Não existe nenhum emprego disponível – comentou ele. – Ninguém está ganhando dinheiro, a não ser os agentes de apostas nas pistas de corrida e nos cassinos. Não que eles ganhem alguma coisa comigo.

Ele abriu um sorriso presunçoso.

– Ganhei cinquenta libras numa corrida de obstáculos em Newmarket na semana passada. Posso não saber muita coisa, mas de cavalo eu entendo. Se meu pai não tivesse vendido o estábulo, agora eu estaria lá em casa, na Irlanda, administrando o negócio. Mas acabei sem casa, assim como você.

– Mas você tem um trabalho secreto, não tem, Darcy? – perguntei.

– Por que você acha isso? – Ele abriu um sorriso desafiador.

– Você desaparece por semanas e não me diz aonde vai.

– Talvez eu tenha uma namoradinha ou outra em Casablanca ou na Jamaica – respondeu ele.

– Darcy, você não toma jeito.

Dei um tapa na mão dele. Darcy pegou a minha e a segurou com firmeza.

– Há certas coisas que não se discutem num táxi – explicou ele.

– Acho que chegamos à Belgrave Square. – O taxista abriu a divisória de vidro. – Qual é a casa?

– No meio, do outro lado – respondeu Darcy.

Paramos na porta da Rannoch House. Darcy desceu do carro e o contornou para abrir a porta para mim.

– Olhe, não faz sentido tentar sair hoje à noite neste nevoeiro. Vai ser impossível conseguir um táxi para nos levar a algum lugar depois que escurecer. Mas parece que amanhã vai estar um pouco melhor. Eu pego você às sete.

– Aonde vamos?

– Comer uma bela refeição, é claro. Ponha um vestido chique.

– Não vamos entrar de penetras em algum casamento, não é? – perguntei, porque tínhamos feito isso na primeira vez que saímos juntos.

– Claro que não. – Ele segurou minha mão enquanto eu subia a escada até a porta. – Desta vez é um jantar da Associação dos Contadores Públicos. – Em seguida, olhou bem nos meus olhos e riu. – É brincadeira, querida.

Três

Rannoch House
Quarta-feira, 9 de novembro
O nevoeiro cedeu. Jantar com Darcy hoje. Viva!

PASSEI O DIA ARRUMANDO A CASA para a desgraça iminente. Tirei os lençóis de cima dos móveis, varri os tapetes e arrumei as camas. Deixei o preparo das lareiras para outro dia. Não queria estar com o cabelo cheio de pó de carvão quando saísse com Darcy. Era incrível o quanto eu tinha me tornado devotada à vida doméstica. Eu ia até a janela toda hora para ver se o nevoeiro não estava voltando, mas um vento forte tinha começado e, enquanto eu me arrumava para o encontro com Darcy, começou a chover.

Como eu tinha estado na propriedade da família na Escócia, meus vestidos elegantes tinham sido lavados e passados pela minha criada. Escolhi um de veludo verde-escuro e até tentei domar meu cabelo em ondas lustrosas. Decidi fazer o serviço completo e ataquei meu rosto com batom, ruge e rímel. Arrematei com uma estola de castor que tinha sido da minha mãe e, às sete horas, eu estava até parecendo bem civilizada. Depois, é claro, fiquei preocupada de Darcy não aparecer, mas ele chegou pontualmente, com um táxi à espera. Passamos pela Pall Mall, contornamos a Trafalgar Square e entramos no emaranhado de vielas atrás da Charing Cross Road.

– Aonde estamos indo? – perguntei, desconfiada, já que essa parte da cidade parecia mal iluminada e bem pouco convidativa.

– Minha querida, eu a estou levando para o meu covil para fazer o que quiser com você – respondeu Darcy com uma voz falsa de vilão. – Na verdade, estamos indo para o Rules.

– Rules?

– Com certeza você já deve ter comido no Rules, o restaurante mais antigo de Londres. Comida inglesa da boa.

O táxi parou na frente de uma janela de vidro com grades, bem sem graça. Entramos e fomos recebidos por um calor agradável. As paredes eram cobertas por belos painéis de madeira, as toalhas de mesa brancas estavam engomadas e os talheres brilhavam. Um *maître* usando fraque nos recebeu à porta.

– Sr. O'Mara. É um imenso prazer revê-lo – disse ele, guiando-nos pelo salão até uma mesa num canto distante. – E como está Sua Senhoria?

– Tão bem quanto possível, Banks – respondeu Darcy. – Você soube que tivemos que vender a casa e o estábulo para americanos e agora o meu pai mora no chalé?

– Eu ouvi alguma coisa a respeito, senhor. É uma época difícil. Nada mais faz sentido. A não ser o Rules. Aqui nada muda, senhor. E acredito que essa deva ser a filha do antigo duque de Rannoch. É uma honra recebê-la, milady. Seu falecido pai vinha com frequência. Sentimos muito a falta dele.

Ele puxou uma cadeira para mim enquanto Darcy se acomodava num banco de couro vermelho.

– Todo mundo que faz parte da história de Londres comeu aqui – comentou Darcy, apontando para as paredes forradas de caricaturas, autógrafos e programas de teatro, e eu consegui distinguir os nomes de Charles Dickens, Benjamin Disraeli, John Galsworthy e até mesmo Nell Gwyn, creio eu.

Darcy leu o cardápio enquanto eu olhava as paredes, tentando ver se minha mãe ou meu pai fazia parte da coleção de fotografias autografadas.

– Acho que hoje vamos começar com uma porção de ostras de Whitstable para cada – disse ele. – A sopa tem que ser a de batata e alho-poró. A de vocês é excelente. Depois, um hadoque defumado e, claro, faisão.

– É uma escolha admirável, senhor – disse o garçom. – Posso sugerir um clarete esplêndido para acompanhar o faisão? E talvez uma garrafa de champanhe para acompanhar as ostras?

– Por que não? – respondeu Darcy. – Parece perfeito.

– Darcy – sibilei quando o garçom se afastou –, esse jantar vai custar uma fortuna.

– Eu já disse, ganhei cinquenta libras lá com os cavalinhos na semana passada – respondeu ele.

– Mas você não deveria gastar tudo de uma vez.

– Por que não? – Ele riu. – Para que mais serve o dinheiro?

– Você devia guardar um pouco para emergências.

– Que bobagem. A gente sempre dá um jeito. *Carpe diem*, querida Georgie.

– Não estudei latim – respondi. – Só francês e inutilidades como piano e etiqueta.

– Significa "aproveite o dia". Nunca adie nada que queira fazer por estar preocupada com o amanhã. É o meu lema. É assim que eu vivo. Você também devia viver assim.

– Bem que eu queria. Parece que você sempre consegue se reerguer, mas não é tão fácil para uma moça como eu, sem uma educação sensata. Já sou considerada um caso perdido… Tenho 22 anos e ainda estou solteira.

Acho que eu esperava que Darcy dissesse alguma coisa sobre me casar com ele um dia, mas, em vez disso, ele respondeu:

– Ah, na hora certa um principezinho adequado vai aparecer.

– Darcy! Eu já dispensei o príncipe Siegfried, para irritação da minha família. Eles são todos igualmente ruins. E estão sendo assassinados com uma frequência notável.

– Bom, você não gostaria de assassinar Siegfried? – perguntou ele, rindo. – Sei que eu, pelo menos, gostaria. Meus dedos formigam de vontade de apertar aquele pescoço toda vez que o vejo. Mas alguns búlgaros são razoáveis. Eu estudei com o Nicolau na escola e ele é o herdeiro do trono. Jogava como *scrum-half* no time de rúgbi e era excelente.

– E isso faz de um homem um bom partido?

– Lógico.

O garçom abriu a garrafa de champanhe com um estalo agradável e encheu nossas taças. Darcy ergueu a dele na minha direção.

– Um brinde à vida – disse ele. – Que seja cheia de diversão e aventura.

Bati na taça dele com a minha.

– À vida – sussurrei.

Não sou de beber muito. Depois da terceira taça, já estava bem alegrinha. A sopa veio e nem percebi, assim como o hadoque defumado. Abriram uma garrafa de clarete para acompanhar o faisão, que chegou nadando num molho espesso e castanho-avermelhado, emoldurado por cebolinhas-brancas e cogumelos. Eu me peguei decidindo que tinha sido tola por tentar garantir o meu sustento. A vida era feita para diversão e aventura. Bastava de tristeza e tragédia.

Praticamente lambi o prato até a última migalha, depois devorei o pudim de pão e bebi uma taça de vinho do Porto. Eu estava contente com o mundo quando o táxi nos levou de volta à Rannoch House. Darcy me acompanhou até a porta e me ajudou a enfiar a chave quando tive dificuldade para localizar a fechadura. No fundo da minha mente, um sussurro dizia que eu provavelmente só estava um pouco bêbada, enquanto outro sussurro acrescentava que eu provavelmente não deveria deixar Darcy entrar em casa tarde da noite quando eu estava sozinha.

– Santa Mãe de Deus, que frio e que escuridão – comentou ele enquanto fechávamos a porta, depois de entrarmos. – Não há nenhum cômodo quente neste lugar abominável?

– Só o quarto – respondi. – Eu tento deixar a lareira sempre acesa lá.

– O quarto. Boa ideia.

Ele me conduziu na direção da escada. Subimos juntos, com o braço dele em torno da minha cintura. Eu não estava consciente de subir os degraus. Eu meio que flutuava, inebriada pelo vinho e pela proximidade dele.

As últimas brasas ainda cintilavam na lareira do quarto, e o lugar parecia confortavelmente quente depois de passarmos pelo frio congelante do resto da casa.

– Ah, assim está melhor – disse Darcy.

Vi a cama na minha frente e me joguei nela.

– Ah, minha cama. Que felicidade – comentei.

Darcy ficou me olhando e achando graça.

– Devo dizer que aquele vinho fez maravilhas com as suas inibições.

– E você sabia muito bem que isso ia acontecer – respondi, abanando o dedo para ele. – Conheço suas más intenções, Sr. O'Mara. Não pense que não percebi.

– E, no entanto, não ouvi você me mandando embora.

– Você acabou de dizer que o propósito da vida era se divertir e viver aventuras – retruquei, tirando o sapato com tanta violência que ele voou pelo quarto. – E você tem razão. Já passei muito tempo sentindo tristeza e tédio. Vinte e dois anos e sou uma virgem tediosa. Qual é o sentido disso?

– Nenhum – respondeu Darcy em voz baixa, tirando o sobretudo e o pendurando no encosto de uma cadeira. Logo em seguida ele tirou o paletó, e depois afrouxou a gravata.

– Não me deixe aqui sozinha, Darcy – pedi com o que esperava ser uma voz sedutora.

– Eu nunca recusei um convite como esse – respondeu Darcy.

Ele se sentou para tirar os sapatos, depois se apoiou na beira da cama.

– Você vai deixar esse vestido lindo todo amarrotado. Deixe-me ajudá-la a tirá-lo, milady.

Ele me levantou, me colocando sentada, o que já não era fácil, pois minhas pernas e meus braços não pareciam querer me obedecer, e preciso confessar que o quarto estava oscilando só um pouquinho. Senti as mãos dele nas minhas costas enquanto abria os colchetes do vestido. Senti o traje saindo por cima da minha cabeça, e o ar frio logo tocou na seda da minha combinação.

– Estou com frio. – Estremeci. – Venha me esquentar.

– Seu desejo é uma ordem – respondeu Darcy, e me tomou nos braços.

Virei o rosto para ele e os lábios dele encontraram os meus. O beijo foi tão intenso e exigente que tive dificuldade para respirar. A língua dele explorava a minha boca, e eu flutuava numa nuvem rosa de êxtase.

Isso é que é felicidade, falei para mim mesma. Era por isso que eu estava esperando.

Saí naquela nuvem, voando sobre os campos com Darcy ao meu lado, até perceber que os lábios dele não estavam mais nos meus e eu tinha voltado a sentir frio. Abri os olhos. Ele estava sentado na beira da cama, calçando os sapatos.

– O que foi? – perguntei, sonolenta. – Você não me quer mais, Darcy? Você tenta me levar para a cama desde que nos conhecemos e, agora que estamos sozinhos nesta casa enorme, você vai embora?

– Você dormiu – respondeu ele. – E está bêbada.

– Confesso que estou um pouquinho embriagada, mas não era isso que você tinha planejado?

– Essa era a minha ideia quando pedi as ostras e o champanhe, mas descobri que tenho um freio moral que eu não conhecia quando se trata de você.

Ele deu uma risada quase amarga.

– Quando eu fizer amor com você pela primeira vez, minha doce Georgie, quero que esteja acordada e plenamente consciente do que está fazendo. Não quero que pegue no sono no meio de tudo nem que ache que eu me aproveitei de você.

– Eu não acharia isso – respondi, me sentando. – Por que está tudo girando de repente?

– Venha, eu vou deitar você na cama. Sozinha, quero dizer. De manhã eu passo aqui. Você provavelmente vai estar com uma dor de cabeça infernal.

Ele me ajudou a tirar a combinação.

– Nossa, você tem um corpo lindo – comentou ele. – Não sei onde eu estou com a cabeça.

De repente, ele parou.

– O que foi isso?

– O quê?

– Parece que eu ouvi a porta da frente se fechar. Não tem mais ninguém em casa no momento, não é?

– Não, estou sozinha.

Eu me sentei, atenta. Achei que tinha identificado o som de passos e vozes lá embaixo.

– Vou ver o que está acontecendo – anunciou Darcy.

Ele foi até o patamar da escada enquanto eu pegava o meu roupão no gancho atrás da porta. Não foi fácil me levantar, e tive que me agarrar à porta para não perder o equilíbrio. Foi aí que ouvi as palavras que me deixaram sóbria no mesmo instante.

– Binky, Fig, vocês voltaram.

Rannoch House
9 e 10 de novembro

Cambaleei até o patamar, consciente de que o chão ficava subindo na minha direção e as escadas flutuavam rumo ao infinito. Agarrei o corrimão enquanto descia o primeiro lance de escada. No corredor ao pé do segundo lance, parados no piso de mármore quadriculado de preto e branco, estavam dois borrões com casacos de pele e manchas cor-de-rosa em cima. Aos poucos, eles foram ganhando foco na forma de dois rostos horrorizados e boquiabertos.

– Meu Deus, O'Mara, o que você está fazendo aqui? – quis saber Binky.

– Acho que, mesmo para alguém com a sua imaginação limitada, está bem claro o que ele estava fazendo aqui – disse Fig com uma voz indignada enquanto me encarava. – Como você se atreve, Georgiana? Você traiu a nossa confiança. Tivemos a generosidade de oferecer a nossa casa e você a transforma num antro de... de... é um antro de quê, Binky?

– Cobras? – sugeriu Binky.

Fig suspirou e revirou os olhos.

– Você é muito inútil – resmungou ela.

– Perdição? – sugeriu Darcy.

Ele parecia ser a única pessoa que não estava nem um pouco abalada com a situação. Eu ainda estava descendo as escadas sem firmeza e não confiava em soltar o corrimão. Também não confiava na minha voz.

– Exatamente – rosnou Fig. – Um antro de perdição, Georgiana. Graças a Deus não trouxemos o pequeno Podge para testemunhar isso. Ele poderia carregar esse trauma pelo resto da vida.

– Saber que de vez em quando as pessoas normais podem querer fazer sexo? – perguntou Darcy.

Fig levou a mão à boca, chocada, ao ouvir a palavra "sexo".

– Diga alguma coisa, Binky – exigiu Fig, empurrando-o para a frente. – Fale com a sua irmã.

– Olá, Georgie – disse ele. – Que bom revê-la.

– Não, seu idiota, quero dizer fale com ela. – Fig já estava quase sapateando de raiva. – Diga a ela que esse comportamento é inaceitável. Não é a conduta de uma Rannoch. Ela está se transformando na mãe, depois de tudo que fizemos por ela e todo o dinheiro que gastamos com a educação dela.

– Olhe aqui... – disse Darcy, mas ela o interrompeu.

– Olhe aqui o senhor, Sr. O'Mara!

Fig deu um passo ameaçador na direção de Darcy, mas ele sustentou a posição com coragem.

– Aposto que a culpa é sua. Georgie teve uma educação protegida. Ela não tem experiência nos costumes do mundo e sem dúvida não tem o discernimento para não permitir que o senhor entre em casa quando ela está sozinha. Acho que é melhor o senhor ir embora antes que eu diga mais alguma coisa, embora eu receie que o estrago já esteja feito. O príncipe Siegfried com certeza não a aceitaria, agora.

Por alguma razão, eu achei isso muito engraçado. Eu me sentei na escada e comecei a rir, descontrolada.

– Não se preocupe, eu já estou indo – respondeu Darcy. – Mas gostaria de lembrar que Georgie tem mais de 21 e pode tomar as próprias decisões.

– Não na nossa casa – disse Fig.

– É a casa dos Rannochs, não é? E ela é uma Rannoch há muito mais tempo do que a senhora.

– Mas agora a casa pertence ao duque atual, que é o meu marido – retrucou Fig com sua voz mais gélida, que dizia "eu sou duquesa, você não". – Georgiana está morando aqui graças à nossa generosidade.

– Sem aquecimento e sem serviçais. Eu não considero isso muita generosidade, Vossa Graça – disse Darcy. – Principalmente quando seu querido marido, o duque, poderia estar a sete palmos abaixo do solo no jazigo da família neste momento, com o filho pequeno ao lado dele, se não fosse por Georgie. Parece que a senhora tem uma bela dívida de gratidão com ela.

– Bom, é claro que somos gratos por tudo – disse Binky. – Muito gratos.

– É claro que sim. O que nos preocupa é a moral dela – acrescentou Fig às pressas – e a reputação da Rannoch House. Todos em Belgrave Square vão perceber se homens desconhecidos ficarem entrando e saindo da casa a qualquer hora do dia.

A escolha de palavras me fez começar a rir de novo. Fig olhou para a escada e me encarou. Eu tinha acabado de perceber que o meu roupão não estava bem amarrado e que eu não tinha nenhuma peça de roupa por baixo. Tentei fechá-lo melhor para preservar o que restava da minha dignidade.

– Georgiana, você está bêbada? – perguntou Fig.

– Só um pouquinho – confessei, apertando os lábios para não rir outra vez.

– Acho que o champanhe subiu à cabeça dela – disse Darcy. – Foi por isso que eu a trouxe para casa e achei melhor colocá-la na cama para não cair e se machucar, já que ela não tem nenhuma criada para ajudá-la. Então, se você quiser saber os detalhes sórdidos do que aconteceu, eu a coloquei na cama, ela adormeceu num instante e eu estava de saída.

– Ah – disse Fig, perdendo a convicção. – Eu gostaria de poder acreditar nisso, Sr. O'Mara.

– Acredite no que quiser – respondeu Darcy, e olhou para mim. – Boa noite, Georgie – anunciou ele e soprou um beijo na minha direção. – Até breve. Cuide-se e não aceite ordens dela. Lembre-se de que você tem sangue real. Ela não.

Ele piscou para mim, deu um tapinha no ombro de Binky e foi embora.

– Pois bem – resmungou Fig, interrompendo um longo silêncio.

– Está um frio danado aqui – comentou Binky. – Acho que o fogo da lareira do nosso quarto não está aceso, está?

– Não está, não.

Eu tinha me recuperado o suficiente do meu estupor embriagado para estar coerente e mais do que um pouco zangada.

– Vocês disseram que iam chegar na próxima semana, não no próximo dia. E por que estão viajando sem serviçais?

– Desta vez é só uma visita rápida, porque Binky marcou uma consulta com um especialista da Harley Street para cuidar do tornozelo – respondeu Fig. – E eu também quero consultar um médico de Londres, por isso pensamos em economizar a despesa com a viagem dos serviçais, já que Binky me disse que você tinha se tornado uma verdadeira perita em cuidar da casa. É óbvio que, como sempre, ele exagerou.

Eu me levantei, ainda meio bamba. Meus pés descalços estavam congelando nos degraus.

– Acho que o meu pai não ia querer que eu atuasse como camareira na casa da família – retruquei. – Vou voltar para a cama.

Com isso, eu me virei e subi a escada. Teria sido uma saída triunfal se eu não tivesse tropeçado no cordão do roupão e caído estatelada no primeiro patamar, revelando, desconfio, um vislumbre do meu traseiro nu para o mundo.

– Epa – murmurei.

Recuperei o equilíbrio e me arrastei pelo segundo lance da escada. Depois, me deitei na cama e me encolhi numa bola bem apertada. Eu não tinha bolsas de água quente para colocar ao meu redor, mas não ia descer de novo por nada. E senti uma satisfação por saber que Fig estava prestes a se deitar numa cama igualmente gelada.

Abri os olhos na luz fria e cinzenta, mas os fechei logo em seguida. Darcy tinha razão. Eu estava de ressaca. Minha cabeça latejava até dizer chega. Tentei imaginar que horas seriam. Dez e meia, de acordo com o pequeno despertador na minha cômoda. Em seguida, os detalhes completos da noite anterior me voltaram à mente. Ai, meu Deus, isso significava que Binky e Fig estavam em casa e já tinham descoberto que eu não tinha nada para comer na cozinha. Vesti um suéter e uma saia às pressas e desci, quase tão trêmula quanto na noite anterior.

Eu estava prestes a abrir a porta de serviço que levava à cozinha e aos quartos dos serviçais quando ouvi vozes vindo da minha direita. Pelo jeito, Binky e Fig estavam na sala matinal.

– Para você, está ótimo. – Ouvi a voz de Fig, batendo um pouco os dentes. – Você pode ir ao seu clube, onde vai ficar bem confortável, mas e eu? Eu não posso ficar aqui.

– É só por mais duas noites, minha querida – respondeu Binky. – E é importante você consultar esse médico, não é?

– Acho que sim, mas sentir tanto frio assim não vai me fazer bem. Vamos ter que nos hospedar num hotel e não pensar nas despesas. Com certeza ainda podemos pagar o Claridge's por umas duas noites.

– Você vai se sentir melhor depois de tomar o café da manhã – disse Binky. – Já era hora de Georgie acordar, não?

Nesse momento, espichei a cabeça pela porta. Sentados ali, enrolados em seus casacos de pele, tanto Binky quanto Fig pareciam fatigados e rabugentos. Também pareciam meio desleixados, sem os criados para vesti-los.

Quando Fig me viu, a atmosfera ficou gelada em mais de um sentido, mas Binky conseguiu sorrir.

– Ah, finalmente você acordou, Georgie. Está muito frio aqui, não é? Será que não podemos acender um fogo?

– Mais tarde, talvez – respondi. – Dá muito trabalho acender uma lareira, sabia? É preciso escavar muito no depósito de carvão. Talvez vocês possam me ajudar.

Fig estremeceu como se eu tivesse dito um palavrão, mas Binky continuou:

– Então, talvez você possa fazer a gentileza de preparar o café da manhã para nós. Isso vai nos aquecer, não é, Fig?

– Eu ia mesmo fazer um pouco de chá e torradas – respondi.

– Que tal uns ovinhos? – perguntou Binky, cheio de esperança.

– Infelizmente, não temos nenhum ovo.

– Bacon? Linguiça? Carne de rim?

– Torrada – repeti. – Não se pode comprar comida sem dinheiro, Binky.

– Mas eu queria dizer... – gaguejou ele. – Ora essa, Georgie, você não está mesmo vivendo à base de chá e torradas, está?

– De onde você acha que o dinheiro poderia vir, querido irmão? Eu não tenho emprego. Não tenho herança. Não tenho apoio familiar. Quando Fig diz que não tem dinheiro, significa que ela não consegue mais comprar geleia da Fortnum. No meu caso, significa que eu não consigo comprar geleia nenhuma. Essa é a diferença.

– Estou de queixo caído – disse Binky. – Se é assim, por que você não volta a morar no Castelo de Rannoch? Pelo menos lá temos o suficiente para comer, não é, Fig?

– Sua esposa deixou bem claro que eu estava sobrando – respondi. – Além disso, não quero ser um fardo. Quero trilhar meu próprio caminho no mundo. Quero ter vida própria. Só que, no momento, está muito difícil.

– Você devia ter se casado com o príncipe Siegfried – disse Fig. – É isso que as moças da sua posição social devem fazer. Era isso que seus parentes da realeza queriam que você fizesse. A maioria das moças daria qualquer coisa para ser princesa.

– O príncipe Siegfried é um verme nojento – retruquei. – Eu pretendo me casar por amor.

– Que ideia ridícula – rosnou Fig. – E, se você está pensando no seu Sr. O'Mara, pode esquecer. – Fig estava se empolgando com o assunto. – Eu sei que ele não tem nem um centavo. A família está pobre. Tiveram até que vender a propriedade da família. Ele nunca vai ter a menor condição de sustentar uma mulher... se é que ele pretende se casar. Então você está perdendo tempo com ele.

Como não respondi, ela continuou:

– É uma questão de dever, Georgiana. A pessoa sabe qual é o seu dever e o cumpre, não é mesmo, Binky?

– Isso mesmo, querida – respondeu meu irmão, distraído.

Fig lançou um olhar tão gelado para ele que me admirei de ele não ter se transformado numa estátua de gelo no mesmo instante.

– Se bem que alguns de nós têm a sorte de encontrar o amor e a felicidade depois do casamento, não é verdade, Binky?

Ele estava olhando pela janela, vendo o nevoeiro se esgueirar novamente pela Belgrave Square.

– Que tal aquele chá, Georgie?

– É melhor vocês irem tomar na cozinha – respondi. – Lá embaixo é mais quente.

Os dois me seguiram como crianças atrás do flautista mágico. Acendi o fogão a gás e coloquei a chaleira para ferver enquanto eles me olhavam como se eu fosse um mágico fazendo um truque espetacular. Em seguida, coloquei as últimas fatias de pão na grelha para fazer torradas. Binky me observou e suspirou.

– Pelo amor de Deus, Fig, ligue para a Fortnum e peça para entregarem uma cesta de guloseimas. Diga a eles que é uma emergência.

– Se você me der dinheiro, posso abastecer a cozinha para vocês, e vai ser mais econômico do que comprar uma cesta da Fortnum.

– Você faria isso, Georgie? Minha salvadora. Nem sei como agradecer.

Fig lançou um olhar fulminante para ele.

– Achei que tínhamos concordado em ir para um hotel, Binky.

– Vamos jantar fora, minha querida. Que tal? Sei que Georgie sabe preparar um café da manhã esplêndido se dermos os ingredientes. Essa menina é uma gênia.

Eles tomaram o chá e comeram as torradas em silêncio. Tentei engolir minha própria porção, mas cada mordida na torrada soava como címbalos tocando na minha cabeça. Eu estava pensando quando é que Belinda ia voltar para casa e como seria melhor dormir no sofá moderno e desconfortável na casa dela quando a campainha tocou.

– Quem pode ser, a esta hora? – perguntou Fig, olhando para mim como se achasse que era meu próximo amante chegando para me visitar. – É melhor Georgiana ver quem é. Não seria adequado um de nós ser visto atendendo a porta. As notícias circulam muito depressa.

Eu fui, tão curiosa quanto ela para saber quem estava à porta. Parte de mim tinha a esperança de que fosse Darcy vindo me resgatar, mas eu desconfiava que ele não era do tipo que acordava antes do meio-dia. Em vez dele, a primeira coisa que notei foi um automóvel Daimler parado na rua e um jovem com uniforme de chofer plantado na frente da porta.

– Vim buscar lady Georgiana – disse ele, sem imaginar nem por um instante que eu não passava de uma serviçal. – Para ir ao palácio.

Foi quando notei o Estandarte Real do Reino Unido que o Daimler exibia. Ah, meu Deus. Quinta-feira. Almoço com a rainha. Com o cérebro encharcado de álcool, eu tinha esquecido completamente.

– Vou informar a ela – murmurei.

Fechei a porta e estava prestes a subir a escada correndo em pânico quando Fig espichou a cabeça no alto da escada que levava à cozinha.

– Quem era? – perguntou.

– O chofer da rainha – respondi. – Tenho que almoçar no palácio hoje.

Dei a impressão de que almoçar com Sua Majestade era um evento normal para mim. Fig sempre ficava irritadíssima por eu ser parente direta da realeza e ela só ser parente por casamento.

– É melhor eu subir para mudar de roupa. Não quero deixar o chofer dela esperando.

– Almoço no palácio? – perguntou ela, fazendo cara feia. – Não me admira que você não se dê ao trabalho de ter mantimentos em casa, já que está sempre comendo em lugares sofisticados. Ouviu isso, Binky? – gritou Fig escada abaixo. – A rainha mandou um carro para buscá-la. Ela vai almoçar no palácio. Vai comer um almoço decente. Você é o duque. Por que não fomos convidados?

– Provavelmente porque a rainha quer falar com Georgiana – respondeu Binky. – Além do mais, como ela ia saber que estamos aqui?

Fig continuou furiosa, como se eu tivesse combinado esse pequeno *tête-à-tête* só para ofendê-la. Devo admitir que isso me deu um enorme prazer.

Cinco

Palácio de Buckingham
Quinta-feira, 10 de novembro

Apesar de sentir que a minha cabeça estava rachando ao meio e que os meus olhos não queriam focar, consegui tomar banho e ficar com um ar respeitável em exatos quinze minutos. Logo eu estava sentada no banco de trás do Daimler real sendo levada em direção ao palácio. A distância entre a Belgrave Square e a Constitution Hill não era muito grande, e eu tinha feito o trajeto a pé em ocasiões anteriores. Hoje, porém, eu estava muito grata pelo carro, porque o nevoeiro tinha voltado a dar lugar à chuva forte de novembro. Ninguém deve se encontrar com a rainha parecendo um pinto molhado.

Enquanto olhava pelas janelas riscadas de chuva, vendo o mundo escuro lá fora, tive tempo para pensar nas implicações daquela convocação e comecei a ficar apreensiva. A rainha da Inglaterra era uma mulher ocupada. Estava sempre inaugurando hospitais, visitando escolas e recebendo embaixadores estrangeiros. Então, se ela havia arranjado tempo para chamar uma prima jovem para almoçar, o motivo devia ser importante.

Não sei por que eu sempre espero que uma visita ao Palácio de Buckingham signifique uma calamidade. Deve ser porque isso aconteceu muitas vezes. Lembrei-me da princesa estrangeira que minha parente real havia me impingido. Também me lembrei da instrução para espionar a amante inadequada do príncipe de Gales, a Sra. Simpson. Meu coração estava acelerado quando o carro passou pelos portões de ferro fundido do palácio, recebeu uma saudação dos guardas de plantão, atravessou o campo de parada, passou por baixo do arco e chegou ao pátio interno.

Um lacaio veio abrir a porta do carro para mim.

– Bom dia, milady. Por gentileza, me acompanhe – disse ele, subindo a escada num passo ligeiro.

Eu o segui tomando muito cuidado, já que minhas pernas eram conhecidas por me desobedecerem em momentos de tensão extrema.

Seria possível imaginar que, para alguém que era prima de segundo grau do rei Jorge V, uma visita ao Palácio de Buckingham não era nada de mais, mas preciso admitir que eu sempre ficava impressionada ao subir aquelas escadarias monumentais e andar pelos corredores repletos de estátuas e espelhos. Na verdade, eu me sentia como uma criança que foi parar num conto de fadas por engano. Eu também tinha crescido num castelo, mas o Castelo de Rannoch era muito diferente. Era uma construção de pedra austera, simples e fria, com paredes ocupadas por escudos e bandeiras de batalhas antigas. Já o palácio era a realeza em seu estado mais grandioso, feito para impressionar os estrangeiros e as pessoas de classes inferiores.

Dessa vez, fui levada pela grande escadaria, não pelos corredores dos fundos. Chegamos à área entre as salas de música e do trono, onde acontecem as festas. Fiquei pensando se era uma ocasião formal até o lacaio seguir em frente até o fim do corredor. Ele abriu uma porta fechada que levava aos aposentos particulares da família. Percebi que eu estava prendendo a respiração até não conseguir mais segurá-la quando finalmente uma porta se abriu e fui levada a uma sala de estar agradável e comum. Ela não tinha a grandeza dos salões de Estado, e era onde o casal real relaxava nas raras ocasiões em que não estava trabalhando. Pelo menos, isso significava que eu não teria que encarar desconhecidos no almoço, o que era um alívio.

– Lady Georgiana, madame – anunciou o lacaio, depois se curvou e se retirou da presença real.

A princípio, eu não tinha visto a rainha, pois ela estava parada ao lado da janela, olhando para os jardins. Ela se virou para mim e estendeu a mão.

– Georgiana, minha querida. Foi muita bondade sua aceitar um convite tão repentino.

Como se alguém pudesse dizer não a uma rainha. A realeza não cortava mais cabeças, mas mesmo assim as pessoas obedeciam.

– É muito bom vê-la, madame – respondi, atravessando a sala para pegar a mão dela, fazer uma reverência e beijá-la no rosto. A manobra exigia uma sincronia perfeita que eu ainda não tinha dominado e sempre acabava esbarrando no nariz nela.

Ela voltou a olhar pela janela.

– Os jardins ficam tão tristes nesta época do ano, você não acha? E como o tempo está horrível. Primeiro o nevoeiro e agora a chuva. O rei anda de mau humor por estar confinado há tanto tempo. O médico o proibiu de sair no nevoeiro, sabia? Com os pulmões delicados, ele não pode se expor à fuligem no ar.

– Concordo plenamente, madame. Saí no nevoeiro no começo da semana e foi medonho. É totalmente diferente da névoa do campo. Foi como respirar fuligem líquida.

Ela assentiu e, ainda segurando a minha mão, me levou pela sala até um sofá.

– Seu irmão... ele já se recuperou do acidente?

– Quase, madame. Pelo menos já está de pé e andando de novo, mas veio a Londres consultar um especialista.

– Foi repugnante o que aconteceu – disse ela. – E, ao que parece, a mesma pessoa atirou na minha neta. Foi a sua perspicácia que a salvou.

– E o autocontrole da própria princesa – acrescentei. – Ela é uma amazona esplêndida, não?

A rainha sorriu. Nada a agradava mais do que falar das netas.

– Imagino que você queira saber por que pedi que viesse almoçar hoje, Georgiana – disse a rainha.

Prendi a respiração outra vez. *A calamidade vai acontecer a qualquer momento*, pensei. Mas ela parecia estar de bom humor.

– Que tal uma taça de xerez?

Em geral, eu adoro xerez, mas só de pensar em álcool meu estômago revirou.

– Para mim, não, madame, obrigada.

– É muito sensato não beber no meio do dia – disse a rainha. – Eu também gosto de manter a mente lúcida.

Ai, meu Deus, se ela soubesse o quanto eu estava longe de uma mente lúcida no momento.

– Então, vamos comer logo – continuou ela. – É muito mais fácil conversar enquanto se come, você não acha?

Da minha parte, eu achava exatamente o contrário. Nunca achei fácil conversar e comer ao mesmo tempo. Eu sempre estou com a boca cheia na hora errada ou derrubo o garfo quando fico nervosa. A rainha tocou uma sineta e uma criada apareceu.

– Eu e lady Georgiana estamos prontas para o almoço – comunicou a rainha. – Venha, minha querida. Num clima como este, precisamos de comida boa e nutritiva.

Fomos para o cômodo ao lado, uma sala de jantar da família. Nada de mesas de trinta metros de comprimento, mas uma mesinha posta para duas pessoas. Ocupei meu lugar como indicado, e trouxeram o primeiro prato. Era a minha nêmesis – metade de uma toranja numa taça alta de cristal. Eu sempre fico com a metade em que os gomos não estão perfeitamente separados. Olhei para ela com pavor, respirei fundo e peguei a colher.

– Ah, toranja – disse a rainha, sorrindo para mim. – É tão revigorante nos meses de inverno, não acha?

E ela pegou com a colher um gomo separado com perfeição. Tive a esperança de que, desta vez, a equipe da cozinha tivesse feito seu trabalho. Enfiei a colher na toranja. Ela escorregou para o lado na taça, quase caindo na toalha de mesa. Eu a impedi no último segundo e tive que usar discretamente o dedo para equilibrá-la enquanto voltava a usar a colher. O primeiro pedaço se soltou sem muito esforço. Não tive a mesma sorte com o segundo. Segurei a toranja, cavei e puxei. Desta vez, dois gomos vieram juntos. Tentei separá-los e o suco foi direto para o meu olho. Ardeu, e esperei a rainha se ocupar outra vez antes de limpar o olho com o guardanapo. Pelo menos eu não tinha esguichado suco de toranja no olho de Sua Majestade.

Foi com imenso alívio que terminei a toranja e a casca foi levada da mesa. Seguiu-se uma sopa espessa e marrom, depois o prato principal. Era torta de carne e rim, geralmente uma das minhas comidas preferidas. Veio acompanhada de couve-flor ao molho branco e batatinhas assadas. Fiquei com água na boca. Duas boas refeições em dois dias. Mas a primeira garfada me mostrou que esse prato também não seria fácil de comer. Sempre tive dificuldade para mastigar e engolir pedaços grandes de carne. Eles simplesmente não descem.

– Georgiana, preciso lhe pedir um favor especial – disse a rainha, erguendo o olhar. – O rei queria que o assunto fosse conduzido de maneira formal, mas consegui convencê-lo de que uma conversa particular seria mais adequada. Eu não queria constrangê-la, caso você preferisse recusar.

É claro que agora a minha mente estava disparada. Eles tinham achado outro príncipe para mim. Ou, pior ainda, Siegfried tinha pedido oficialmente a minha mão, de uma família real para outra, e rejeitá-lo criaria um incidente internacional. Fiquei paralisada, com o garfo a meio caminho entre o prato e a boca.

– Haverá um casamento real ainda este mês. Sem dúvida você já soube – continuou a rainha.

– Não. – Minha resposta saiu como um guincho.

– A princesa Maria Theresa da Romênia vai se casar com o príncipe Nicolau da Bulgária. Ele é o herdeiro do trono, como imagino que você saiba.

Assenti de leve, como se as famílias reais da Europa sempre comentassem seus planos matrimoniais comigo. Graças a Deus, era do casamento de outra pessoa que íamos falar. Levei o garfo à boca e comecei a mastigar.

– É óbvio que a nossa família deve estar representada na cerimônia – continuou a rainha. – Afinal de contas, somos parentes dos dois lados. Ele é da mesma linhagem Saxe-Coburgo-Gota que a sua bisavó rainha Vitória, e ela, é claro, é uma Hohenzollern-Sigmaringen. Se fosse no verão, ficaríamos felicíssimos em comparecer; no entanto, não há a menor possibilidade de o rei viajar ao exterior nesta época terrível do ano.

Assenti outra vez, com um pedaço de carne especialmente duro na boca.

– Então, Sua Majestade e eu decidimos pedir que você nos represente.

– Eu? – consegui guinchar, com a boca ainda cheia daquele pedaço de carne enorme.

Minha situação tinha se complicado em mais de um aspecto. Eu não tinha como engolir. Também não tinha como cuspir. Tentei tomar um gole de água para ver se descia, mas não adiantou. Então, tive que recorrer ao velho truque da escola – fingir que tossia, levar um guardanapo à boca e cuspir a carne no tecido.

– Perdão – disse, me recompondo. – Madame quer que eu represente a família num casamento real? Mas sou só a filha de um primo. As famílias reais em questão não verão como uma desfeita a decisão de mandar apenas alguém como eu? Com certeza um dos seus filhos seria mais adequado, ou a sua filha, a princesa real.

– Em outras circunstâncias, eu concordaria com você, mas acontece que a princesa Maria Theresa solicitou especificamente que você fosse uma das madrinhas.

Por pouco não guinchei "eu?" pela segunda vez.

– Eu soube que vocês foram muito amigas na escola.

Na escola? Minha mente voltou a disparar. Eu tinha conhecido uma princesa Maria Theresa na escola? Tinha sido amiga dela? Fiz uma lista rápida das minhas amizades. Não havia nenhuma princesa nela.

Mas eu não podia chamar uma princesa estrangeira, que pelo jeito era nossa parente, de mentirosa. Sorri de um jeito desanimado. Então, de repente, uma imagem se formou na minha mente – uma menina grande e rechonchuda, de rosto redondo, andando atrás de mim e de Belinda, e Belinda dizendo: "Matty, pare de nos seguir. Georgie e eu queremos ficar sozinhas, para variar." Matty – só podia ser ela. Nunca percebi que esse apelido vinha de Maria Theresa. Nem que ela era princesa. Na época, era uma menininha um tanto patética e irritante (bom, não tão menininha assim, mas um ano atrás de nós).

– Ah, sim – respondi, sorrindo. – A querida Matty. Que gentileza dela me convidar. É mesmo uma honra, madame.

Agora eu estava me sentindo satisfeita comigo mesma. Tinha sido convidada para ir a um casamento da realeza – para ser madrinha da própria noiva. Sem dúvida, seria muito melhor do que congelar e passar fome na Rannoch House. Em seguida, entendi as ramificações do convite. O custo da passagem. As roupas necessárias… A rainha nunca parecia levar as despesas em consideração.

– Acho que vou ter que mandar fazer um vestido para o casamento antes de ir, não é? – perguntei.

– Creio que não – respondeu a rainha. – A sugestão foi que você viajasse para a Romênia com antecedência para que todos os vestidos sejam feitos pela costureira particular da princesa. Eu soube que ela tem um imenso bom gosto e contratou uma *couturière* de Paris.

Será que eu tinha entendido bem? Matty, que sempre pareceu um saco de batatas com o uniforme da escola, tinha contratado uma *couturière* de Paris?

– Vou pedir ao meu secretário que cuide de todos os trâmites de viagem para você e sua criada – continuou a rainha. – Você vai viajar com um passaporte oficial da realeza, então não haverá nenhuma formalidade desnecessária. Também vou providenciar uma dama de companhia. Não seria adequado você fazer uma viagem tão longa sozinha.

Agora eu estava digerindo uma palavra específica daquela fala: criada. Você e sua criada, dissera ela. Ah, isso seria um problema. A rainha nem imaginava que alguém da minha posição social sobrevivia sem uma criada. Abri a boca para explicar, mas, em vez disso, falei:

– Infelizmente, vai ser difícil encontrar uma criada disposta a viajar comigo. Minha criada escocesa não quer nem vir para Londres.

A rainha assentiu.

– Sim, entendo que isso possa ser um problema. As moças inglesas e escocesas são tão tacanhas, não é? Não dê escolha a ela, Georgiana. Nunca dê escolha aos serviçais. Eles ficam convencidos. Se a sua criada atual quer preservar a posição que tem ao seu lado, deve estar disposta a acompanhá-la até os confins da terra. Eu sei que a minha criada faria isso. – Ela cravou o garfo na couve-flor. – Seja firme. Sabe, você vai ter que aprender a lidar com os serviçais antes de administrar bem uma casa. Se você ceder um centímetro, eles fazem gato e sapato de você. Agora, vamos. Coma antes que a comida esfrie.

Principalmente no chalé de Belinda Warburton-Stoke
Quinta-feira, 10 de novembro

O CARRO ESTAVA ME ESPERANDO NO PÁTIO para me levar de volta à Rannoch House. Teria sido um regresso triunfal, não fosse por um pequeno detalhe: em uma semana, eu precisava arranjar uma criada que aceitasse viajar para a Romênia sem pagamento. Eu tinha a impressão de que não haveria muitas jovens em Londres fazendo fila para conseguir esse emprego.

Enquanto eu entrava, Fig apareceu no corredor.

– Você passou um bom tempo fora – comentou ela. – Espero que Sua Majestade tenha lhe oferecido uma bela refeição.

– Ofereceu, sim, obrigada.

Decidi não citar o quase desastre com a toranja e a carne. Nem o fato de que a sobremesa foi manjar branco e que outra das minhas fobias esquisitas tem a ver com engolir manjar branco e gelatina – na verdade, qualquer coisa com essa textura molenga.

– Foi uma ocasião formal? Tinha muita gente lá? – perguntou ela, tentando parecer descontraída enquanto morria de curiosidade.

– Não, só eu e a rainha na sala de jantar particular.

Ah, como gostei de dizer aquilo. Eu sabia que Fig nunca tinha sido convidada para a sala de jantar particular e nunca tinha tido um *tête-à-tête* com a rainha.

– Minha nossa – disse ela. – O que ela queria?

– Alguém precisa de pretexto para convidar uma parente para almoçar? – perguntei. E acrescentei: – Se você quer mesmo saber, ela quer que eu represente a família real no casamento da princesa Maria Theresa na Romênia.

O rosto de Fig adquiriu um tom interessante de vermelho-escuro.

– Você? Ela quer que *você* represente a família real? Num casamento da realeza? O que é que ela tem na cabeça?

– Ora, você acha que não vou saber como me comportar? Que vou falar várias besteiras e tomar sopa fazendo barulho?

– Mas você nem faz parte da linhagem direta – disse ela aos atropelos.

– Na verdade, faço, sim. Apesar de estar na trigésima quarta posição – retruquei.

– E Binky está na trigésima segunda e pelo menos é duque.

– Ah, mas Binky não ficaria bem usando um vestido de madrinha, segurando um buquê – argumentei. – Sabe, a princesa pediu especificamente que eu fosse uma das suas madrinhas.

Os olhos de Fig se arregalaram ainda mais.

– Você? Por que diabo ela pediu você?

– Porque fomos muito amigas na escola – respondi sem pestanejar. – Sabe, no fim das contas, aquela educação absurdamente cara da qual você tanto reclama teve suas vantagens.

– Binky! – gritou Fig de um jeito que nenhuma dama deveria gritar. – Binky, Georgiana foi convidada para representar a família num casamento da realeza na Romênia.

Binky saiu da biblioteca, ainda de sobretudo e cachecol.

– O que foi?

– Ela foi convidada para representar a família real num casamento – repetiu Fig. – Onde já se viu uma coisa dessas?

– Imagino que não queiram mandar nenhum dos herdeiros diretos por medo de assassinato – sugeriu Binky, tranquilo. – Eles estão sempre assassinando uns aos outros naquela região.

Ficou óbvio que Fig gostou dessa resposta. Eu estava sendo enviada porque era descartável, não porque era digna. Isso dava outro aspecto à situação.

– E quando é esse casamento? – perguntou ela.

– Preciso embarcar na semana que vem.

– Semana que vem. Nesse caso, você não tem muito tempo, não é? E as roupas? Você precisa mandar fazer um vestido para participar dessa procissão nupcial?

– Não. Felizmente, a princesa vai nos dar vestidos feitos pela sua *couturière* de Paris. É por isso que preciso ir antes.

– E a sua tiara? Ela ainda está no cofre na Escócia. Vamos ter que mandá-la para você?

– Não sei se vamos usar tiaras. Vou ter que perguntar ao secretário da rainha.

– E a viagem? Quem vai pagar por tudo isso?

– O secretário da rainha vai tomar todas as providências. Eu só preciso arranjar uma criada.

Fig olhou de mim para Binky e de novo para mim.

– Como é que você vai fazer isso?

– Neste momento, não tenho a menor ideia. Acho que nenhuma das criadas do Castelo de Rannoch gostaria de ir à Romênia, não é?

Fig riu.

– Queridinha, já é difícil convencer os serviçais do Castelo de Rannoch a virem para Londres, que eles consideram um lugar perigoso e pecaminoso. Se você não se lembra, nem a sua criada Maggie veio. A mãe dela não permitiu.

Dei de ombros.

– Então vou ver se consigo pedir emprestada a criada de alguém em Londres. Caso contrário, vou ter que contratar de uma agência.

– Contratar como? Você não tem dinheiro.

– Exatamente. Mas tenho que dar um jeito de arranjar uma criada, não é? Talvez eu tenha que vender algumas joias da família. Talvez você possa me mandar um ou dois diamantes com a tiara.

Eu só estava brincando, mas Fig me lançou um olhar fulminante.

– Não seja ridícula. As joias da família têm que ficar com a família. Você sabe disso.

– E o que você sugere? – perguntei. – Não posso me recusar a ir. Seria um insulto absurdo à princesa Maria Theresa e a Sua Majestade.

Fig olhou de novo para Binky.

– Não consigo pensar em ninguém que possa se dispor a emprestar uma criada para uma aventura tão exótica. Você consegue, Binky?

– Não sei muito sobre criadas, minha querida. Desculpe – respondeu ele. – É melhor vocês, mulheres, resolverem isso. Georgie tem que ir, isso é óbvio. Portanto, se for necessário, vamos ter que pagar pelas despesas.

– Você quer que nós paguemos a despesa? – retrucou Fig, elevando a voz. – Como vamos fazer isso? Vendendo as joias da família, como Georgiana sugeriu? Negar um tutor ao nosso pequeno Podge? Assim já é demais, Binky. Ela já tem mais de 21 anos, não é? Não é mais nossa responsabilidade.

Binky se aproximou e pousou a mão no ombro dela.

– Não se irrite, minha querida. Você sabe que o médico disse que você precisa tentar manter a calma e ter pensamentos tranquilos.

– Como posso ter pensamentos tranquilos quando nem sequer temos dinheiro para pagar as consultas médicas e a clínica? – A voz dela estava chegando a um volume ameaçador.

E, sem nenhum aviso, ela fez uma coisa que eu nunca tinha visto Fig fazer, nem ninguém no meu círculo imediato. Irrompeu em lágrimas e correu escada acima. As damas são educadas para nunca demonstrar emoção, mesmo nas piores circunstâncias.

Eu a encarei boquiaberta. Percebi que os dois tinham comentado sobre a consulta de Fig a um médico, mas não tinha me ocorrido até agora que pudesse ser um psiquiatra. Será que seu mau humor permanente era causado por alguma coisa mais sombria, como insanidade na família? Que delícia. Era bom demais para deixar passar.

– Hoje ela está meio indisposta – disse Binky, envergonhado. – Não está na melhor forma.

– Fig foi ao médico por causa dos nervos? – perguntei.

– Não exatamente – respondeu ele.

Ele olhou para o alto da escada, ponderou se a ira de Deus se abateria sobre ele e se inclinou para perto de mim num gesto de confidência.

– Se quer saber, Georgie, Fig está esperando outro bebê. O segundo pequeno Rannoch. Não é uma ótima notícia?

Era uma notícia espantosa. O fato de os dois terem gerado um herdeiro uma vez já era de cair o queixo. O fato de terem feito isso pela segunda vez era mais difícil de assimilar. Tentei imaginar alguém fazendo amor com Fig por decisão própria. Mas, pensando bem, faz muito frio na Escócia, ainda mais à noite, na cama. A explicação só podia ser essa.

– Parabéns – respondi. – Vai ter o herdeiro e o suplente.

– Esse foi um dos motivos para decidirmos passar o inverno em Londres – disse Binky. – Fig não tem passado muito bem, e o médico recomendou repouso e tranquilidade. E, infelizmente, ela fica muito agoniada com a nossa falta de dinheiro. Para dizer a verdade, me sinto um fracasso total.

Tive pena de Binky.

– Não é culpa sua se o nosso pai se matou com um tiro e sobrecarregou você com impostos altíssimos sobre a herança.

– Eu sei, mas eu devia ser capaz de fazer mais. Não sou um sujeito muito brilhante e, infelizmente, não estou preparado para fazer nenhum tipo de trabalho além de andar pela propriedade e coisas do tipo.

Pousei a mão no braço dele.

– Olhe, não se preocupe com a criada – falei. – Vou dar um jeito de arranjar uma. Vou falar com Belinda. Ela conhece todo mundo. Viaja para o continente o tempo todo. E é melhor você ir ver Fig.

Ele suspirou e subiu a escada. Eu não queria sair outra vez, pois Darcy podia telefonar ou vir pessoalmente e acabaria sendo recebido pela hostilidade da minha cunhada. Mas, como eu não tinha como entrar em contato com ele e a experiência tinha me ensinado que Darcy era, no mínimo, imprevisível, decidi que precisava começar a resolver a questão da criada imediatamente. Talvez Belinda estivesse de volta a Londres, agora que o nevoeiro tinha se dissipado. Decidi que não seria sensato irritar ainda mais Fig usando o telefone dela, então fui debaixo de chuva até o chalé de Belinda.

Para minha alegria, a criada dela abriu a porta num instante.

– Ah, Vossa Senhoria – disse ela. – Sinto muito, mas ela está em repouso. Vai sair hoje à noite e pediu para ninguém incomodá-la.

Eu tinha me arrastado por todo aquele caminho debaixo da chuva forte e não ia voltar de mão vazia.

– Ah, que pena – respondi num tom bem alto, projetando a voz como tinha aprendido a fazer nas aulas de oratória. – Ela vai ficar triste de não me receber, ainda mais porque eu vim contar do casamento da realeza ao qual vou comparecer.

Esperei e, como eu imaginava, ouvi o som de passos no andar de cima. Belinda apareceu sonolenta, com a máscara de dormir acetinada na testa e um roupão com barra de plumas. Ela desceu a escada com cuidado na minha direção.

– Georgie, que ótimo ver você. Eu não sabia que tinha voltado para Londres. Não deixe lady Georgiana parada aí fora, Florrie – disse ela. – Diga a ela para entrar e faça um chá para nós.

Ela cambaleou pelos últimos degraus e me abraçou.

– Que bom que você está aqui – falei. – Vim alguns dias atrás e a casa estava trancada.

– É que Florrie não conseguiu chegar por causa do nevoeiro – explicou Belinda, fazendo cara feia para a criada que estava se afastando. – Ela me deixou desamparada. Essa gente não tem senso de dever nem firmeza de caráter. Você e eu teríamos conseguido, não é? Mesmo que tivéssemos que vir andando lá de Hackney. Tentei sobreviver sem ela, mas no fim não tive escolha, querida, a não ser me hospedar no Dorchester até o nevoeiro passar.

Ela me levou para a sala de estar deliciosamente quente, onde tirei o casaco.

– Na verdade, estou surpresa por encontrar você aqui – comentei. – Achei que a Itália era muito mais agradável nesta época do ano.

Um esgar de irritação passou pelo rosto dela.

– Digamos que, de uma hora para a outra, o clima na Itália ficou bem gelado.

– Como assim?

– A noiva terrível do Paolo soube do nosso caso e acabou com a nossa graça. Ela anunciou que quer se casar logo. Então, o pai do Paolo mandou ele entrar nos eixos e cumprir o dever dele, senão ia sofrer as consequências. E, como quem controla o dinheiro é o papai, só ganhei um *arrivederci*, pobrezinha de *moi*.

– Sabe, você está começando a falar como a minha mãe – comentei. – Tomara que não fique igual a ela.

– Eu acho que ela teve uma vida divina – disse Belinda –, com todos aqueles playboys, pilotos de corrida e milionários texanos do petróleo.

– É, mas, no fim, o que ela tem?

– Algumas joias lindas, no mínimo, e aquela vilazinha no sul da França.

– É, mas e em termos de família? Só eu e meu avô, e ela ignora os dois.

– Querida, sua mãe é uma sobrevivente como eu – afirmou Belinda. –

Depois que Paolo me mandou embora, fiquei triste por uns dias, mas depois percebi que há muitos outros peixes no mar. Mas chega de falar de mim. Que história é essa de casamento da realeza?

Ela se acomodou na poltrona art nouveau. Eu me sentei na ponta do sofá moderno e extremamente desconfortável.

– Não me diga que você foi obrigada a dizer sim ao Cara de Peixe.

– Nem se ele fosse o último homem do planeta – falei. – Não, é muito mais emocionante do que isso. Fui convidada para ir a um casamento real na Romênia, como representante oficial da família. E vou ser uma das madrinhas.

– Ora essa! – Belinda demonstrou a surpresa esperada. – Que beleza! Esse é um enorme passo adiante, não é? Num dia você está vivendo de torrada seca, no outro está representando nosso país num casamento da realeza. Como foi que isso aconteceu?

– A noiva pediu especificamente que eu comparecesse – respondi. – Porque fomos amigas na época da escola.

– Amigas na época da escola? Em Les Oiseaux?

– É a única escola que frequentei. Antes disso, só tive governantas.

Belinda franziu a testa, tentando pensar.

– Uma amiga da época da escola que está na Romênia? Quem é?

– A princesa Maria Theresa – respondi.

– Maria Theresa... ai, meu Deus. Não me diga que é a Matty Gorda.

– Eu tinha esquecido que você a chamava assim, Belinda. Não era muito gentil, não é?

– Querida, eu só estava sendo sincera. Além disso, ela também não era muito gentil, não é?

– Não era? Eu sei que ela era irritante, sempre nos seguindo e querendo ser incluída em tudo. Lembro que eu a chamava de Matty Cara de Lua Cheia por causa do rosto redondo e porque ela parecia estar o tempo todo pairando um passo atrás de nós.

– E ela estava sempre me importunando com perguntas sobre sexo. Era totalmente impertinente. Não sabia nem de onde vinham os bebês. Mas você se lembra que, quando a incluímos, ela traiu a nossa confiança e me denunciou para mademoiselle Amelie? Eu quase fui expulsa por causa dela.

– É mesmo?

– É, naquela vez que saí pela janela para me encontrar com aquele instrutor de esqui.

– Foi Matty que contou para a mademoiselle?

– Nunca tivemos certeza, mas eu sempre desconfiei. Ela ficou com um ar bem presunçoso enquanto eu era arrastada para a sala da mademoiselle – disse Belinda.

– Bom, vamos esperar que ela tenha melhorado, a esta altura. Ela contratou uma *couturière* de Paris para fazer os nossos vestidos.

– Ai, meu Deus. Ela vai ficar parecendo um suspiro gigante de vestido de noiva – comentou Belinda. – Com quem ela vai se casar?

– Parece que é com o príncipe Nicolau da Bulgária.

– Coitado do príncipe. Eu tinha esquecido que ela era princesa, mas acho que muitas das nossas colegas eram da realeza, não é? Eu era uma das poucas plebeias.

– Você é honorável. Está longe de ser plebeia.

– Mas não sou da sua categoria, querida. Enfim, isso é incrível! Você vai ser madrinha de Matty Gorda. Tomara que as outras madrinhas não sejam do mesmo tamanho que ela, senão você corre o risco de ser esmagada.

– Belinda, você é horrível.

Tive que rir. Fomos interrompidas quando o chá chegou. Observei Florrie servi-lo com eficiência e se retirar.

– Sua criada – falei –, por acaso, não tem uma irmã?

– Florrie? Não faço ideia, por quê?

– Porque Sua Majestade me instruiu a levar a minha criada para a Romênia. E, como eu não tenho uma criada, vou ter que implorar, pedir emprestada ou roubar uma de alguém, ou contratar de uma agência. Acho que você não conseguiria ficar sem Florrie por uma semana mais ou menos, não é?

– De jeito nenhum – respondeu Belinda. – Quase morri de fome durante aquele nevoeiro. Se não tivesse conseguido correr até a sessão de gastronomia da Harrods e comprar patê e frutas, teria sido o meu fim. Além disso, se Florrie não tem coragem de atravessar Londres durante um nevoeiro, acho que também não teria coragem de atravessar o canal, muito menos para ir à Romênia.

– E como você faz quando vai para o exterior?

– Eu a deixo aqui. Não posso pagar duas passagens. Em geral, há criadas suficientes para tomar conta de mim no tipo de vila que gosto de visitar.

– Você tem alguma ideia de onde posso encontrar uma criada? Conhece alguém que vai fazer um cruzeiro ou uma viagem ao sul da França e vai deixar a criada para trás?

– Quem tem dinheiro nunca deixa as criadas para trás – respondeu Belinda. – Todo mundo as leva. Você deve conseguir encontrar a moça certa para isso em Paris se for alguns dias antes.

– Belinda, eu nem tenho ideia de onde achar uma criada em Paris. Minha mãe me levou para lá algumas vezes quando eu era pequena e fomos uma vez com a escola. Além disso, eu teria que pagar à criada francesa com um dinheiro que não tenho.

– É mesmo – concordou Belinda. – Elas são terrivelmente caras. Mas valem a pena. Se eu não estivesse vivendo esta existência miserável, contrataria uma criada francesa sem pensar duas vezes. Minha querida madrasta tem uma, mas é porque papai dá tudo que ela quer. – Ela pôs um cubo de açúcar na xícara de chá. – Por falar em mães, por que você não pede à sua para arrumar o dinheiro para pagar uma criada francesa?

– Eu nunca sei onde achar a minha mãe – respondi. – Além disso, não gosto de pedir nada a ela. – Uma ideia me passou pela cabeça. – Poderíamos perguntar a Florrie se ela conhece alguma garota que esteja procurando trabalho e queira um gostinho de aventura.

– Qualquer uma que Florrie conheça não ia querer um gostinho de aventura. Ela deve ser uma das criaturas mais entediantes da Terra.

Mas, mesmo assim, Belinda tocou a sineta. Florrie voltou depressa para a sala.

– Esqueci alguma coisa na bandeja, senhorita? – perguntou ela, apertando ansiosa o avental.

– Não, Florrie. Lady Georgiana quer lhe fazer um pedido. Pode falar, Georgie.

– Florrie, estou precisando de uma criada. Por acaso você não conhece uma garota adequada que esteja sem trabalho?

– Talvez, Vossa Senhoria.

– Alguém que aceite a pequena aventura de viajar para o exterior?

– Para o exterior? Quer dizer, para a França, por exemplo? Dizem que lá é muito perigoso. Os homens beliscam o nosso traseiro. – Florrie arregalou os olhos.

– É mais longe que a França. E ainda mais perigoso – disse Belinda. – É para cruzar a Europa de trem.

– Ah, não, senhorita. Não conheço nenhuma garota que queira fazer isso. Desculpe, Vossa Senhoria.

Ela fez uma reverência desajeitada e saiu apressada.

– Você não precisava ter falado do perigo – reclamei. – Vamos só ficar num trem e num castelo real.

– Você não quer alguém que vai perder a coragem no meio do caminho e implorar aos prantos para ser levada para casa – argumentou Belinda. – Além disso, e se o trem for atacado por bandidos... ou lobos?

– Belinda! – Eu ri, nervosa. – Essas coisas não acontecem mais.

– Nos Bálcãs, acontecem, sim. O tempo todo. E aquele trem que foi soterrado por uma avalanche? Levaram dias para desenterrá-lo. – Ela olhou para mim e soltou uma gargalhada. – Por que essa cara triste? Você vai se divertir até cansar.

– Quando eu não estiver sufocando numa avalanche nem sendo atacada por bandidos ou lobos.

– E hoje em dia a Transilvânia faz parte da Romênia, não é? – Belinda estava se empolgando com o assunto. – Você pode conhecer um vampiro.

– Ah, deixe disso, Belinda. Vampiros não existem.

– Imagine só como seria intrigante. Pelo que eu soube, levar uma mordida no pescoço é puro êxtase. Até mais gostoso do que sexo. É claro que depois disso acho que a pessoa se torna morta-viva, mas deve valer a pena só pela experiência.

– Não, obrigada, não tenho a menor vontade de me tornar morta-viva – comentei, nervosa.

– Pensando bem, tenho certeza que Matty nos contou que a casa ancestral da família dela ficava nas montanhas da Transilvânia, então pronto. Vampiros por toda parte. Que inveja da experiência que você vai ter. Eu queria ir junto.

De repente, ela se empinou na poltrona, quase derrubando a mesinha de chá.

– Tive uma ideia brilhante. Que tal eu ir como sua criada?

Eu a encarei e comecei a rir.

– Belinda, que ideia mais absurda – respondi. – Por que você ia querer ser minha criada?

– Porque você foi convidada para um casamento da realeza na Transilvânia e eu não, e estou entediada, e parece que vai ser pura diversão, e eu morro de vontade de conhecer um vampiro.

– Que bela criada você seria. – Eu continuava sorrindo. – Você não sabe nem fazer chá.

– Ah, mas sei passar roupa, graças à minha empresa de moda. Essa é a parte importante, não é? Posso passar a sua roupa e ajudá-la a se vestir. E, caso você tenha se esquecido, eu já fiz o papel de sua criada e me saí muitíssimo bem – declarou ela. – Então, por que não? Estou ansiosa por uma aventura e você vai me proporcionar uma. Você nem teria que me pagar.

Preciso admitir que fiquei muito tentada. Seria divertido estar num país estranho com Belinda ao meu lado.

– Em outras circunstâncias, eu aceitaria a sua oferta sem pensar – falei –, e seria muito divertido, mas você esqueceu um pequeno detalhe: Matty reconheceria você num instante.

– Que bobagem – disse Belinda. – Ninguém presta atenção nas criadas. Eu ficaria no seu quarto ou no alojamento dos serviçais. Sua Alteza e eu não precisaríamos nos encontrar. Vamos lá. Seja uma boa amiga e diga sim.

– Eu conheço você bem demais – declarei. – Você logo se cansaria de ficar de fora da diversão e das festividades, não é? Depois de dez minutos, você ia arranjar um príncipe estrangeiro bonitão, revelar sua identidade e me deixar em apuros.

– Assim você me magoa. Eu estou aqui, fazendo uma oferta generosa e desinteressada, e você fica procurando motivos para me rejeitar. Não seria uma farra estarmos lá juntas?

– Uma farra fabulosa, e, se eu fosse como uma pessoa comum, levaria você num piscar de olhos. Mas, como vou representar a família real e o meu país, tenho que seguir o protocolo em todos os aspectos. Você com certeza entende isso, não é?

– Você está ficando tão esnobe quanto o seu irmão – respondeu ela.

– Por falar no meu irmão, você nunca vai adivinhar a novidade. Fig vai aumentar a família outra vez.

Belinda sorriu.

– No caso deles, imagino que ele é quem tem que fechar os olhos e pensar na Inglaterra nessas horas. Quer dizer que você vai ser jogada para a trigésima quinta posição na linha de sucessão ao trono. Desse jeito, você nunca vai ser rainha.

– Você é boba. – Eu ri. – Vai ser bom para o Podge ter um irmão ou uma irmã. Me lembro que a minha infância no Castelo de Rannoch foi muito solitária. – Deixei a xícara na mesa e me levantei. – Enfim, preciso continuar a procurar por uma criada. Não tenho a menor ideia de onde vou encontrar.

– Eu ofereci os meus serviços e fui rejeitada – declarou ela. – Mas, se você não conseguir ninguém até o fim da semana, a oferta ainda vai estar de pé.

Sete

Uma casa geminada em Essex com anões de jardim
Ainda quinta-feira, 10 de novembro

O PROBLEMA ESTAVA FICANDO COMPLICADO. Não havia mais ninguém em Londres que eu conhecesse bem o bastante para pedir uma criada pessoal emprestada. Pensando melhor, percebi que seria de uma petulância pavorosa bater na porta de alguém e pedir à pessoa que me emprestasse uma criada, mesmo se fosse alguém que eu conhecia bem. Imaginei se conseguiria me arranjar viajando sozinha e dizendo à dama de companhia que a minha criada tinha pegado caxumba no último instante. Sem dúvida haveria criadas suficientes num castelo real para me cederem uma. E eu tinha aprimorado a habilidade de me vestir sozinha. Mas provavelmente não saberia me vestir com o tipo de roupa que se usa num casamento, com uns mil colchetes nas costas. Não havia saída. Eu teria que encontrar uma agência e contratar uma garota adequada, na esperança de arrumar um jeito de pagá-la no fim da viagem.

Eu ainda estava com a minha roupa-de-visitar-o-palácio, então saí outra vez, vasculhando Mayfair em busca do tipo certo de agência de serviços domésticos. Não me atrevi a voltar àquela que tinha me fornecido Mildred. A proprietária era tão absurdamente majestosa que fazia a rainha parecer uma mulher de classe média. Andei pela Piccadilly e até a Berkeley Square. Por sorte, a chuva tinha diminuído e se tornado um chuvisco enevoado. Finalmente encontrei o que parecia ser uma agência adequada na Bond Street.

A mulher atrás do balcão era outro dragão – talvez fosse um pré-requisito da profissão.

– Vamos ver se eu entendi. Milady quer contratar uma criada para acompanhá-la à Romênia?

– Isso mesmo.

– E quando seria a viagem?

– Semana que vem.

– Semana que vem? – Ela ergueu as sobrancelhas ao máximo. – Acho que seria muito improvável eu encontrar o tipo certo de moça para ocupar essa posição em uma semana. Consigo pensar numa ou duas que talvez aceitassem, mas milady teria que pagar um bônus.

– Que tipo de bônus?

Ela citou uma quantia que seria suficiente para sustentar o Castelo de Rannoch por um ano. Ela deve ter percebido que engoli em seco, pois acrescentou:

– Nós só trabalhamos com moças do mais alto calibre.

Saí de lá em profundo desânimo. Meu irmão nunca conseguiria arranjar tanto dinheiro, mesmo que Fig o deixasse entregá-lo para mim. Teria que ser Belinda ou ninguém. Enquanto eu caminhava pelo crepúsculo, imaginei Belinda e todas as coisas que poderiam dar errado naquele plano. Eu estava condenada de qualquer jeito. Então, ouvi um jornaleiro gritar as manchetes do dia com forte sotaque do leste de Londres. Isso me fez pensar na única pessoa a quem eu ainda não tinha recorrido. Meu avô sempre tinha uma resposta, até para os problemas mais difíceis. E, mesmo que ele não pudesse conjurar uma criada do nada, falar com ele já seria animador. Eu quase corri até a estação de metrô da Bond Street e logo estava cruzando Londres até o interior de Essex.

Acho que preciso explicar que, embora meu pai tenha sido neto da rainha Vitória, minha mãe tinha começado a vida como filha de um policial do leste de Londres. Ela se tornou uma atriz famosa e deixou o passado para trás ao se casar com meu pai – e fugiu dele quando eu tinha 2 anos.

O trem estava lotado ao deixar o centro de Londres, e saí bem pior de lá. Estava chovendo forte de novo, quando desci do trem. Eu sempre ficava feliz em ver a casinha do meu avô, com seu gramado minúsculo e bem aparado e os alegres anões de jardim, mas nunca fiquei mais feliz do que naquela noite. Enquanto eu me arrastava pelo caminho, vi que havia uma luz acesa no interior, atravessando o vidro fosco da porta. Bati na porta e esperei. Por fim, uma fresta se abriu e um par de olhinhos escuros e brilhantes me espiou.

– Quem é? – perguntou uma voz áspera.

– Vovô, sou eu, Georgie.

A porta se escancarou e lá estava o rosto do meu avô sorrindo para mim, radiante.

– Ora essa! Que colírio para os meus olhos cansados. Entre, querida, entre.

Entrei no corredor estreito e ele me abraçou, apesar do meu sobretudo molhado.

– Caramba, você está parecendo um pinto molhado – disse ele, me segurando à distância do braço, sorrindo para mim e inclinando a cabeça de lado como um pardal feliz. – Mas o que você está fazendo aqui numa noite tão terrível? Escute, você não está em apuros de novo, não é?

– Não estou em apuros, mas preciso da sua ajuda.

– Me dê seu casaco, querida. Venha para a cozinha descansar essas patas.

– Essas o quê?

– Seus pés, querida. Eu ainda não te ensinei as minhas gírias?

Ele pendurou o meu casaco e me levou pelo corredor até a cozinha minúscula e quadrada, que já estava ocupada por uma pessoa.

– Olhe só o que achei na rua, Hettie – disse ele.

Era a vizinha dele, a Sra. Hettie Huggins, que estava arrastando a asa para ele havia séculos e parecia finalmente ter conseguido conquistá-lo.

– Prazer em vê-la de novo, Vossa Senhoria – disse a Sra. Huggins, fazendo uma reverência para mim, embora não houvesse espaço ali para ela dobrar os quadris largos. – Tenho cuidado do seu avô desde que ele teve um acesso de bronquite bem feio.

– Ah, não. O senhor está bem, agora?

Eu me virei e olhei para ele.

– Eu? Estou, sim. Estou forte como um touro, querida. Melhor, impossível, graças à Hettie aqui. Ela me alimentou como se eu fosse uma galinha premiada. Na verdade, íamos comer um pouco do ensopado que ela fez, não é, Hettie? Você quer comer também?

– Sua Senhoria não vai querer ensopado, Albert. Gente chique não come essas coisas.

– Eu adoraria, por favor – respondi. Depois acrescentei, caso não houvesse muita comida: – Só um pouquinho.

Mas a Sra. Huggins encheu uma tigela grande com cevada, feijão e pernil de cordeiro, e os dois assentiram, contentes, enquanto eu devorava tudo.

– Quem vê pensa que você não come uma refeição decente há meses – comentou meu avô. – Você não está mais em fase de crescimento, está?

– Espero que não. Eu já sou mais alta que a maioria dos meus parceiros de dança – respondi. – Mas adoro um bom ensopado.

Os dois trocaram um olhar de satisfação.

– Então, como estão as coisas naquela cidade fumacenta? – perguntou meu avô.

– Fumacentas. Tivemos nevoeiros horríveis. Eu mal saí na rua.

– Aqui foi igual. Foi isso que acabou com o peito do Albert – disse a Sra. Huggins.

– O que podemos fazer por você, querida? – perguntou meu avô, olhando para mim com carinho.

Respirei fundo.

– Eu preciso encontrar uma criada o quanto antes.

Vovô caiu na gargalhada.

– Eu não me importei em fingir que era seu mordomo, querida, mas não vou usar touca e avental para ser sua criada.

Eu ri.

– Eu não ia pedir isso. Eu estava pensando se você conhece alguém que tenha experiência no serviço e esteja sem emprego.

– Acho que podemos pensar em meia dúzia de garotas que iam brigar por esse trabalho, não é, Hettie? – Vovô virou-se para ela, que assentiu.

– Uma criada para Vossa Senhoria? Uma criada pessoal?

– Exatamente.

– Eu acho que não deve ser difícil de achar. Muitas garotas iam fazer fila para trabalhar para uma moça fina como você – disse ele. – Por que você não põe um anúncio no jornal?

– Existem algumas complicações – respondi, percebendo, enquanto ele falava, que um anúncio talvez fosse uma ótima ideia. Por que eu não tinha pensado nisso? – Em primeiro lugar, é só um emprego temporário. Quero uma garota para me acompanhar a um casamento da realeza no continente.

– No continente?

– Na Romênia, para ser exata.

– Caramba! – Isso foi tudo que meu avô conseguiu dizer.

– E não posso pagar muito. Espero poder pagar alguma coisa quando voltar.

Vovô balançou a cabeça, soltando um muxoxo.

– Você está meio encrencada, não é? E o seu irmão e a mulher esnobe dele? Não podem te emprestar uma criada?

– Ninguém no Castelo de Rannoch quer viajar para Londres, muito menos para o exterior. Estou procurando uma garota aventureira, mas não posso pagar muito.

– Eu acho – disse meu avô, devagar – que uma garota pode querer aceitar esse trabalho para poder usar você como referência. Ex-criada da realeza. Isso pode valer muito mais do que dinheiro.

– Sabe de uma coisa? Você tem razão, vovô. Você é brilhante.

Ele ficou radiante.

– Por acaso, a filha da minha sobrinha Doreen está procurando emprego – disse a Sra. Huggins rapidamente. Ficou claro que a mente dela estava calculando enquanto ele dava a sugestão. – Ela é boazinha e quietinha. Não é lá muito inteligente, mas ter a referência de uma mulher fina pode ajudá-la a conseguir um bom emprego. Posso falar com ela e mandá-la até Vossa Senhoria se ela estiver disposta a tentar.

– Perfeito – respondi. – Eu sabia que falar com vocês dois era a decisão certa. Vocês sempre têm uma resposta para mim.

– Quer dizer que Vossa Senhoria vai a um casamento da realeza? – perguntou a Sra. Huggins.

– Isso. Vou ser uma das madrinhas, mas tenho que partir na semana que vem, por isso não tenho muito tempo para contratar uma criada para viajar comigo. A garota que você mencionou… ela tem algum treinamento em serviços domésticos?

– Ah, sim. Ela já teve vários empregos. Nada tão importante quanto a sua casa, é claro. Para ela, vai ser um belo progresso. Mas, como eu disse, ela é quietinha e muito trabalhadeira. E não precisa se preocupar, porque ela não vai ficar de olho nos rapazes. Ela não tem um pingo de charme. É feia de dar dó, coitadinha. Mas tem muita vontade de aprender.

Meu avô deu uma risadinha.

– Se ela trabalhasse no teatro, eu não ia querer que você fosse a empresária dela, Hettie.

– Bom, tenho que falar a verdade para Sua Senhoria, não é?

– Eu não vou julgá-la pela aparência, e no momento acho que é um caso em que a cavalo dado não se olham os dentes.

– Então vou dizer para ela procurar Vossa Senhoria na sua casa, está bem?

– Por favor. Estou ansiosa para conhecê-la. – Terminei o ensopado e comecei a me levantar. – Eu devia voltar para Londres, mas não posso dizer que estou ansiosa para isso. Meu irmão e minha cunhada estão na casa.

– Pode dormir aqui, no quarto extra – disse meu avô. – O clima lá fora está horrível.

Fiquei tentada. A segurança e a comodidade da casinha do vovô versus a atmosfera duplamente gelada da Rannoch House ocupada por Fig. Mas precisava me organizar para o casamento, e não queria que Fig desconfiasse que eu tinha passado a noite com Darcy.

– Não, infelizmente preciso voltar – respondi. – Foi muito bom ver você.

– Vamos querer ouvir suas histórias quando você voltar sei lá de onde – disse ele. – Se cuide enquanto estiver viajando em terras estrangeiras.

– Eu queria ser homem, pois assim eu poderia levar você como meu valete – comentei, melancólica, pensando em como seria melhor cruzar um continente com ele ao meu lado.

– Eu é que não ia viajar por esses lugares pagãos – retrucou vovô. – Já estive na Escócia, e o país foi estrangeiro o suficiente para o meu gosto, muito obrigado.

Eu ri enquanto seguia pelo caminho em frente à casa.

Cheguei em casa, fria e molhada, para ouvir Fig dizer, de um jeito quase arrogante, que o Sr. O'Mara tinha telefonado e sido informado de que lady Georgiana ia comparecer a um casamento da realeza no continente, a pedido de Suas Majestades, e que devia ser deixada em paz para fazer os preparativos. Ela também deu a entender que o tinha repreendido por se aproveitar de mocinhas inocentes e sugerido que ele devia sair do meu caminho para que eu pudesse encontrar um bom partido.

Fiquei furiosa, é claro, mas era tarde demais. O estrago já estava feito. Tudo que eu pude fazer foi me consolar com a ideia de que Darcy provavelmente tinha achado o sermão de Fig extremamente divertido.

Na manhã seguinte, ela e Binky foram embora, me abandonando para passar a última noite em Londres no calor e no luxo do Claridge's. Dei um suspiro profundo de alívio. Agora, eu só precisava fazer as malas para a viagem e esperar que a criada prometida se materializasse. Um telefonema do palácio me informou que a minha dama de companhia tinha precisado adiantar a data da viagem, portanto eles esperavam que eu estivesse pronta na próxima terça-feira. As passagens e os passaportes seriam entregues a mim e, sim, usaríamos tiaras. Tive que telefonar para Binky no Claridge's e imaginei Fig rangendo os dentes por causa da despesa de enviar um serviçal da Escócia com a minha tiara. Mas era algo que não podíamos mandar pelo correio, mesmo que tivéssemos tempo. Foi assim que percebi que também não teria mais tempo para pôr um anúncio no *Morning Post* ou no *Times*. Teria que ser a parente da Sra. Huggins ou ninguém.

Por um tempo, tive a impressão de que seria ninguém e estava prestes a correr atrás de Belinda para dizer que eu tinha mudado de ideia quando ouvi uma batida discreta na entrada dos fundos. Por sorte, eu estava na cozinha, senão nunca teria ouvido. Abri a porta e, diante de mim, no crepúsculo turvo e úmido de novembro, estava uma aparição que lembrava um ouriço gigante dos livros de Beatrix Potter, mas não tão adorável. Ela logo revelou estar usando um casaco de pele meio arrepiado, velho e roído por traças, coberta com um chapéu de pescador vermelho vivo. Por baixo havia um rosto redondo e avermelhado, com bochechas quase da mesma cor do chapéu. Quando ela me viu, abriu um sorriso enorme de orelha a orelha.

– Tarde, querida. Eu vim falar com a moça fina que mora aqui sobre o emprego de criada, então estou aqui. Vai correndo avisar a ela, está bem?

Tentei não deixar transparecer que achei a cena divertida. Respondi na minha voz mais altiva:

– Por acaso, eu sou a moça fina que mora aqui. Meu nome é lady Georgiana Rannoch.

– Caramba, por essa eu não esperava – disse ela. – Peço perdão, então, mas ninguém acha que quem vai abrir a porta dos fundos é uma dama, não é?

– Não, não mesmo – concordei. – Entre.

– Sinto muito, senhorita – disse ela. – Sem ressentimentos, espero? Não quero começar com o pé esquerdo. A tia da minha mãe, Hettie, conhece o seu avô e disse que a senhorita estava procurando uma criada pessoal e que eu devia tentar.

– Isso mesmo, estou procurando uma criada pessoal. Por que você não tira o casaco? Eu vou entrevistá-la aqui. No momento, é o lugar mais quente da casa.

– Muito bem, senhorita.

Ela tirou o casaco de pele, que agora soltava vapor e fedia a ovelha molhada. Por baixo do casaco, ela usava uma suéter de tricô mostarda meio apertada e uma saia roxa. Ficou óbvio que combinar cores não era o forte dela. Indiquei uma cadeira à mesa da cozinha e ela se sentou. Era uma garota grandalhona, de ossos largos e expressão facial eternamente surpresa e vaga. Passou pela minha cabeça que arcar com os custos de alimentação dela ia ser caro.

– Eu já disse o meu nome. Qual é o seu?

– É Queenie, senhorita. Queenie Hepplewhite – respondeu, sem pronunciar o "H".

Por que as classes mais baixas tinham tantos sobrenomes começando com H se simplesmente ignoravam essa letra? E quanto ao primeiro nome...

– Queenie? – confirmei com cuidado. – Esse é o seu nome de batismo? Não é apelido?

– Não, senhorita. É o único nome que eu tenho.

Queenie, como em *queen*, rainha. Uma criada com esse nome poderia representar problemas para alguém prestes a comparecer a um casamento real, em que haveria várias rainhas de verdade, mas eu disse a mim mesma que a maioria delas não falava inglês e provavelmente nunca seria apresentada a minha criada.

– Então me diga, Queenie – continuei, me sentando em frente a ela –, você já fez serviços domésticos?

– Ah, sim, senhorita. Até agora, já trabalhei em três casas de família, mas nenhuma tão imponente quanto esta, lógico.

– E você trabalhou na função de criada pessoal de uma dama?

– Não exatamente, senhorita. Eu era mais pau para toda obra.

– E quanto tempo você passou nos empregos anteriores?

– Umas três semanas.

– Três semanas? Em qual dos empregos você só ficou três semanas?

– Em todos, senhorita.

– Mas por que tão pouco tempo, posso saber?

– Bom, o último foi com a esposa do açougueiro, e ela só queria ajuda no fim da gravidez, então, assim que o bebê nasceu, ela me mandou dar o fora.

– E os outros dois?

Ela mordeu o lábio antes de responder:

– Bom, a primeira ficou muito brava quando eu derrubei o vidro de perfume dela quando estava tirando o pó dos móveis. Derramou tudo na penteadeira de mogno e estragou o tampo, mas não foi por isso que ela ficou brava. Parece que o vidro de perfume era muito caro. A patroa tinha trazido de Paris. Ah, a senhorita devia ter ouvido as coisas que ela disse. Nem um peixeiro na Old Kent Road diz aquelas coisas.

– E a terceira patroa? – Eu mal tive coragem de perguntar.

– Bom, eu não podia ficar lá depois de pôr fogo no vestido de festa dela.

– Como foi que você fez isso?

– Sem querer, derrubei um fósforo na saia dela quando estava acendendo as velas – contou ela. – Não teria sido tão ruim, mas ela estava usando o vestido. Ela também fez o maior escândalo, mesmo sem ter se queimado.

Engoli em seco e pensei no que dizer a seguir.

– Queenie, parece que você é um desastre total. Mas acontece que, no momento, estou desesperada. Espero que a sua tia tenha explicado que eu vou a um casamento muito importante no exterior e vou partir na terça-feira que vem. É fundamental que eu leve uma criada para cuidar das minhas roupas, me ajudar a me vestir e arrumar o meu cabelo. Você acha que consegue fazer isso?

– Posso me esforçar muito, senhorita.

– Então vamos estabelecer algumas coisas: primeiro, nada de palavrão nem linguagem chula; segundo, sou lady Georgiana, então você deve me chamar de "milady" e não de "senhorita". Entendeu?

– Muito bem, senhorita. Quero dizer, milady.

– E você entende que aceitar esse emprego significa viajar comigo para outro país?

– Ah, sim, senhorita. Quero dizer, milady. Estou disposta a tudo. Vai ser uma bela farra, e espere só até eu contar para a Nellie Huxtable lá do Three Bells, porque ela vive se gabando de ter passado um dia em Boulogne.

A coragem dela era admirável – ou talvez ela fosse boba demais para entender o que a esperava.

– E quanto ao dinheiro… não pretendo pagar nada a você no começo. Você vai viajar comigo e ganhar um uniforme e, claro, todas as refeições. Se o seu trabalho for satisfatório, vou pagar o que você vale quando voltarmos e vou escrever uma carta de referência que vai garantir um bom emprego em qualquer lugar. Então, Queenie, a decisão é sua. Esta é a sua oportunidade de ser alguém. O que você me diz? Aceita os meus termos?

– Só se for agora, senhorita – respondeu ela, estendendo a mão grande e carnuda na minha direção.

Pedi que ela voltasse à Rannoch House na segunda-feira. Ela enfiou o chapéu disforme na cabeça e, ainda na porta, se virou para mim.

– A senhorita não vai se arrepender – declarou ela. – Eu vou ser a melhor camareira que já teve.

Então eu estava prestes a fazer uma viagem repleta de avalanches, bandidos e lobos com alguém que parecia ser a pior camareira do mundo e que provavelmente atearia fogo ao meu vestido. Seria interessante ver se eu ia sair dessa com vida.

Nove

Rannoch House
Segunda-feira, 14 de novembro
Viajo para o continente amanhã. Continua chovendo.
Como a vida pode ser cansativa.

Na segunda-feira de manhã eu continuava sem ter falado com Darcy. Ia acabar viajando para o exterior sem me despedir dele. Mas que homem irritante! Eu simplesmente não sabia o que pensar. Às vezes, eu achava que ele estava mesmo interessado em mim; depois, ele sumia por uma eternidade. De qualquer forma, agora eu não tinha nada a fazer em relação a isso. Se ele tinha decidido não deixar o endereço nem vir checar pessoalmente se eu tinha sobrevivido à visita de Binky e Fig, paciência.

Queenie chegou pouco depois das nove. Precisei passar um tempo vasculhando o armário da governanta para encontrar um uniforme que servisse e parecesse adequado, porque ela era robusta, mas por fim conseguimos um vestido preto e uma touca e um avental brancos. Ela parecia muito contente consigo mesma quando se olhou no espelho.

— Caramba. Agora eu pareço uma criada de verdade, não é, senhorita, quero dizer, milady?

— Espero que você aprenda a agir como uma criada, Queenie. Imagino que você tenha trazido sua mala com os artigos necessários para viajar. Agora, vamos até o meu quarto para fazer as malas com as roupas necessárias para mim. Traga esse papel de seda para as roupas não ficarem amarrotadas.

A manhã foi um pouco tensa, pois eu tive que impedi-la de usar meu vestido de veludo para embrulhar as botas, mas no fim tudo estava pronto. As passagens, os passaportes e as cartas de apresentação chegaram do palácio. Minha tiara chegou com mensageiro do Castelo de Rannoch, e Binky, generosamente, mandou alguns soberanos no pacote, com um bilhete dizendo: *Imagino que você terá alguns gastos na viagem. Lamento por não poder dar mais.*

Ele era um homem doce; imprestável, mas doce.

Pelo menos, o dinheiro nos permitiu pegar um táxi para a Victoria Station na manhã de terça-feira, 15 de novembro. Enquanto eu acompanhava o carregador de bagagem até a plataforma de onde o trem sairia, senti um entusiasmo súbito. Eu ia mesmo viajar para o exterior. Ia participar de um casamento da realeza, mesmo que fosse de Matty Cara de Lua Cheia. Encontramos meu compartimento e o carregador levou meus baús de viagem para o vagão bagageiro, me deixando com a mala de mão. Eu sabia que, em circunstâncias normais, teria confiado meu porta-joias à minha criada, mas achei que Queenie podia tentar experimentar minha tiara ou deixar os rubis caírem no ralo do lavatório.

– Agora, é melhor você ir procurar a sua poltrona, Queenie – falei. – Aqui está a sua passagem.

– Minha poltrona? – Uma expressão de pânico tomou conta do rosto dela. – Quer dizer que não vamos viajar juntas?

– Aqui é a primeira classe. Os serviçais sempre viajam na terceira classe – expliquei. – Não se preocupe. Eu te encontro na plataforma com a nossa bagagem quando chegarmos a Dover. E acho que a criada da minha dama de companhia vai se sentar perto de você, assim você vai ter com quem conversar. Ah, Queenie, por favor, não conte para as outras criadas que você só está trabalhando para mim há um dia nem que pôs fogo no vestido da sua última patroa.

– Muito bem, senhorita – disse ela, e levou a mão à boca, dando uma risadinha. – Eu ainda não me acostumei a dizer "milady". Eu sempre fui meio tonta. Meu pai diz que eu caí de cabeça quando era bebê.

Ah, que maravilha. Só agora ela resolveu me contar isso. Ela provavelmente sofria de desmaios ou surtos. Eu estava começando a pensar que era melhor ter aceitado a oferta de Belinda. Eu tinha ido visitá-la para contar a história divertida da minha nova criada, mas nem Belinda nem a criada dela estavam em casa. Só podia significar que ela devia ter fugido, mais uma vez, para um lugar quente. Eu não podia criticá-la.

Queenie, muito nervosa, seguiu pela plataforma para encontrar os vagões da terceira classe. Enquanto eu a observava, refleti sobre a ironia que era minha criada usar um casaco de pele enquanto eu só tinha um bom sobretudo de tweed escocês. Algumas garotas ganhavam um casaco de pele no vigésimo primeiro aniversário. Eu tinha ficado tentada a comprar um com o cheque de Sir Hubert, aquele de quem eu mais gostava entre os muitos maridos e amantes da minha mãe, mas felizmente decidi não fazer isso e sim depositar o cheque. A quantia me sustentou por mais de um ano, mas o dinheiro por fim tinha acabado. Pensar em Sir Hubert despertou uma lembrança feliz. Ele ainda estava na Suíça, se recuperando de um acidente horrível (ou tentativa de homicídio? Nunca saberíamos). Na volta, eu podia ir visitá-lo. Ia mandar um recado para ele assim que chegasse ao meu destino.

Sozinha no compartimento, percebi duas coisas. Uma era que minha dama de companhia não tinha chegado e a outra era que eu não tinha ideia de qual era o nosso destino. Se ela não chegasse, eu não saberia nem em que estação teríamos que descer. Ai, meu Deus, mais coisas com que me preocupar.

A hora da partida se aproximava e eu andava de um lado para o outro, nervosa. Eu estava verificando de novo se o meu porta-joias estava seguro no bagageiro quando a porta do compartimento se abriu e uma voz atrás de mim disse:

– Mocinha, o que você está fazendo aqui? O lugar das criadas é na terceira classe. E onde está sua patroa?

Eu me virei e vi uma mulher muito magra, com cara de cavalo e usando uma longa capa de lã de carneiro persa. Atrás dela estava uma criatura de aparência altiva e uniforme preto, carregando várias malas e caixas de chapéus. As duas olhavam para mim como se eu fosse uma coisa que elas tinham acabado de descobrir grudada na sola do sapato.

– Acho que a senhora se enganou. Sou lady Georgiana Rannoch e este é o meu compartimento – falei.

A cara de cavalo ficou mais pálida.

– Ah, lamento muitíssimo. Eu só a vi de costas, e você precisa concordar que esse sobretudo não é dos mais elegantes, então, naturalmente eu presumi... – A mulher conseguiu abrir um sorriso cordial e estendeu a mão, dizendo: – Middlesex.

– Como é?

– É o meu nome. Lady Middlesex. Sua dama de companhia nesta viagem. Sua Majestade não lhe disse?

– Ela disse que eu teria uma dama de companhia, mas não me disse seu nome.

– Ela não disse? Quanta ineficiência. Não é do feitio dela. Ela costuma ser muito atenta a detalhes. Ela está preocupada com o rei, é claro. Ele não está nada bem.

Enquanto falava, ela sacudia minha mão com energia o tempo todo. Enquanto isso, a criatura de preto tinha se esgueirado por nós e tratava de guardar as malas no bagageiro.

– Tudo pronto, milady – disse ela com um forte sotaque francês. – Vou me retirar para os meus aposentos.

– Esplêndido. Obrigada, Chantal. – Lady Middlesex se aproximou de mim. – Ela é um tesouro. Eu jamais poderia viajar sem ela. É totalmente dedicada, claro, e me idolatra. Não importa aonde vamos nem as dificuldades que vai ter que enfrentar. Estamos a caminho de Bagdá, você sabe. É um lugar terrível, que ferve no verão e congela no inverno, mas meu marido foi transferido para lá como adido britânico. Eles sempre o colocam num local onde imaginam que vai haver algum problema. Lorde Middlesex é um homem muito forte. Ele não deixa os nativos fazerem bobagem e saírem impunes.

Fiquei pensando se Chantal e Queenie iam se dar bem. Nossa porta se fechou e ouvi um apito.

– Ah, estamos de partida. Bem na hora. Excelente trabalho. Eu gosto de pontualidade. Exijo isso na minha casa. Jantamos às oito em ponto. Se um convidado se atrever a chegar atrasado, vai descobrir que começamos sem ele.

Quase a fiz se lembrar de que por pouco ela não tinha perdido o trem, mas me consolei com o fato de que ela não iria comigo ao casamento. Eu ia desembarcar e ela ia seguir viagem até Bagdá, onde daria ordens aos nativos. O trem começou a andar, primeiro devagar, passando por prédios cinzentos e sombrios, depois cruzando o Tâmisa e acelerando até os quintais das casas se tornarem um borrão, se fundindo em jardins maiores e, em seguida, aos campos. Era um belo dia de outono, do tipo que me fazia pensar em caçar.

As nuvens corriam no céu límpido e azul. Havia ovelhas nos prados. Lady M. fazia comentários sem parar sobre os lugares aos quais lorde Middlesex tinha levado a lei e a ordem inglesas e ela dissera às mulheres nativas como fazer a higiene inglesa.

– Elas me idolatravam, é claro – disse ela. – Mas preciso admitir que morar no exterior é um sacrifício que faço pelo meu marido. Há anos que não participo de uma caçada decente. Caçamos a cavalo em Xangai, mas só atravessamos os terrenos dos camponeses, e isso não é tão divertido quanto caçar num bom campo aberto, não acha? E toda aquela gentinha boba gritando conosco, brandindo os punhos e assustando os cavalos.

A viagem ia ser bem longa.

Em Dover, descemos do trem e nos encontramos com Queenie e Chantal.

– Meu Deus do céu, o que é isso? – perguntou lady Middlesex ao ver Queenie, que estava usando o casaco de pele arrepiado e o chapéu vermelho de antes.

– Minha criada – respondi.

– Você a deixa usar esse traje?

– Ela só tem esse.

– Então você devia dar roupas decentes para ela. Minha jovem, se deixar os serviçais andarem por aí parecendo vasos de flores gigantescos, você vai ser motivo de chacota. Eu só permito que a Chantal use preto. As cores são reservadas às pessoas da nossa classe. Venha, Chantal. – Ela se virou para a criada. – Minhas malas. E eu quero que você acompanhe cada passo desses carregadores até a bagagem estar em segurança a bordo do navio, entendeu?

– Faça a mesma coisa, Queenie – pedi.

– Eu nunca entrei num navio, senhorita – respondeu Queenie, já meio verde –, a não ser no *Saucy Sally* lá no cais em Clacton. E se eu ficar mareada?

– Que bobagem – disse lady Middlesex. – É só você dizer a si mesma que não vai enjoar. Sua patroa não vai permitir isso. Agora, vá, e nada de vadiar. – Ela se virou para mim. – Essa moça precisa aprender a obedecer, e rápido.

E ela foi na minha frente em direção à rampa de embarque. A travessia foi agradável, com ondas suficientes para nos fazer notar que estávamos num navio. Eu e lady Middlesex almoçamos na sala de jantar (a mulher tinha um apetite voraz e devorava tudo que aparecia) e saímos a tempo de ver a costa da França à nossa frente. Encontramos Queenie agarrada ao corrimão como se fosse sua única esperança de sobrevivência.

– É muito sobe e desce, não é, senhorita? – comentou ela.

– Você deve se dirigir à sua patroa como "Vossa Senhoria" – disse lady Middlesex, com a voz horrorizada. – Não consigo imaginar onde ela encontrou uma criada tão inadequada. Recomponha-se, mocinha, ou você vai pegar o próximo navio para casa.

Ai, meu Deus. Tenho certeza de que era exatamente isso que Queenie queria.

– Queenie ainda está aprendendo – expliquei depressa. – Tenho certeza de que ela logo vai ser esplêndida.

Lady Middlesex fungou. Entramos no Porto de Calais e, em seguida, passamos direto pelos transtornos da burocracia imigratória graças a lady M. e aos mandados reais, que nos permitiram pular as longas filas e o posto da alfândega. Eu tinha que admitir que ela foi maravilhosa – assustadora, mas digna de admiração pela habilidade com que comandou estivadores e carregadores até a nossa bagagem ser despachada e estarmos acomodadas nos nossos compartimentos num vagão-leito da Arlberg Orient Express.

– Agora, vá embora – ordenou lady Middlesex, abanando a mão para dispensar Chantal como se ela fosse uma mosca irritante. – E leve a criada de lady Georgiana com você.

Fiquei aliviada ao ver que tinha uma cabine só para mim e não ia precisar dividi-la com lady Middlesex. Eu estava prestes a sair para o corredor quando captei palavras num tom carinhoso que eu nunca esperaria ouvir dos lábios de lady Middlesex:

– Ah, finalmente você chegou. Que alegria!

Eu simplesmente não conseguia imaginar lady Middlesex se dirigindo a alguém daquela forma, e eu sabia que o marido dela já estava em Bagdá, por isso estava muito curiosa ao abrir a porta. Chegando pelo corredor, carregando uma mala volumosa e surrada, estava uma mulher de meia-idade decididamente desmazelada. Ela usava uma boina e um cachecol de tricô obviamente feitos em casa por cima de um sobretudo disforme e parecia esbaforida e aflita.

– Ah, passei por momentos horrorosos, lady M. Horrorosos. Havia dois homens terríveis sentados à minha frente no navio. Eu juro que eram criminosos internacionais. Eram muito trigueiros e não paravam de murmurar entre si. Graças a Deus não foi uma travessia noturna, ou eu teria sido assassinada na cama.

– Duvido muito, querida – respondeu lady Middlesex. – Você não tem nada que valha a pena roubar e eles provavelmente não tinham nenhum interesse no seu corpo.

– Ah, lady M., francamente! – A mulher corou.

– Bom, agora você está aqui e está tudo bem – disse lady Middlesex. – Ah, lady Georgiana, deixe-me apresentá-la. Esta é a minha dama de companhia, a Srta. Deer-Harte.

– É uma honra conhecê-la, lady Georgiana. – Ela fez uma reverência desajeitada, pois ainda estava agarrada à mala. – Tenho certeza que teremos ótimas conversas na nossa travessia pela Europa. Mas vamos rezar para que desta vez não haja tempestades de neve e que nenhum desses países terríveis dos Bálcãs decida entrar em guerra com um vizinho.

– Você é sempre tão pessimista, Deer-Harte – disse lady Middlesex. – Anime-se. Comece com o pé direito e tal. Sua cabine é logo ali. Não entendo por que você fez tanto esforço para arrastar essa mala em vez de contratar um carregador.

– Mas Vossa Senhoria sabe como eu me atrapalho com dinheiro estrangeiro, lady M. Tenho horror de dar uma libra quando quero dar um xelim. E eles sempre têm um ar tão sinistro com aqueles bigodes pretos que fico com medo de fugirem com as minhas malas e eu nunca mais vê-las.

– Eu já disse que ninguém ia querer as suas malas – disse lady Middlesex. – Agora, pelo amor de Deus, vá, acomode-se e depois vamos procurar o vagão-restaurante para ver se eles sabem preparar uma xícara de chá decente.

Quando terminou de falar, lady M. olhou para o corredor e abriu a boca, horrorizada.

– Em nome de Deus, o que foi?

Queenie vinha correndo na nossa direção, empurrando as pessoas. Ela me alcançou e agarrou a manga do meu casaco como se estivesse se afogando.

– Ai, milady – disse ela, ofegante –, não posso ficar aqui com Vossa Senhoria? Eu não consigo ficar lá embaixo. Todo mundo é estrangeiro. Falam língua de estrangeiro e fazem coisa de estrangeiro. Estou com medo, milady.

– Você vai ficar bem, Queenie – respondi. – Você está com Chantal, que viajou em trens como este muitas vezes e fala a língua local. Se precisar de alguma coisa, peça a ela.

– Com aquela cara azeda que ela tem? – retrucou Queenie. – Ela me olha de um jeito que faz até o leite azedar. E ela também fala língua de estrangeiro. Eu nem imaginava que tudo ia ser tão… estrangeiro.

Lady Middlesex encarou a garota aterrorizada.

– Recomponha-se, menina. Você está constrangendo a sua patroa com esse escândalo todo. Não existe a menor possibilidade de você ficar na primeira classe com quem é superior a você. Você vai ficar perfeitamente segura com Chantal. Ela viaja comigo pelo mundo todo. Agora, volte para o seu compartimento e fique lá até Chantal dizer que é hora de desembarcar. Entendeu bem?

Queenie soltou um gemido, mas assentiu e voltou depressa pelo corredor.

– Temos que ser firmes com essas garotas – disse lady Middlesex. – Elas não têm a menor firmeza de caráter. São uma vergonha para a raça inglesa. Agora, vamos ver se algum desses franceses consegue fazer uma xícara de chá decente.

E saiu marchando na minha frente pelo corredor.

Num trem, atravessando a Europa
Terça e quarta-feira, 15 e 16 de novembro
Graças a Deus, lady Middlesex vai seguir viagem para Bagdá.
Acho que eu não ia conseguir aguentar a companhia dela por mais
de uma noite. Ela me faz lembrar de um episódio breve e infeliz em que
tentei entrar para as Bandeirantes e não passei nos testes.

Pouco depois, estávamos sentadas num vagão-salão tomando o que tinham nos servido como chá – uma bebida cor de água suja com uma fatia de limão flutuando.

– Eles não têm a menor ideia – disse lady Middlesex. – Eu não sei como os franceses conseguem existir sem chá de verdade. Não é à toa que estão sempre pálidos. Tentei ensinar a maneira correta de preparar, mas eles simplesmente não aprendem. Ah, bem, quem precisa viajar para o exterior tem que sofrer. Não se preocupe, Deer-Harte, você vai tomar um chá decente assim que chegarmos à embaixada em Bagdá.

– E qual é exatamente o seu destino, lady Georgiana? – perguntou a Srta. Deer-Harte, comendo o que devia ser seu quinto biscoito.

– Lady Georgiana vai representar Sua Majestade num casamento da realeza na Romênia.

– Na Romênia? Deus do céu, é um lugar tão distante. Tão perigoso.

– Que bobagem – disse lady Middlesex. – Achei que já tivesse contado isso a você na minha última carta.

– Talvez, mas infelizmente o cachorrinho travesso da minha mãe, Peralta, encontrou a correspondência e mastigou um canto da sua carta. É um pestinha.

– Não importa. Agora, estamos todas aqui e vamos acompanhar lady Georgiana até seu destino nas montanhas da Transilvânia.

– Tenho certeza que não há necessidade de vocês interromperem a sua viagem – falei, apressada. – Acredito que vai haver um carro me esperando na estação.

– Nada disso. A rainha pediu especificamente que eu a escoltasse em segurança até o castelo, e eu não sou de me esquivar dos meus deveres.

– Mas, lady M., um castelo nas montanhas da Transilvânia, ainda mais nesta época do ano... – disse a Srta. Deer-Harte, com a voz trêmula. – Vamos ser atacadas por lobos, no mínimo. E os vampiros?

– Quanta sandice, Deer-Harte – retrucou lady Middlesex. – Vampiros. Era só o que faltava.

– Mas a Transilvânia é um verdadeiro ninho de vampiros. Todo mundo sabe disso.

– Só em histórias infantis. Não existem vampiros na vida real, Deer-Harte, a menos que você se refira aos morcegos da América do Sul. E, quanto aos lobos, duvido que consigam atacar um automóvel sólido a dentadas numa estrada bem movimentada.

Lady Middlesex drenou a xícara de chá, e eu olhei pela janela, vendo a cena invernal do crepúsculo. Fileiras de choupos desfolhados entre campos desolados passaram depressa por nós. Nas fazendas, as luzes das casas já estavam acesas. Senti uma pontada de entusiasmo por estar no exterior outra vez.

– O que você está encarando, Deer-Harte? – perguntou lady Middlesex com sua voz retumbante.

– Aquele casal do outro lado do corredor – respondeu ela num sussurro alto. – Eu tenho certeza que aquela jovem não é a esposa dele. Veja só a maneira descarada como ele segura a mão dela por cima da mesa. É cada coisa que vemos assim que chegamos ao continente. E aquele homem de barba no canto? Sem dúvida, é um assassino internacional. Espero que possamos trancar a porta da nossa cabine por dentro, ou seremos assassinadas na cama.

– Você precisa mesmo ver perigo em todos os lugares? – perguntou lady Middlesex, irritada.

– Em geral, existe perigo em todos os lugares.

– Que disparate. Eu nunca estive em perigo de verdade em toda a minha vida.

– E aquela vez na África Oriental?

– Eram só alguns massais brandindo as lanças para nós. Sério, você faz uma tempestade em copo d'água. Você vive com os nervos à flor da pele, mulher. Deixe disso.

Tentei não sorrir. Era um relacionamento tão improvável – tentei imaginar como é que lady Middlesex, tão dominante e vigorosa, tinha escolhido uma mulher tão simplória e intrometida como dama de companhia, e por que a Srta. Deer-Harte tinha aceitado um trabalho que a levava de um lugar desconfortável e perigoso para outro.

Chegamos a Paris assim que a noite caiu. Espiei pela janela, na esperança de ter um vislumbre da Torre Eiffel ou de outro monumento conhecido, mas tudo que se via na escuridão eram ruazinhas secundárias com as persianas já fechadas e uma tabacaria aqui e ali numa esquina. Se eu tivesse dinheiro, pensei, passaria um tempo morando em Paris e me imaginei como uma boêmia atrevida.

O fracasso dos franceses no preparo do chá não era nada em comparação com o jantar soberbo de *coquilles St. Jacques* – ou seja, ostras – e *boeuf Bourguignon* logo depois que deixamos Paris. Lady M. continuou com seu monólogo, interrompido apenas pela Srta. Deer-Harte quando avistava mais um criminoso internacional e reiterava o receio de que todas fôssemos assassinadas na cama. Perto do fim da refeição, quando estávamos saboreando uma espetacular bomba gelada, a Srta. Deer-Harte se inclinou na nossa direção.

– Alguém está nos espionando – sussurrou ela. – Pensei nisso antes e agora tenho certeza. Alguém estava nos observando pela porta do vagão-restaurante e, quando tentei dar uma boa olhada, ele foi embora bem depressa.

Lady Middlesex suspirou.

– Pelo amor de Deus, Deer-Harte, deixe de ser boba. Sem dúvida, era um pobre sujeito que veio ver se havia alguém interessante no vagão-restaurante, decidiu que não queria jantar com gente enfadonha como nós e preferiu ir para o bar. Você precisa mesmo ver drama em tudo?

– Mas as nossas portas não têm trancas adequadas, lady M. Como vamos impedir que alguém nos assassine na cama? Vossa Senhoria sabe o que acontece nesses trens internacionais, não sabe? As pessoas desaparecem de noite e são encontradas mortas de manhã o tempo todo. Acho que devíamos nos revezar para proteger lady Georgiana. Pode ser um anarquista, sabe?

– Nenhum anarquista ia querer matar lady Georgiana. – Lady Middlesex deu uma bufada afrontosa. – Ela não está na linha de sucessão ao trono. Eu entenderia a sua preocupação se fosse um dos filhos do rei, mas, se alguém está nos espionando, provavelmente é um francês que reconhece uma garota bonita quando a vê e adoraria uma oportunidade de conhecer a nossa lady Georgiana sem duas velhotas acompanhando cada passo dela. Mas ele não vai ter sorte, porque eu jurei cuidar dela com olhos de águia.

Fiquei grata pelo fato de lady Middlesex ter sugerido que nos retirássemos mais cedo para a cama. Quando saí do banheiro no fim do vagão, tive a estranha sensação de estar sendo observada. Eu me virei, mas o corredor estava vazio. *É aquela tonta da Srta. Deer-Harte*, pensei. *Ela está me deixando apreensiva, agora.* E preciso confessar que fiquei imaginando se haveria alguma verdade no que lady Middlesex tinha dito sobre um francês querer uma oportunidade de me conhecer longe das damas de companhia. Era uma ideia interessante. Belinda sempre dizia que os franceses eram os melhores amantes. Não que eu pretendesse convidá-lo a entrar, mas um flerte inofensivo podia ser divertido.

Fiquei um tempo à porta, mas não apareceu nenhum francês, então fui para a cama. Deer-Harte, contudo, tinha razão. Não havia como trancar o compartimento. Foi quando pensei que talvez um francês estivesse mais interessado no meu porta-joias do que em mim. Talvez Queenie tivesse contado a Chantal que eu estava levando a minha tiara. Talvez ela tivesse anunciado isso numa voz alta o suficiente para que todos ao redor a ouvissem. Era uma possibilidade inquietante. Guardei o porta-joias no canto do leito, atrás da minha cabeça, e apoiei o travesseiro em cima dele.

Embora a cama fosse razoavelmente confortável, não consegui dormir. Deitada ali, com o ritmo do trem me balançando com delicadeza, pensei em Darcy, imaginei onde ele estaria e por que não tinha entrado em contato comigo desde o encontro com Fig. Com certeza ele não tinha se deixado intimidar por ela. Depois, devo ter pegado no sono, porque eu estava parada no nevoeiro com Darcy, ele se aproximou para me beijar e percebi que ele estava mordendo o meu pescoço.

– Eu sou um vampiro, você não sabia? – perguntou ele.

Acordei com um susto quando o trem passou por uma chave de mudança de via sacolejando e rangendo e fiquei deitada pensando em vampiros. É claro que eu não acreditava de verdade neles, assim como não acreditava nas fadas e nos fantasmas que os camponeses da Escócia estavam convencidos de que eram reais. A pobre Srta. Deer-Harte tinha certeza de que os vampiros existiam.

Além de ter lido *Drácula* havia muito tempo e achado o livro terrivelmente assustador, eu sabia muito pouco sobre eles. Devia ser bem emocionante encontrar um, embora eu achasse que não queria levar uma mordida no pescoço e com certeza não queria me tornar uma morta-viva. Eu ri, me lembrando da conversa com Belinda. É óbvio que agora eu realmente queria ter aceitado o risco de levá-la como minha criada. Teria sido a maior farra, mas agora eu tinha uma criada que era um desastre ambulante e não tinha ninguém com quem dar risada.

Eu estava adormecendo outra vez quando pensei ter ouvido alguém à minha porta. Tinham nos garantido que os agentes de fronteira não nos perturbariam durante a noite quando cruzássemos a fronteira da França para a Suíça e depois para a Áustria. Claro que a pessoa à porta podia ser lady Middlesex indo ver como eu estava.

– Olá – falei. – Quem está aí?

A porta começou a se abrir devagar e percebi uma silhueta alta e escura lá fora. Então, ouvi uma voz firme ecoar pelo corredor:

– Você aí! O que está fazendo?

E uma voz grave murmurou:

– Perdão. Devo ter errado o meu compartimento.

A cabeça de lady Middlesex apareceu na minha porta entreaberta.

– Um sujeito estava tentando entrar na sua cabine. É muita audácia! Vou dar uma palavrinha com o condutor e dizer a ele para ficar mais atento a quem entra neste vagão. Talvez eu deva fazer companhia para você, só para o caso de ele tentar outra vez.

– Ah, não, tenho certeza que vou ficar bem – respondi, decidindo que uma noite com lady Middlesex seria pior do que qualquer ladrão de joias ou assassino internacional.

– Eu não vou dormir – disse ela, determinada. – Vou passar a noite toda em claro, vigiando.

Sabendo disso, finalmente adormeci. Apesar das previsões da Srta. Deer-Harte de que seríamos assassinadas na cama, ao acordar vi uma paisagem perfeita de cartão de Natal, que eu conhecia desde os tempos da escola de boas maneiras. Havia lindos chalezinhos salpicados nas encostas brancas, com o telhado escondido sob um espesso manto de neve. Enquanto eu observava, o sol espreitava por entre as montanhas, fazendo a neve cintilar como diamante. Abri a janela e fiquei sentada na cama, respirando o ar frio e puro das montanhas. Em seguida, o trem mergulhou num túnel e eu fechei a janela depressa.

Tomamos o café da manhã em algum lugar pouco depois de Innsbruck e voltamos e encontramos as camas recolhidas e assentos normais nos nossos compartimentos. Felizmente, o cenário era tão extasiante enquanto subíamos pelas passagens espetaculares das montanhas que não foi necessário conversar até chegarmos às planícies perto de Viena. Lá, havia apenas alguns trechos de neve e o campo estava inculto e cinzento. Almoçamos entre Viena e Budapeste e, quando voltamos aos nossos compartimentos depois de uma refeição farta e demorada, encontramos Chantal e Queenie já arrumando os nossos pertences, prontas para desembarcar.

– Estou muito feliz de ver a senhorita – disse Queenie, parecendo já ter esquecido como se dirigir a mim. – Eu fiquei com muito medo. Não dormi nem um pouquinho no meio de tantos estrangeiros, e a senhorita tinha que ver a gororoba que eles comem: umas linguiças tão cheias de alho que dá para sentir o cheiro a um quilômetro. Não encontrei nenhuma comida decente.

– Bom, acredito que vamos encontrar comida decente no castelo – respondi –, então se anime. A viagem está quase acabando e você se saiu muito bem.

– Se eu soubesse, não teria vindo – resmungou ela. – Prefiro ir a um café lá em Barking.

– Tudo pronto? – O rosto de lady Middlesex apareceu na minha porta.

– Ao que parece, o trem vai fazer uma parada especial para nós. Por isso, eles não podem esperar muito tempo. Temos que estar prontas para desembarcar no instante em que o trem parar.

Olhei pela janela e vi os campos cinzentos. A paisagem tinha voltado a ser montanhosa e flocos de neve estavam caindo. Não havia nenhum sinal de uma cidade.

– Nós não vamos para a capital? – perguntei.

– De jeito nenhum. A princesa vai se casar no castelo ancestral da realeza, nas montanhas. É por isso que é tão importante eu escoltá-la em segurança até o seu destino. Acredito que a viagem da estação até lá vai ser longa.

Enquanto ela falava, o trem começou a perder velocidade. Ouvimos o guincho de freios e, em seguida, ele parou de vez. Uma porta se abriu e fomos escoltadas até descer na plataforma de uma pequena estação. Camponeses muito bem agasalhados nos fitaram, curiosos, enquanto os funcionários tiravam as nossas malas do vagão-bagageiro. Então, um apito soou e o trem partiu, sumindo na escuridão.

– Onde diabos está a pessoa que mandaram para nos receber? – quis saber lady Middlesex. – Fiquem aqui com as malas. Vou procurar um carregador.

Um trem local chegou à estação, as pessoas desceram, outras subiram, e a plataforma ficou vazia. De repente, tive, com um arrepio na nuca, a certeza absoluta de que estava sendo observada. Eu me virei, mas só vi a plataforma deserta e a neve rodopiante. *É claro que alguém está nos observando*, falei para mim mesma. *Devemos ser muito interessantes para camponeses que nunca foram além da cidade vizinha*. Ainda assim, não consegui me livrar da inquietação.

– Não devem saber que chegamos – comentou a Srta. Deer-Harte. – Devem ter confundido as datas. Vamos ter que passar a noite numa estalagem local e não consigo nem imaginar como isso vai ser horrível e perigoso. Percevejos e bandidos, pode anotar.

Nesse momento, lady Middlesex voltou com vários carregadores.

– O idiota estava esperando com o carro na frente da estação – explicou ela. – Perguntei a ele como é que poderíamos saber que ele estava lá se ele não aparecesse. Ele esperava que ficássemos andando por aí para procurar por ele? Mas parece que ele não fala inglês. Acho que a princesa podia ter se dado ao trabalho de mandar uma pessoa que falasse a nossa língua para nos receber. Seria simpático encontrar uma comitiva de boas-vindas adequada, com menininhas camponesas em trajes típicos e um coro, quem sabe. É assim que faríamos na Inglaterra, não é? Esses estrangeiros são mesmo um caso perdido.

De repente, ela gritou:

– Cuidado com essa caixa, seu idiota!

Ela se levantou e deu um tapa na mão do carregador. Ele disse alguma coisa no idioma local para os outros, que deram uma gargalhada sinistra e saíram com as nossas malas. A desconfiança da Srta. Deer-Harte começou a me contagiar. Parte de mim acreditava que os carregadores tinham fugido com as nossas coisas, nos abandonando à nossa sorte, mas eles estavam nos esperando na rua de pedras em frente à estação.

À nossa frente estava um veículo preto, grande e quadrado com janelas de vidro escuro. Ao lado dele estava um chofer de uniforme preto.

– Meu Deus! – exclamou a Srta. Deer-Harte, com a voz horrorizada. – Eles mandaram um carro fúnebre.

Onze

Castelo de Bran
Algum lugar nas montanhas da Romênia
Quarta-feira, 16 de novembro
Frio, escuro e montanhoso.

– Este é o único carro disponível? – quis saber lady Middlesex, abanando os braços do modo como fazem os ingleses quando falam com estrangeiros que não os compreendem. – Um carro só? E as criadas? Elas não podem ir conosco. Não é assim que funciona. Existe um ônibus que elas possam pegar? Ou um trem?

Nenhuma das perguntas dela obteve resposta e, no fim das contas, ela precisou aceitar que as criadas fossem no banco na frente ao lado do chofer. Ele não gostou dessa ideia e gritou muito, mas ficou claro que homens mais corajosos do que ele já tinham cedido à força da determinação de lady M. Chantal e Queenie tentaram se espremer no outro banco da frente, mas simplesmente não havia espaço para as duas. Apesar do interior espaçoso do automóvel, havia apenas um assento onde eu, lady M. e a Srta. Deer-Harte nos encaixamos meio apertadas. No fim, Chantal ficou com o banco da frente e a pobre Queenie teve que se sentar no chão, de costas para o chofer, com as malas e as caixas de chapéus empilhadas ao lado dela. O resto da bagagem acabou sendo guardado, com alguma dificuldade, no porta-malas do carro. A porta não fechou, é claro, e foi preciso encontrar uma corda para amarrá-la. Parecíamos tudo, menos parte da realeza – lembrávamos mais um circo itinerante –, quando finalmente saímos da estação.

Já estava quase escuro, mas, pelo que eu podia ver, estávamos atravessando uma cidadezinha medieval com ruas estreitas de pedra, fontes pitorescas e casas de telhado alto e pontiagudo. As luzes se apagaram e as ruas estavam quase desertas. Os poucos pedestres por quem passamos eram silhuetas disformes, agasalhadas contra o frio. Quando deixamos a cidade para trás, a neve começou a cair com mais intensidade, cobrindo o chão ao redor com um tapete branco. O chofer murmurou alguma coisa no idioma que falava, provavelmente romeno. Por um tempo, seguimos em silêncio. Depois, a estrada entrou num bosque de coníferas escuro e começou a subir.

– Eu não estou gostando nada disso – resmungou a Srta. Deer-Harte. – O que foi que eu falei sobre bandidos e lobos?

– Lobos? – choramingou Queenie. – Não me diga que vamos ser comidas por lobos!

O chofer captou uma palavra que conhecia e se virou para nós, revelando uma boca cheia de dentes amarelos e pontiagudos.

– *Ja...* lobos – disse ele, e deu uma risada sinistra.

Continuamos a subir, a estrada serpenteando de um lado para o outro em volta de curvas fechadas, com vislumbres de um precipício assustador de um lado. A neve caía tão depressa que era difícil ver o que era estrada e o que podia ser uma vala ao lado dela. O chofer estava sentado numa pose rígida, olhando para a densa escuridão à frente através do para-brisa. Não havia nenhuma luz à vista, só a floresta escura e os penhascos rochosos.

– Se eu tivesse ideia de que era tão longe, teria reservado uma noite num hotel antes de continuarmos a viagem. – Pela primeira vez, a voz de lady Middlesex pareceu tensa e cansada. – Espero que esse homem saiba o que está fazendo. O clima está um horror.

Eu estava começando a ficar nauseada por estar no meio e sendo jogada de um lado para o outro quando fazíamos curvas. O cotovelo ossudo da Srta. Deer-Harte espetava a lateral do meu corpo. Queenie tentou se encolher num canto, mas estava com um lenço cobrindo a boca.

– Você precisa avisar se quiser vomitar – disse lady Middlesex. – Eu faço o homem parar para você. Mas você precisa se controlar até poder sair do carro, entendeu?

Queenie conseguiu abrir um sorriso marejado.

– Tenho certeza que agora não falta muito – disse lady Middlesex, animada. Ela se inclinou para a frente. – Motorista, falta muito? *Est it beaucoup loin?* – repetiu ela num francês atroz.

Ele não respondeu. Por fim, chegamos ao topo de uma passagem nas montanhas. Havia uma pequena estalagem ao lado da estrada com luzes acesas. O motorista parou e contornou o carro para abrir o capô, presumivelmente para deixar o motor esfriar. Em seguida, ele desapareceu dentro na estalagem, nos deixando dentro do carro gelado.

– O que é aquilo? – sussurrou a Srta. Deer-Harte, apontando para a escuridão do outro lado da estrada. – Olhem, no meio das árvores. É um lobo.

– É só um cachorro grande, tenho certeza – respondeu lady Middlesex.

Eu não disse nada. Para mim, parecia um lobo. Mas, naquele momento, a porta da estalagem se abriu e várias pessoas saíram.

– Bandidos – sussurrou a Srta. Deer-Harte. – Eles vão cortar a nossa garganta.

– Camponeses comuns – disse lady Middlesex, bufando. – Veja, há até crianças com eles.

Se eram camponeses, com certeza pareciam assassinos, os homens com bigodes pretos e longos, as mulheres grandes e musculosas. Um número notavelmente grande deles saiu da estalagem, olhando para dentro do automóvel com expressões desconfiadas. Uma mulher fez o sinal da cruz e outra ergueu os dedos cruzados, como se quisesse afastar o mal. Uma terceira agarrou uma criança que estava perto demais de nós e a abraçou de um jeito protetor.

– O que diabos está acontecendo com eles? – perguntou lady Middlesex.

Um velho se atreveu a chegar mais perto do que os outros.

– Ruim – sibilou ele, com o rosto bem junto da janela. – Não vai. Cuidado. – E cuspiu na neve.

– Que extraordinário – disse lady Middlesex.

O chofer voltou, afastando as pessoas, que agora formavam uma multidão considerável. Ele fechou o capô, se sentou diante do volante e religou o motor. As pessoas gritaram alguma coisa e nós partimos deixando para trás um cenário de pessoas gesticulando.

– O que foi aquilo, motorista? – perguntou lady Middlesex, esperando que ele entendesse inglês agora por milagre. Mas o homem ficou olhando para a frente enquanto a estrada mergulhava precariamente para baixo.

Agora eu estava meio apreensiva com a situação. Será que lady Middlesex tinha se enganado e nos feito descer do trem na estação errada? Será que estávamos no carro errado? Não podia haver um castelo da realeza num fim de mundo como aquele. A Srta. Deer-Harte obviamente leu os meus pensamentos.

– Por que é que eles decidiram fazer um casamento da realeza num lugar tão isolado? – perguntou ela.

– Ao que parece, por tradição. – Lady Middlesex ainda tentou parecer confiante, mas percebi que ela também tinha dúvidas. – A filha mais velha sempre tem que se casar na casa ancestral da família. É assim há séculos. Depois da cerimônia aqui, a comitiva de casamento vai viajar para a Bulgária, onde haverá uma segunda cerimônia na catedral e a noiva será apresentada aos seus novos súditos. – Ela suspirou. – Ah, bem, quem viaja para o exterior sempre se depara com costumes estranhos. Tão primitivos em comparação com a nossa terra.

O carro começou a desacelerar. O chofer sorriu, exibindo os dentes pontudos.

– Bran – disse ele.

Não tínhamos a menor ideia do que era Bran, mas vimos que havia luzes acesas num rochedo que assomava sobre a estrada. Olhando pela janela, dava para ver a silhueta de um castelo imenso, tão antigo e formidável que parecia ser parte da própria rocha. O automóvel parou em frente a enormes portões de madeira, que se abriram misteriosamente, nos deixando entrar num pátio. Os portões se fecharam atrás de nós com um estrondo definitivo. O carro parou e o chofer abriu as portas para nós.

A Srta. Deer-Harte foi a primeira a sair para a neve. Ela ficou parada, apavorada, olhando para as ameias de pedra imponentes que pareciam se estender em direção ao céu ao nosso redor.

– Meu Deus – disse ela. – Para onde você nos trouxe, lady M.? Isto aqui é uma verdadeira casa dos horrores, pelo que estou sentindo. Eu sempre fui capaz de farejar a morte e é o cheiro dela que sinto aqui. – Ela se virou para lady Middlesex, que tinha acabado de sair do outro lado do automóvel. – Ah, por favor, vamos embora agora mesmo. Não podemos pagar para esse homem nos levar de volta à estação de trem? Tenho certeza que deve haver uma estalagem na cidade onde podemos passar a noite. Eu realmente não quero ficar aqui.

– Que disparate – respondeu lady Middlesex. – Tenho certeza que o castelo é perfeitamente confortável por dentro e, é claro, devemos cumprir nosso dever com lady Georgiana e apresentá-la de um jeito adequado aos anfitriões reais. Não podemos abandoná-la. Não seria nada britânico. Agora, coragem, Deer-Harte. Você vai se sentir melhor depois de um bom jantar.

Eu também estava encarando aquelas paredes enormes. Parecia não haver janelas abaixo do segundo ou terceiro andar e as únicas frestas de luz escapavam por entre as persianas fechadas. Preciso admitir que também engoli em seco, e todos os trechos de conversas voltaram de uma vez à minha cabeça – Binky dizendo que o rei e a rainha não queriam mandar os filhos porque era muito perigoso, e até Belinda fazendo piadas sobre bandidos e vampiros. E por que aquelas pessoas no alto do passo olharam para nós com medo e aversão, e até fizeram o sinal da cruz? Repeti para mim mesma as palavras de lady Middlesex. *Coragem. Estamos no século XX. O lugar pode parecer diferente e gótico, mas por dentro vai ser normal e confortável.*

Queenie saiu do carro e parou perto de mim, agarrando a manga do meu casaco.

– Esse lugar parece abandonado por Deus, não é, senhorita? – sussurrou ela. – É de dar arrepios. Faz a Torre de Londres parecer uma bela casinha de campo, não é?

A comparação me fez sorrir.

– Com certeza, mas você sabe que eu moro num castelo antigo na Escócia e a parte de dentro é muito agradável. Tenho certeza que vamos passar muito bem. Olhe, está vindo alguém.

Uma porta se abriu no alto de uma escada de pedra, e um homem de libré preta e prateada, com um pingente de prata em forma de estrela, estava descendo. Ele era grisalho e tinha uma aparência majestosa, com maçãs do rosto salientes e olhos claros estranhos, que brilhavam como os de um gato.

– *Vous êtes lady Georgiana de Glen Garry e Rannoch?* – perguntou em francês, o que surpreendeu a todas nós. – *Bienvenue.* Bem-vinda ao Castelo de Bran.

Acho que eu tinha esquecido que o francês costumava ser a língua comum da aristocracia europeia.

– Esta é lady Georgiana – informou lady Middlesex naquele francês atroz que parecia inglês, falado pela maioria dos meus compatriotas, apontando para mim. – Sou lady Middlesex, dama de companhia dela, e esta é a minha dama de companhia, Srta. Deer-Harte.

– E a Srta. Deer-Harte também tem uma dama de companhia? – perguntou ele. – Um cachorrinho, quem sabe?

Desconfiei que ele estava tentando fazer uma piada, mas lady Middlesex respondeu com frieza:

– Não, nenhum animal.

– Permitam que eu me apresente. Sou o conde Dragomir, administrador deste castelo. Eu lhes dou as boas-vindas em nome de Vossas Altezas Reais. Espero que a estadia seja agradável.

Ele bateu os calcanhares e se curvou numa breve reverência, me fazendo lembrar do príncipe Siegfried, aspirante a meu noivo, que também era parente da Casa Real da Romênia. Ah, meu Deus, é óbvio que ele iria ao casamento. Eu ainda não tinha pensado nisso. No momento em que esse pensamento me ocorreu, outro veio logo em seguida. Não podia ser uma armadilha, não é? Tanto a minha família quanto o príncipe Siegfried ficaram contrariados quando rejeitei a proposta de casamento dele. E Siegfried era do tipo que não gosta de ser contrariado. Será que eu tinha sido convidada especialmente para o casamento para ficar presa num castelo velho e assustador no meio das montanhas romenas com um sacerdote disponível para celebrar uma cerimônia de casamento?

Olhei ansiosa para o carro enquanto o conde Dragomir indicava que devíamos acompanhá-lo escada acima.

Entramos num salão de paredes altas, repletas de bandeiras e armas. Arcadas levavam a passagens escuras. O chão e as paredes eram de pedra e fazia quase tanto frio lá dentro quanto lá fora.

– As senhoras vão descansar depois da viagem exaustiva – disse Dragomir. A respiração pairou visível no ar frio. – Os serviçais vão acompanhá-las até seus aposentos. Jantamos às oito. Sua Alteza, a princesa Maria Theresa, está ansiosa para se reencontrar com a velha amiga, lady Georgiana de Rannoch. Por favor, nos acompanhem.

Ele bateu palmas. Um pelotão de lacaios surgiu das sombras, pegou as nossas malas e começou a subir outro lance de degraus de pedra íngremes que contornavam uma das paredes, sem corrimão. Meus pés estavam tão cansados que parecia que eu tinha feito uma longa caminhada, e percebi que, se tropeçasse, a queda seria grande. No alto, chegamos a um corredor mais frio e mais cheio de correntes de ar do que qualquer canto do Castelo de Rannoch, depois subimos uma escada em espiral, girando e girando até eu ficar zonza. A escada terminava num corredor amplo com teto esculpido em madeira. O piso também era de pedra, e as paredes exibiam retratos ancestrais de pessoas que pareciam violentas, meio loucas ou as duas coisas. Queenie me seguia, colada aos meus calcanhares. De repente, ela deu um grito e pulou para me agarrar, quase nos derrubando no chão.

– Tem alguém atrás daquela coluna. – Ela ofegou.

Eu me virei para olhar.

– É só uma armadura – comentei.

– Mas eu posso jurar que ela se mexeu, senhorita. Ela levantou o braço.

A armadura estava, de fato, com o braço erguido, segurando uma lança. Abri a viseira do elmo.

– Viu? Não tem ninguém aqui dentro. Venha, senão vamos perder nosso guia.

Queenie me seguiu tão de perto que esbarrava em mim toda vez que eu diminuía o passo. O lacaio abriu a porta e afastou as cortinas, e eu entrei num quarto de dimensões impressionantes.

Queenie estava respirando no meu cangote.

– Ai, nossa – comentou ela. – Parece coisa de cinema, não é, senhorita? Boris Karloff e Frankenstein.

– Vem – disse o lacaio para Queenie. – Agora patroa descansa. Vem.

– Vá com ele, Queenie – falei. – Ele vai levá-la para o seu quarto. Descanse, mas volte a tempo de me vestir para o jantar.

Queenie me lançou um olhar assustado e, relutante, foi atrás dele. As cortinas se fecharam e fiquei sozinha. O quarto tinha cheiro de coisas velhas e umidade, de um jeito que eu conhecia do nosso castelo na Escócia. Mas, enquanto os quartos do Castelo de Rannoch eram espartanos ao extremo, este era uma profusão de cortinas, tapeçarias e móveis pesados. No meio havia uma cama com dossel e cortinas de veludo que parecia ter saído da história *A princesa e a ervilha*. Cortinas igualmente pesadas cobriam uma parede, onde dava para supor que havia uma janela. Mais cortinas cobriam a porta pela qual eu tinha acabado de passar. O fogo ardia numa lareira de mármore ornamentada, mas não tinha conseguido aquecer muito bem o quarto. Havia um guarda-roupa gigantesco, uma penteadeira, uma cômoda volumosa, uma escrivaninha junto da janela e, na parede, a enorme pintura de um jovem pálido e bem-apessoado de camisa branca, me fazendo lembrar de um dos poetas românticos – será que lorde Byron tinha visitado a região? Mas Byron era moreno, e o jovem no retrato era louro. A iluminação era precária, fraca e tremeluzente, vinda de algumas arandelas nas paredes. Olhei em volta, ainda meio enjoada e incomodada com a estranha tensão que vinha aumentando desde que aquele homem tinha tentado entrar no meu compartimento. Não era a sensação mais agradável para se ter num quarto sem janela ou porta à vista, e decidi abrir as cortinas da parede oposta.

Quando atravessei o quarto, notei um movimento e meu coração pulou quando vi um rosto branco olhando para mim. Em seguida, percebi que era só um espelho velho e manchado na porta do guarda-roupa. Afastei as cortinas o suficiente para revelar a janela, consegui abrir as persianas e fiquei olhando para a escuridão da noite. Nem uma única luz brilhava nas montanhas escuras e arborizadas. A neve ainda estava caindo com leveza e flocos gelados pousaram nas minhas bochechas. Olhei para baixo. Meu quarto devia ficar na parte do castelo construída à beira do rochedo, porque o espaço ali parecia uma queda terrivelmente longa rumo ao nada. Ao longe, ouvi o som de uivos atravessando a quietude. Não parecia o som de nenhum cão que eu já tivesse ouvido, e a palavra "lobos" se esgueirou para dentro da minha mente.

Eu estava prestes a fechar a janela quando fiquei tensa e olhei atentamente para a escuridão, tentando entender o que eu estava vendo. Alguma coisa ou alguém estava escalando a parede do castelo.

Castelo de Bran
Algum lugar no meio da Transilvânia
Quarta-feira, 16 de novembro

Não pude acreditar no que via. Só conseguia distinguir uma figura toda de preto com o que parecia uma capa esvoaçando, subindo num ritmo constante a parede de pedra aparentemente lisa. De repente, ela desapareceu.

Fiquei ali por um tempo, olhando, até que o vento aumentou, carregando consigo os uivos dos lobos, e a neve começou a invadir o quarto. Fechei a janela. Eu me deitei na cama e tentei descansar, mas não consegui. Maldita Srta. Deer-Harte. Se ela não tivesse falado de vampiros, meus pensamentos não estariam desgovernados naquele momento. Deitada, olhei para o quarto à volta. O alto do guarda-roupa parecia ter gárgulas esculpidas em cada canto. Havia rostos nas cornijas da parede e... meu Deus, o que era aquilo? Um móvel que eu não tinha notado, meio escondido atrás das cortinas da porta. Parecia um grande baú de madeira entalhada. Um baú de madeira entalhada muito grande, suficiente para esconder uma pessoa. Ou... não podia ser um caixão, certo?

Eu me levantei e atravessei o quarto na ponta dos pés. Precisava saber o que havia dentro do baú. A tampa era absurdamente pesada. Eu estava me esforçando para abri-lo quando senti uma corrente de ar atrás de mim e alguém tocou nas minhas costas. Gritei e me virei. A tampa se fechou com um baque surdo e lá estava Queenie com ar assustado.

– Desculpe, senhorita. Eu não queria assustá-la. Entrei sem fazer nenhum barulho porque não sabia se a senhorita ainda estava dormindo.

– Dormindo? Como posso dormir neste lugar? – perguntei.

Ela olhou ao redor.

– Caramba. Eu entendo o que a senhorita quer dizer. É um lugar assustador, não é? Dá arrepios. Me faz lembrar da Câmara dos Horrores lá no Madame Tussauds. Menos aquele moço na parede. Ele até que é bonito, não é?

– Não sei se quero que ele fique me olhando quando eu estiver na cama – falei, e, ao dizer isso, percebi que o retrato estava logo acima do baú/caixão. – Como é o seu quarto?

– Parece um pouco com o Presídio Holloway, se quer saber. Simples e frio. E fica no alto de uma das torres. Acho que não vou conseguir dormir muito bem lá. E tenho que dar voltas e mais voltas numa escada cheia de vento para chegar lá. Me perdi várias vezes enquanto descia. Eu teria ido parar no calabouço se não fosse um dos rapazes de uniforme bonito, que me resgatou e me trouxe aqui. Não sei nem como vou encontrar o caminho de volta. – Ela me encarou. – A senhorita está bem? Está muito pálida.

Eu estava prestes a contar sobre a coisa que tinha visto escalando a parede do castelo, mas percebi que não podia fazer isso. O senso de dever dos Rannochs entrou em ação e tive certeza de que Robert Bruce Rannoch e Murdoch McLachan Rannoch não teriam medo de uma figura escalando uma parede. Eu precisava parecer calma e no controle.

– Estou absolutamente esplêndida, obrigada, Queenie – respondi. – Mas estou pensando quando é que a minha bagagem vai chegar.

Quase na mesma hora, ouvi uma batida na porta e as malas foram trazidas por mais lacaios altos de cabelos escuros, todos parecendo idênticos.

– Você pode guardar as minhas roupas e depois me ajudar a me vestir para o jantar – falei. – Só não sei onde você vai encontrar água para eu me lavar.

Exploramos o corredor e encontramos um banheiro não muito longe – um cômodo enorme que mais parecia uma caverna, com grandes arcos de pedra culminando numa abóbada no teto. A banheira com pés em garra no meio do cômodo era grande o bastante para alguém nadar. Acima dela, um dispositivo semelhante a uma fonte parecia fornecer água quente.

– Acho que vou tomar um banho antes do jantar – anunciei. – Que tal você começar a preparar o meu banho e depois ver se consegue encontrar meu roupão?

Eu me despi enquanto Queenie desfazia as malas e pendurava as roupas. Foi aí que descobrimos que ela não tinha trazido o meu roupão.

– Tudo bem – falei. – Eu posso andar pelo corredor de camisola. Parece que não tem mais ninguém por aqui.

Corri de volta para o banheiro, me sentindo meio exposta de camisola, e encontrei o cômodo tomado pelo vapor e a temperatura do banho quente o bastante para cozinhar um ovo. Além disso, a válvula estava emperrada e demorei séculos para escoar metade da água quente e completar a banheira com água fria. Depois disso, tomei um banho delicioso e demorado, saí revigorada e olhei em volta, procurando uma toalha. Não havia nenhuma. Agora eu estava em apuros. A camisola que eu tinha usado ficou tão encharcada de vapor que estava quase tão molhada quanto eu. Eu não tinha como me secar. Teria que correr até o quarto.

Vesti a camisola com muita dificuldade. Ela se colou ao meu corpo molhado como uma segunda pele. Abri a porta do banheiro, olhei para um lado e para o outro do corredor e saí em disparada para o meu quarto. Foi aí que percebi que não conseguia lembrar qual das portas no corredor era a minha. Eram duas depois do banheiro, sem dúvida. Ou seriam três? Eu estava consciente do rastro de gotas que deixava pelo caminho, da poça que se formava ao meu redor e dos meus pés congelando no chão de pedra. Parei diante da segunda porta e tentei abri-la. Não consegui. Bati com firmeza.

– Queenie, me deixe entrar, por favor.

Não houve resposta.

Bati com mais força.

– Queenie, pelo amor de Deus, abra a porta.

A porta se abriu de repente e eu me vi encarando os olhos sonolentos do príncipe Siegfried. Obviamente, ele tinha acabado de acordar. Me olhou de cima a baixo, com as sobrancelhas erguidas de espanto.

– Sinto muito. Acho que bati na porta errada – murmurei.

– Lady Georgiana! – exclamou ele. – *Mein Gott.* O que significa isso? Você está despida. Isso é muito indecoroso. O que aconteceu? Você sofreu um acidente e caiu na água?

– Estou vestida, sim, mas a roupa está muito molhada. Não tinha nenhuma toalha no banheiro e esqueci qual era a porta do meu quarto e...

Fiquei balbuciando até ouvir a voz de Queenie sibilar:

– Psiu. Aqui, senhorita.

– Me desculpe por incomodá-lo – falei e fugi.

É claro que, quando cheguei à segurança do meu quarto, descobri que havia toalhas na prateleira de cima do guarda-roupa. Eu me sequei, ainda me sentindo muito tola e envergonhada. Dentre todas as portas, eu tinha que bater logo na de Siegfried. Pensando bem, tinha sido um dia longo e penoso.

Por sorte, eu tinha muita prática em me vestir sozinha, pois Queenie foi mais um obstáculo do que um auxílio. Ela fez o vestido ficar entalado tentando passar a minha cabeça por uma das cavas. Depois, a ideia dela de pentear o meu cabelo dava a impressão de que eu estava carregando um ninho de pássaro. Mas acabei conseguindo ficar apresentável, com um vestido de veludo cor de vinho e os rubis da família, e estava pronta na hora em que soou o primeiro gongo.

– Agora vou descer para jantar, Queenie – avisei. – Não sei aonde você deve ir para jantar, mas um dos serviçais vai lhe mostrar.

Os olhos dela dispararam de nervoso e eu tive pena.

– Não posso me atrasar na minha primeira noite aqui – expliquei. – Mas não se preocupe, você vai ficar bem. É só ir para a cozinha.

Eu a deixei parecendo que queria me seguir e trilhei meu caminho, com alguma dificuldade, até a reunião antes do jantar na longa galeria. A galeria tinha mais bandeiras, e era adornada com a cabeça de vários animais, de javalis a ursos, mas tinha uma atmosfera radiante e festiva, com centenas de velas cintilando em lustres de cristal. O grupo reunido estava coberto de alamares, medalhas e diamantes, me lembrando uma opereta vienense das mais extravagantes. Senti a onda de nervosismo que sempre toma conta de mim nessas ocasiões, além da preocupação de fazer uma bobagem, como tropeçar no tapete, derrubar uma estátua ou derramar a minha bebida. Costumo ficar desajeitada quando estou nervosa. Eu estava pensando se poderia me juntar ao grupo despercebida, mas fui anunciada e vi cabeças se virarem para me avaliar. Um jovem se separou do grupo e veio me cumprimentar com a mão estendida.

– Georgiana, que bom que você está aqui. Não sei se você se lembra de mim, mas nos encontramos uma vez quando éramos crianças. Sou Nicolau, o noivo, e acho que somos primos em segundo grau ou algo assim.

O inglês dele era impecável, com um sotaque típico de escola internacional, e ele era alto e bonito, com o cabelo louro-escuro e os olhos azuis comuns a muitas pessoas do clã Saxe-Coburgo. Senti uma pontada instantânea de solidariedade por ele estar se casando com Matty Cara de Lua Cheia. Na verdade, ele era um príncipe com quem eu mesma não me recusaria a me casar – se fosse mesmo obrigada a me casar com um príncipe.

– Como vai, Vossa Alteza? – respondi, fazendo uma reverência enquanto apertava a mão dele. – Infelizmente, não me lembro do nosso encontro.

– Foi numa comemoração pelo fim da Grande Guerra. Nós passamos aquele período na Inglaterra. Na época, você era uma coisinha magricela e nós dois devoramos uma caixa de manjar turco debaixo de uma mesa, se me lembro bem.

Eu ri.

– E passamos muito mal depois. Ah, agora eu me lembro. Vossa Alteza estava prestes a partir para a escola. Fiquei com inveja por estar presa em casa com uma governanta. – Depois, me lembrei de mais uma coisa. – Vossa Alteza frequentou a escola com Darcy O'Mara, não? Ele me disse que Vossa Alteza era um ótimo jogador de rúgbi.

– Ah, quer dizer que você conhece Darcy? Ele era um zagueiro espetacular. Muito veloz. O que achou do castelo? – Ele abriu um sorriso travesso. – Deliciosamente gótico, não concorda? Maria insistiu em fazer o casamento aqui.

– Imagino que seja uma tradição da família.

– Talvez da família original... Creio que Vlad, o Empalador, conhecido como Drácula, tenha sido um deles. Mas a família de Maria não está no trono há tanto tempo. Acho que tem mais a ver com as boas recordações de Maria das férias de verão que passou aqui quando criança e com a natureza romântica: ela quer se casar num castelo de conto de fadas. – Ele se inclinou e disse, em tom de confidência: – Sinceramente, eu preferiria um lugar mais confortável e acessível.

– É bem gótico mesmo, como Vossa Alteza diz – concordei.

Nós nos afastamos quando um homem grandalhão se aproximou de repente.

– E quem é essa criatura encantadora? Por favor, me apresente, Nicolau.

Ele falava com um sotaque forte. Era pálido, tinha cabelos claros e as feições achatadas dos eslavos. O uniforme era tão coberto de medalhas, faixas, divisas e alamares que parecia quase uma caricatura de general. E reparei que ele chamou o príncipe pelo nome.

Um ligeiro esgar de irritação passou pelo rosto de Nicolau.

– Ah, Pirin. Claro, esta é minha querida parente da Inglaterra. Lady Georgiana, me permita apresentar o marechal de campo Pirin, chefe das Forças Armadas da Bulgária e conselheiro particular do meu pai, o rei.

– Marechal de campo. É um prazer conhecê-lo.

Inclinei a cabeça de um jeito gracioso e apertei a mão dele. A mão era carnuda e suada e segurou a minha por tempo demais.

– Quer dizer que você veio da Inglaterra, lady Georgiana. Como está o bom e velho rei Jorge? Sujeito excelente, não é? Mas meio enfadonho. Quase não bebe.

– Ele estava bem quando o vi pela última vez, obrigada – respondi com frieza, pois não gostei da suposta intimidade com o rei. – Mas, como deve saber, ultimamente a saúde do rei não é das melhores.

– Sim, ouvi dizer. E o príncipe de Gales, você acha que ele está pronto para assumir o lugar do pai? Será que vai fazer um bom trabalho quando o velho passar desta para a melhor, como dizem na sua terra, ou vai continuar sendo um playboy?

Eu realmente não queria falar da minha família com um desconhecido que nem era da realeza.

– Tenho certeza que ele será absolutamente esplêndido quando chegar a hora – respondi.

O marechal de campo colocou a mão carnuda no meu braço nu e o apertou.

– Gostei dessa moça. Ela tem brio – disse ele a Nicolau. – Ela vai se sentar ao meu lado no jantar desta noite e vou poder conhecê-la melhor. – E me lançou o que só poderia ser descrito como um olhar lascivo.

– Sinto muito, mas minha noiva insistiu para que Georgiana se sentasse perto dela no jantar. As duas são grandes amigas e vão querer tempo para conversar. Você já viu Maria Theresa hoje, Georgiana? Sei que ela está morrendo de vontade de revê-la. Vamos procurá-la.

Ele pegou o meu braço e me levou para longe do marechal.

– Que sujeito detestável – sussurrou quando saímos do alcance da audição do marechal. – Mas no momento precisamos ter cuidado com a Bulgária. Ele é da Macedônia, nossa província no sudoeste, e há um forte movimento separatista na região, querendo romper conosco... e a Iugoslávia adoraria anexar a nossa parte da Macedônia. Como você vê, a situação é delicada. Enquanto Pirin tiver poder, ele consegue manter a lealdade deles. Se não, eles vão tentar se separar. Vai haver uma guerra civil. A Iugoslávia sem dúvida vai tomar o partido da província separatista e num instante teremos nas mãos mais uma guerra regional, se não mundial. Por isso, nós o agradamos e fazemos as vontades dele. Mas ele é um camponês. E do tipo perigoso.

– Entendi.

– É por isso que essa aliança com a Romênia é tão importante. Se houver algum conflito nos Bálcãs, vamos precisar deles do nosso lado. Mas, hoje, nada de falar de assuntos pessimistas. Hoje, vamos comer e celebrar o meu casamento. Ah, pronto, lá está a minha linda noiva. Maria, *Schatzlein*, veja quem eu encontrei.

Eu me virei para onde ele olhava, mas não reconheci ninguém. Vi apenas uma criatura esbelta e elegante, com uma roupa que obviamente tinha vindo de Paris, o cabelo escuro num penteado garboso e uma cigarreira de ébano numa das mãos, atravessando a multidão com graciosidade. Quando me viu, o rosto dela se iluminou.

– Georgie! Você veio. Que maravilha. Estou tão feliz em vê-la.

E veio na minha direção de braços abertos. Ela estava prestes a me abraçar quando parou e riu.

– A sua cara, querida. Eu vivo esquecendo que quem não me vê há algum tempo não me reconhece. É a Matty, sua velha amiga Matty.

– Não consigo acreditar – falei. – Matty, você está deslumbrante.

– Estou mesmo, não é? – comentou ela, satisfeita. – Todos aqueles meses na floresta negra com certeza valeram a pena, não é?

– Na Floresta Negra?

– Eles me mandaram para um spa para ser curada, querida. Três meses de tortura absoluta, bebendo suco de cenoura, tomando banho frio, correndo pela floresta ao amanhecer e praticando calistenia por horas e horas.

Mas este é o resultado. Trinta quilos desapareceram por milagre. Depois, passei um ano em Paris para aprender a ser sofisticada e, *voilà*. Sou uma nova mulher.

Eu ainda não conseguia parar de encará-la.

– Ela está simplesmente linda, não acha? – comentou Nicolau. – Eu nem acredito na sorte que tenho.

Ele passou o braço ao redor dela e achei que tinha detectado um breve segundo de hesitação antes de ela olhar para ele e abrir um sorriso.

– Vocês formam um casal muito bonito – falei. – Parabéns para os dois.

– E vamos nos divertir muito experimentando nossos vestidos, não vamos? – continuou Matty. – Mandei vir uma mulherzinha maravilhosa de Paris. Adoro roupas requintadas. Nicky prometeu que podemos passar uma parte do ano morando em Paris, e isso vai me deixar muito feliz. Mas você lembra daquele uniforme horroroso que tínhamos que usar na escola? Vai ser como nos velhos tempos, com as minhas queridas amigas daquela época.

– Você convidou outras amigas de Les Oiseaux?

– Convidei, sim. Você nunca vai adivinhar. Nossa velha amiga Belinda Warburton-Stoke está aqui.

– Belinda? Aqui? Você a convidou para o seu casamento?

Fiquei muito zangada. Eu tinha falado com Belinda apenas uma semana antes e ela não tinha me contado nada.

– Não exatamente – respondeu ela. – Aconteceu uma coisa extraordinária. Ela estava viajando pela região e o carro quebrou perto do castelo. Ela não tinha a menor ideia de quem morava aqui nem de que eu ia me casar. Não é uma coincidência incrível?

– Incrível – concordei secamente. – E aí você a convidou para o casamento?

– Minha querida, eu não podia mandá-la embora, não é? Além do mais, eu sabia que você ia ficar emocionada de tê-la aqui conosco. Belinda sempre foi pura diversão, não é, e a maioria das pessoas aqui é tão horrivelmente entediante e correta. Ah, lá está ela, ali naquele canto.

Acompanhei o olhar de Matty até o canto mais escuro da sala. Consegui distinguir as costas de Belinda naquele vestido elegante azul-royal e verde-esmeralda que ela mesma tinha desenhado. Ela estava com a cabeça inclinada de lado, ouvindo atentamente um jovem bonito e louro. Ele estava sorrindo para ela com a expressão de atenção arrebatada que a maioria dos homens adotava na presença de Belinda.

– Quem é aquele com ela? – perguntei.

– Aquele é Anton, o irmão caçula de Nicky. Infelizmente, não vale a pena ela tentar seduzi-lo. Ele vai ter que se casar com alguém da realeza e garantir a continuidade da família, como todos nós. – E Matty deu uma risada insegura.

O gongo do jantar soou.

– Hoje você vai se sentar ao meu lado – disse Matty. – Quero saber tudo que você andou fazendo desde a última vez que a vi. Mas você precisa de um acompanhante para entrar na sala de jantar. Anton parece estar ocupado, então é melhor que seja o meu irmão.

Ela abriu caminho entre as pessoas, me arrastando pela mão.

– Siegfried, você conhece Georgiana, não é?

Eu sabia que Siegfried era da família real romena, mas não tinha percebido que era irmão de Matty. Como eu podia ter sido tão burra?

Ele me olhou com cautela.

– Ah, lady Georgiana. Estou aliviado por ver que você está totalmente vestida de novo.

– Como é que é, Georgie? – perguntou Matty, sorrindo de uma forma que me lembrou de quando ela ouvia uma coisa que não devia nos tempos da escola.

– Eu me esqueci de levar uma toalha para o banheiro e, infelizmente, o príncipe Siegfried me viu usando apenas uma camisola molhada – respondi.

– Siegfried sortudo! Tomara que ele tenha ficado inspirado – disse Matty, maliciosa. – Não conseguimos fazê-lo demonstrar nenhum interesse por mulheres. Papai está desesperado.

– Eu já disse ao papai que vou cumprir meu dever e me casar – retrucou Siegfried. – Na verdade, tentei encontrar uma noiva adequada no início deste ano. Agora, por favor, vamos parar de falar nesse assunto.

– Pare de ser tão antiquado e ranzinza, Siegfried, e aprenda a se divertir. Tome, leve Georgie até a sala de jantar.

Ela enganchou o meu braço no dele bem quando o conde Dragomir se aproximou de nós.

– O jantar está servido, Vossas Altezas Reais – anunciou ele. – Me permitam sugerir que ocupem seus lugares para se dirigir ao salão de banquetes, naturalmente com Vossa Alteza à frente, príncipe Nicolau, já que o nosso monarca e o seu pai não estão presentes. E posso também sugerir que lady Georgiana seja acompanhada por Sua Alteza, o príncipe Anton?

– Acho que o príncipe Anton já está com alguém – respondi.

O conde Dragomir ficou horrorizado.

– Mas ela é plebeia. Isso é inaceitável. Vossas Altezas precisam intervir agora mesmo.

– Ah, deixe de ser antiquado, Dragomir – disse Matty. – Sinceramente. Esta é uma ocasião informal. Os meus pais nem estão presentes. Pare com esse alvoroço.

– Como quiser, Vossa Alteza. – Dragomir se curvou e partiu resmungando.

– Que sujeito enfadonho – comentou Matty, balançando a cabeça.

Enquanto seguíamos para o salão de banquetes, outra dupla tentou entrar na nossa frente. Era o príncipe Anton de braço dado com Belinda.

– Temos um belo problema – disse Anton, sorrindo para Siegfried. – Quem tem precedência aqui? Dois príncipes, nenhum dos dois herdeiro direto, cada um ao lado de uma garota bonita.

– Acho que desta vez eu ganhei – respondeu Siegfried –, porque a minha garota bonita tem sangue real e a sua sem dúvida não tem. Além do mais, este castelo é da minha família. Mas, em todo caso, as boas maneiras exigem que você passe à minha frente.

Belinda fez uma encenação que rivalizava com as da minha mãe.

– Georgie, você por aqui! Que surpresa maravilhosa – arrulhou ela. – Que bom que você chegou em segurança. Estou muito feliz. Eu tive uma experiência medonha. Você soube o que aconteceu? Se eu não tivesse encontrado este castelo, estaria morta.

– Um eixo do carro da pobre Belinda se quebrou e ela teve que andar quilômetros na neve – contou Anton, olhando para ela com adoração. – Não foi uma sorte estarmos aqui? O castelo passa a maior parte do ano desocupado.

– Belinda costuma ter sorte – falei.

Eu ainda achava difícil perdoar os artifícios da minha amiga, embora tivesse que admirar sua audácia.

Entramos na sala de banquetes. Era espantosamente comprida e tinha teto alto, com arcos ao longo das paredes e, acima delas, janelas altas com caixilhos de metal. Uma mesa coberta por uma toalha branca percorria toda a sua extensão, grande o bastante para acomodar cem comensais, e lacaios de libré preta e prateada aguardavam atrás das cadeiras douradas. Era tudo muito imponente. Siegfried me levou até a cabeceira da mesa e eu me sentei de frente para Matty.

– Seus pais não estão aqui? – perguntei a Siegfried, percebendo que estávamos em lugares de honra e que não havia rei nem rainha à vista.

– Meus pais e os de Nicolau devem chegar amanhã – respondeu ele. – Assim como todos os outros convidados da realeza. Somos o grupo avançado, digamos assim, e por isso somos meio informais.

Siegfried olhou para o outro lado da mesa com ar de aversão enquanto o marechal de campo Pirin tentava se sentar perto de nós. Nicolau viu que Pirin pretendia se aproximar de mim e se antecipou a ele.

– Sugiro que meu padrinho fique ao seu lado hoje, Georgiana. Infelizmente, o inglês dele não é dos melhores, mas ele disse que a conhece.

Ele se virou para chamar alguém, e fiquei pensando quantas surpresas eu ainda teria hoje à noite. E aí eu vi que o padrinho em questão era ninguém menos que Max von Strohheim, a conquista mais recente da minha mãe.

– Georgiana, você se lembra de Herr Von Strohheim, não é? – perguntou Nicolau, simpático. – E já conhece a encantadora companheira dele?

Olhei para o outro lado da mesa, encarando os olhos espantosamente azuis da minha mãe.

– Sim, já nos conhecemos – respondi.

Na mesma noite, mais tarde

NÃO FOI UM DOS MEUS JANTARES PREFERIDOS. O inglês de Max era muito limitado, e minha mãe ficou obviamente amuada por me encontrar lá, a prova viva de que ela já tinha mais de 30 anos.

– Você podia ter me avisado que viria a esta festinha – sibilou ela para mim.

– Eu não sabia até semana passada, quando a rainha me pediu para representar a família.

Aqueles olhos que tinham impressionado o público em centenas de palcos se arregalaram.

– Por que a rainha mandou você?

– Que tal "que alegria ver você de novo, minha querida"? – retruquei.

– Ora, é claro que é uma alegria, embora você realmente esteja precisando de uma boa cabeleireira. Preciso admitir que fiquei surpresa ao saber que você estava aqui. Eu esperava que a princesa real fosse convidada, não você.

– A noiva solicitou especialmente a minha presença – expliquei. – Fomos amigas de escola.

– Ah. Bom, finalmente aquela escola serviu para alguma coisa útil. – Ela se inclinou para longe de Max e baixou a voz. – Sabe, esta pode ser uma boa oportunidade para você. Há muitos príncipes e condes solteiros.

– Até demais – respondi, olhando para Siegfried, que estava conversando em alemão com Max.

– Você precisa dar um jeito na sua vida, querida. Você está precisando desesperadamente de um bom guarda-roupa, e o único jeito de conseguir isso é arranjando um homem rico.

– Algumas mães pagam pelas roupas das filhas – falei secamente –, mas, como isso não é possível, eu gostaria de arranjar um emprego. O problema é que parece que não existem empregos para alguém como eu.

– As moças da sua posição social não devem procurar emprego – disse ela com aversão, ignorando a primeira parte do que eu tinha acabado de dizer.

– Você trabalhou durante anos antes de conhecer o meu pai – argumentei.

– Ah, mas eu era atriz. Eu tinha talento. Não vejo nada de errado em fazer uso do talento quando se tem.

Fiquei feliz quando Matty chamou a minha atenção e entreteve as pessoas à nossa volta com histórias da nossa época de escola; nenhuma delas era como eu me lembrava e todas punham Matty no papel central das nossas travessuras. Mas sorri e assenti, concordando e desejando que o jantar acabasse logo. Claro que durou horas – um prato após o outro. O prato principal era carne de veado e me serviram um pernil, uma coisinha tão pequena e delicada que só consegui pensar em corças pulando pela floresta. Estava malpassado e, quando o cortei, o sangue escorreu pelo prato.

Enquanto eu cutucava a carne, fingindo comê-la e imaginando se poderia deixá-la cair embaixo da mesa, me lembrei do que eu vinha evitando até agora – a silhueta que tinha escalado a parede do castelo. Eu queria perguntar a Matty sobre isso, mas não se pode dizer num banquete real: "A propósito, existem coisas assustadoras que escalam as paredes do castelo?"

Em vez disso, comentei:

– Ouvi dizer que há lendas de vampiros associadas a este castelo, Vossa Alteza.

– Vampiros? – Ela deu uma gargalhada. – Ah, sim, é a mais absoluta verdade. Metade da nossa família é vampira, não é, Siegfried?

Siegfried franziu a testa.

– Considerando que a nossa família tem origem alemã, isso é meio improvável. No entanto, existem muitas lendas associadas a este castelo – explicou ele com seu jeito afetado de falar. – É claro que o castelo foi construído por Vlad, o Empalador, que os camponeses acreditavam ter pacto com o diabo, e dizem que a história de Drácula começou aqui. Os camponeses da região são muito supersticiosos. Basta perguntar, e todos vão falar de um parente que foi mordido por um vampiro ou um lobisomem. Eles não se arriscam a sair à noite, e, se alguém se atrever a fazer isso depois de escurecer, eles dizem que a pessoa só pode estar mancomunada com os mortos-vivos.

– Ah, isso explica por que fizeram o sinal da cruz quando paramos na estalagem no alto do passo – comentei.

– Tão primitivos e ignorantes – disse Siegfried. – Eu disse a Maria Theresa que ela devia dar um exemplo de comportamento moderno e fazer o casamento na capital, mas ela não quis saber. Sempre foi uma romântica incurável.

Pessoalmente, eu não chamaria aquele castelo de lugar romântico, mas me arrisquei a perguntar:

– E alguma dessas criaturas mortas-vivas escala as paredes do castelo?

– As paredes do castelo? – perguntou Matty bruscamente. – Espero que não. Eu durmo de janela aberta.

Siegfried deu uma risada triste.

– Acredito que os vampiros tenham fama de descer paredes... de cabeça para baixo. Mas não se preocupe, você vai estar bem segura... tão segura quanto no seu próprio castelo na Escócia, que, pelo que sei, tem sua cota de fantasmas e monstros.

Ele se voltou para Max e eu olhei para a minha mãe. Ela estava de mau humor porque não tinha ninguém por perto para ela encantar. Mas eu a vi olhar várias vezes para o outro lado da mesa e percebi que ela estava demonstrando interesse por Anton. Seria divertido ver Belinda e minha mãe competindo pela atenção dele. É claro que o fato de estar com Max a tiracolo atrapalharia a minha mãe. Não que esse tipo de coisa tivesse impedido a Sra. Simpson! O mais engraçado é que o marechal de campo Pirin pareceu achar que a minha mãe estava fazendo contato visual com ele e ergueu a taça na direção dela, olhando-a com ar sedutor. Minha mãe estremeceu.

– Quem é aquele homem horrível? Parece um vilão de teatro.

– É o chefe do exército búlgaro – respondi.

– Que democrático da parte deles convidar um soldado para o palácio real.

– Parece que ele tem muito poder e é preciso agradá-lo.

– Pois eu não pretendo agradá-lo – disse ela. – Ele não para de olhar para mim como se estivesse me despindo mentalmente.

– Quem quer despir você? – quis saber Max, subitamente interessado.

– Ninguém, querido, a não ser você – respondeu depressa a minha mãe. Ela esperou até Max retomar a conversa e continuou: – O inglês dele melhorou até demais. Eu preferia quando ele só entendia o que eu queria que entendesse.

O marechal de campo Pirin obviamente não tinha pruridos em relação a comer carne de veado. Ele também recebeu um pernil, que agora estava segurando com uma das mãos enquanto brandia uma taça de vinho com a outra, alternando mordidas e goles. Tive pena de Nicolau e Anton por estarem presos a ele como convidado frequente para jantar na casa deles.

Por fim, o jantar acabou e nós, as damas, fomos levadas a um salão, enquanto os homens se deleitavam com charutos e destilados. Foi quando lady Middlesex me interceptou. Ela estava usando um vestido preto pavoroso, arrematado por um chapeuzinho com aspecto de capacete, com o qual, sem dúvida, pretendia inspirar reverência entre os habitantes das colônias. O efeito não era diferente do provocado pelas armaduras que eu tinha visto nos corredores.

– Ah, aí está você. Tudo resolvido, então? Que bom, que bom. Vamos partir de manhã. A princesa vai fazer a gentileza de conseguir um carro.

– A Srta. Deer-Harte não está se sentindo bem? – perguntei, quando não a vi entre as mulheres.

– Até onde sei, ela está muitíssimo bem, a não ser pelo nervosismo de estar hospedada num lugar como este. Mandei levar uma bandeja de comida para o quarto dela. Ela não pode ter permissão para jantar com um grupo tão esplendoroso quanto este, não é? É só uma dama de companhia.

– Bom, aqui estamos. Não é ótimo? – Matty se aproximou de braço dado com Belinda. – Estou vendo que você fez uma bela conquista, Belinda. Anton não conseguiu parar de olhar para você durante todo o jantar.

– O passatempo de Belinda é fazer conquistas – falei. – Ela deixou um longo rastro de corações partidos por toda a Europa.

– Espero que não – comentou Matty. – Divertir-se é uma coisa, partir corações é outra. Espero que eu nunca tenha que partir outro coração pelo resto da vida.

Quando entramos na sala, vi um grupo de mulheres de meia-idade, cobertas de joias e peles, nos examinando com olhar crítico – ou melhor, pareciam estar examinando a mim. Elas me chamaram para perto.

– Você é lady Georgiana da Inglaterra, certo? – perguntou uma delas.

– Sou eu, sim.

– Parente do rei britânico?

– Isso mesmo, meu pai e ele eram primos.

Ela olhou para as outras damas e fez um sinal com a cabeça.

– Que bom. O rei inglês tem muito poder.

– Diga-me. Você conhece o príncipe de Gales? – perguntou outra. Ela estava vestida de acordo com a última moda, usava um penteado de ondas lustrosas e os lábios tinham um tom vermelho vivo.

– Sim, eu o vejo com frequência.

– Ouvi dizer que ele está com uma nova amante – comentou ela. – Uma mulher americana? Plebeia?

– Receio que sim.

Não fazia muito sentido negar se o boato já tinha chegado à Romênia.

– E como é essa mulher? – insistiu minha inquisidora. – Ela é bonita?

– Na verdade, não. Tem rosto e corpo meio masculinos.

– Viram só? – A mulher se voltou triunfante para as amigas. – Eu não disse? No fundo, ele prefere rapazes. Aquele lá nunca vai se casar nem vai ser um bom rei.

– Ah, tenho certeza que ele vai cumprir seu dever na hora certa – comentei.

– Na hora certa? Minha querida, ele já não tem 40 anos? A hora certa foi 20 anos atrás. Na época, sugeriram que eu poderia ser uma boa noiva para o príncipe. Mas infelizmente ele não demonstrou nenhum interesse. Por sorte, eu me casei com o meu marido, o conde, que ainda me satisfaz na cama, o que tenho certeza que o pobre príncipe Eduardo jamais conseguiria fazer.

As amigas riram.

– Dizem que os homens da Inglaterra são frios, não é? – me perguntou outra mulher. – Eles não conseguem sentir paixão porque são mandados para o internato cedo demais. É melhor você escolher um marido do continente, minha querida. Mais fogo e paixão.

– Nem todos, lembre-se, Sophia – disse a primeira mulher, lançando à outra um olhar de alerta que não consegui entender. – Talvez a dama inglesa não queira fogo e paixão. Ela pode se contentar com uma boa companhia.

Elas estavam rindo de uma piada secreta e eu olhei ao redor, incomodada. De repente, experimentei a mesma sensação que tive na estação – a de que alguém estava me observando. Havia vários arcos ao longo de um lado da sala e o corredor além deles estava totalmente escuro. Achei que tinha distinguido uma figura escura parada logo abaixo da arcada, mas podia ser só o relevo da pedra esculpida ou mesmo uma armadura.

Nesse momento, os homens entraram no salão para se juntar a nós. Nicolau veio direto até mim e Matty. Anton traçou uma linha reta até Belinda, e o marechal de campo Pirin até a minha mãe, o que a fez decidir que estava com uma das suas dores de cabeça e pedir licença para se retirar.

– Você me disse que havia uma masmorra neste castelo? – perguntou Anton para Matty. – Devíamos jogar Pirin nela. Sério, o sujeito passa da conta. Você viu o comportamento dele no jantar? Muito grosseiro.

– Por mais que eu queira aceitar a sua sugestão, você sabe que precisamos agradá-lo, a menos que você queira uma guerra civil ou coisa pior – disse Nicolau. – E o nosso pai depende dele.

– Mais do que deveria – disse Anton. – Ele está ficando muito convencido. Se quer saber, eu acho que o sujeito é perigoso. Ele está nos usando para seus próprios fins, Nicky. Ele se vê como um futuro ditador, outro Mussolini.

– Você não precisa se preocupar com isso – disse Nicolau. – Pode voltar em paz à sua vida de prazeres em Paris. Talvez eu tenha que lidar com ele um dia, quando for rei.

– Esse sou eu. O playboy inútil – respondeu Anton. – Só sirvo para acompanhar mulheres bonitas. – E pegou o braço de Belinda.

– Eu não pedi para nascer primeiro – argumentou Nicolau. – Pessoalmente, nem quero ser rei, assim como imagino que nosso primo Eduardo não queira ser na Inglaterra. – Ele olhou para mim em busca de confirmação.

– Acho que a maioria dos homens não gostaria de ser rei – comentei.

– Esperamos que o nosso pai continue vivo por muito tempo, é claro – disse Nicolau.

Olhamos para Pirin ao ouvi-lo dar uma gargalhada alta.

– Essa é boa! – disse ele, batendo na própria coxa.

Ele estava falando com o homem que tinha nos recebido, o conde Dragomir, que não estava sorrindo. Na verdade, parecia estar sofrendo.

– Bom, vou me recolher – declarou lady Middlesex, aparecendo ao meu lado. – Tivemos um dia longo e extenuante, e amanhã vamos ter que enfrentar aquela passagem outra vez. A pobre Deer-Harte já está uma pilha de nervos. – Ela olhou para mim com ar crítico. – E você, pelo jeito, também precisa de uma boa noite de descanso. Vamos. – E pegou o meu braço com firmeza.

Em vez de protestar, dei boa-noite à minha anfitriã e me deixei levar. Entrei no quarto e encontrei alguém dormindo na minha cama. Por um instante terrível, achei que eu tivesse invadido o quarto de Siegfried outra vez. Saí depressa, na ponta dos pés, e verifiquei o corredor. Dessa vez, eu tinha certeza de que aquele era o meu quarto. Voltei a entrar. Quem dormia na minha cama era ninguém menos que Queenie. Eu a acordei.

– Desculpe, senhorita, devo ter cochilado – disse ela. – Estava tão frio aqui que eu entrei embaixo das cobertas.

– Você jantou? – perguntei.

– Eu não quis sair do quarto sem saber bem para onde ir – respondeu ela.

– Ah, céus. Vamos ver se um dos serviçais pode levá-la à cozinha e arranjar alguma coisa para você comer agora.

– Está tudo bem, senhorita, muito obrigada – disse ela. – Acho que prefiro ir para a cama. Não estou com vontade de comer comida estrangeira agora. Foi muita coisa para um dia só.

Olhei para ela com ternura, pensando em como tinha sido difícil para mim e depois me colocando no lugar dela, tendo vindo de uma viela em Londres.

– Boa ideia, Queenie. Me ajude a tirar este vestido e pendurá-lo, depois você pode ir. Amanhã de manhã você pode descobrir aonde ir para trazer a minha bandeja de chá.

Ela saiu e fiquei sozinha no quarto. Eu me deitei na cama e fiquei ali por um tempo até ter coragem de apagar o abajur. Sempre me vi como a corajosa da família. Uma vez, deixei o meu irmão e os amigos dele da escola me baixarem no poço do castelo. Outra vez, passei a noite toda sentada nas ameias para ver se o fantasma do meu avô tocava mesmo uma gaita de foles. Mas isso era diferente. Eu sentia uma inquietação profunda. Quisera eu ainda ter uma babá no quarto ao lado. Por fim, me encolhi e tentei dormir.

Eu estava caindo no sono quando pensei ter ouvido um barulho muito baixo – um leve estalo. Abri os olhos de repente, instantaneamente desperta. Embora os cantos do quarto estivessem escuros como breu, eu tinha certeza de que havia alguém lá dentro comigo. As cortinas ao redor da cama bloqueavam a minha visão. Eu me inclinei um pouco para fora e logo recolhi a cabeça. O fogo estava quase apagado, mas, pelo brilho, consegui distinguir um vulto escuro que se aproximava cada vez mais. Por fim, ele parou perto da cama. Abri a boca, mas estava com medo demais para me mexer ou gritar. O brilho do fogo iluminou o rosto dele. Era idêntico ao do jovem do retrato na parede.

Ele se debruçou cada vez mais perto de mim e murmurou alguma coisa numa língua que eu não entendi. Ele estava sorrindo, e os dentes refletiam a luz do fogo. Tudo que Belinda tinha me dito sobre vampiros mordendo pescoços e o êxtase de ser mordida voltou à minha mente. Na segurança de Londres e da luz do dia, eu tinha achado tudo engraçado. Mas o rosto acima de mim era palpável demais e aqueles dentes pareciam estar vindo direto para o meu pescoço. Por mais aterrorizada que eu estivesse, uma coisa era certa. Eu não ia aceitar ser transformada numa morta-viva.

Sentei-me de repente, fazendo-o pular para trás.

– O que você acha que está fazendo? – perguntei de um modo que teria dado orgulho à minha bisavó, a rainha Vitória.

O jovem soltou um gemido sobrenatural de pavor. Em seguida, virou-se e desapareceu nas sombras.

Catorze

Um quarto no Castelo de Bran. Escuridão.
Quarta-feira, 16 de novembro

Por um tempo, não consegui me mexer. Eu me sentei, com o coração batendo tão depressa que mal conseguia respirar. Será que a criatura ainda estava no quarto comigo? E como é que se espantava um vampiro? Tentei me lembrar da leitura de *Drácula*. Era com algum tipo de erva ou planta? Salsinha? Não, não era isso. Pensei que podia ser alho. Será que eu tinha comido alho suficiente com a carne de veado para ele sentir o cheiro? Eu não ia tentar encontrar o caminho até a cozinha para pegar mais alho. Lembrei que uma cruz podia funcionar, mas também não tinha nenhuma. Uma estaca no coração? Isso eu não conseguiria fazer mesmo que tivesse uma à minha disposição.

Então, pensei numa coisa mais sólida, talvez um dos grandes castiçais em cima da lareira. Sem dúvida, até um vampiro podia ser afugentado com uma pancada na cabeça. Saí da cama, atravessei o quarto e peguei o castiçal. Depois, cruzei o cômodo com cuidado até chegar ao interruptor. Acendi a luz e não encontrei ninguém. É claro que precisei levantar as muitas cortinas, uma por uma, sentindo o coração parar pelo menos uma vez quando uma rajada de ar frio me atingiu no rosto e eu percebi que uma das janelas estava aberta.

Tentei fechá-la, mas a tranca estava com defeito. Falei para mim mesma que o quarto de Siegfried ficava ao lado, mas me imaginei parada outra vez de camisola na porta dele, tentando explicar que um vampiro tinha acabado de tentar morder o meu pescoço. Por alguma razão, achei que ele não ia acreditar em mim. Foi aí que notei o enorme cordão de campainha ao lado da cama e fiquei tentada a puxá-lo para ver quem ia aparecer. Contudo, já que os serviçais provavelmente não falavam inglês e eu ia me sentir igualmente tola explicando um ataque de vampiro para eles, desisti e voltei para a cama, ainda segurando o castiçal. Pelo menos, fiquei aliviada ao saber que o cordão estava lá e que, se ele voltasse, eu poderia pedir socorro antes que conseguisse cravar os dentes em mim.

Assim que me deitei, percebi que me lembrava do baú que eu não tinha conseguido abrir antes. Eu nunca ia conseguir dormir sem saber o que tinha ali dentro. Me levantei e atravessei o quarto devagar enquanto o retrato do jovem me olhava com um sorriso de escárnio. Me assustei de novo ao ver o meu reflexo no espelho do guarda-roupa e lembrei que eu não tinha visto o reflexo do jovem quando ele se aproximou da cama. Não era outra característica dos vampiros o fato de ninguém conseguir ver a sombra nem o reflexo deles? Estremeci. A tampa do baú era pesada demais. Eu me esforcei muito até finalmente conseguir abrir. Para meu intenso alívio, ele continha apenas roupas, incluindo uma capa preta. O interessante era que havia alguns flocos de neve meio derretidos no tecido, o que me fez desconfiar que meu visitante vampiro tinha entrado no meu quarto escalando a parede.

Passei a maior parte da noite acordada, mas não recebi mais nenhuma visita sobrenatural. Perto da alvorada, adormeci e acordei com aquela luz estranha que indica a presença de neve. Abri a janela e olhei para fora. Devia ter nevado forte a noite toda, pois cada torre e cada ameia usava um impressionante chapéu branco. A estrada até a passagem era de uma brancura ininterrupta. Teria sido bonito na Suíça, com as encostas salpicadas de prados e chalés. Ali, só deixava os penhascos e a floresta ainda mais sombrios. E dava uma bela sensação de isolamento. Eu me sentia como se estivesse presa em outra época, em outro mundo, longe de tudo que era seguro.

Olhei para meu relógio e percebi que passava das oito. Seria ótimo poder tomar minha xícara de chá, mas não havia nem sinal de Queenie. No fim das contas, cansei de esperar. Tive que me vestir sozinha e encontrei o caminho até a mesa do café da manhã. A mesa estava deserta, a não ser pelo príncipe Siegfried. Ele se levantou e juntou os calcanhares quando eu me aproximei.

– Lady Georgiana. Espero que tenha dormido bem.

– Não exatamente – respondi.

– Sinto muito. Por favor, avise aos nossos serviçais se houver alguma coisa a fazer para tornar sua estadia mais confortável.

Eu não podia pedir uma guarda contra vampiros, não é? Fiquei feliz por não ter me rendido ao pânico e corrido para o quarto dele. Eu teria que estar muito desesperada para voltar a bater na porta de Siegfried.

– Hoje eu vou levar os homens para caçar – disse ele. – Talvez encontremos um javali. Mas, depois, espero que tenhamos a oportunidade de voltar a conversar. Há questões que eu gostaria de discutir com você. Questões importantes.

Siegfried se levantou, fez aquela reverência brusca de sempre e partiu. Ai, meu Deus, ele não ia voltar a falar daquela história de casamento, ia? Como encontrar um jeito educado de dizer "nem se você fosse o último homem na face da terra"?

O som de vozes chegando pelo corredor me fez levantar o olhar. Lady Middlesex e a Srta. Deer-Harte entraram, a última abanando os braços enquanto falava de modo vigoroso. Lady Middlesex a interrompeu quando me viu.

– Temos um problema – anunciou ela. – Acabamos de saber que a maldita passagem está interditada. Avalanche ou coisa assim. O carro não pode nos levar até a estação. Vamos ter que ficar aqui, querendo ou não.

– Acho que não consigo enfrentar outra noite neste lugar – disse a Srta. Deer-Harte. – Você ouviu o vento uivando ontem à noite? Pelo menos, eu acho que deve ter sido o vento. Parecia uma alma penada. E depois, de madrugada, alguém estava se esgueirando pelo corredor. Não consegui dormir e tive certeza que estava ouvindo passos, então abri uma fresta na porta, e adivinha o que vi? Uma figura escura se esgueirando pelo corredor.

– Era só um dos serviçais, Deer-Harte. Eu já falei – argumentou lady Middlesex com rispidez.

– Os serviçais não andam assim. Aquele homem estava se esgueirando como se não quisesse ser visto. Tenho certeza que ele não tinha boas intenções, se é que não era um fantasma ou outro tipo de criatura.

– Francamente, Deer-Harte, essa sua imaginação... – disse lady Middlesex. – Um dia ela vai metê-la numa encrenca.

– Eu sei o que vi, lady M. É claro que, num castelo deste tamanho, ocorre todo tipo de encontro noturno e secreto. Já ouvi falar no apetite dos estrangeiros por certas atividades entre quatro paredes.

– Não seja indecente, Deer-Harte. Ah, aí vem Sua Alteza. – Ela fez uma reverência quando Matty entrou. – É muita gentileza da sua parte permitir a nossa permanência, Vossa Alteza. Agradecemos muito. – E fez outra reverência desengonçada.

– Na verdade, não tivemos muita escolha – comentou Matty com franqueza. – Não há nenhum outro lugar num raio de vários quilômetros. A nevasca cobriu tudo. Mas temos muito espaço, e vocês podem ficar. Devo dizer que a neve estragou a comemoração. Nossos pais e o séquito deles chegariam hoje, mas parece que não vão conseguir chegar tão cedo. Só depois que a população local tiver conseguido desobstruir a passagem.

– Ah, céus. Espero que as celebrações de casamento possam acontecer a tempo – disse a Srta. Deer-Harte.

– A cerimônia de verdade é só na semana que vem, então vamos esperar que tudo tenha voltado ao normal até lá.

– Imagino que haja muitos representantes da realeza a caminho – disse a Srta. Deer-Harte.

– Vai ser uma ocasião relativamente discreta, mais para os parentes – respondeu Matty. – Afinal, temos parentesco com a maioria das casas reais da Europa. São muitas uniões intrafamiliares, infelizmente. Não é nenhuma surpresa sermos todos tão estranhos.

Ela riu de novo, e fiquei com a impressão de que ela estava interpretando um papel, obrigando-se a parecer feliz.

– A grande celebração formal vai acontecer na Bulgária, quando voltarmos da lua de mel – continuou Matty. – É aí que vamos ter chefes de Estado e uma bênção oficial na catedral, e eu vou ser apresentada ao povo como a querida princesa deles... todas essas coisas chatas.

– Acredito que você vai ter que se acostumar com as coisas chatas, como diz, quando estiver casada com o herdeiro do trono – disse lady Middlesex. – Eu acho alguns dos meus deveres oficiais como esposa de um alto comissário bem árduos, mas cada um sabe o seu dever e age conforme se espera, não é?

– Acho que sim – respondeu Matty, sorrindo para mim. – Agora de manhã vamos nos encontrar com a *couturière* de Paris, Georgie. Estou ansiosa. Vai ser no salão pequeno. Ele é forrado de espelhos para que possamos nos admirar.

Ela parou e olhou para a mesa lateral repleta de frios, queijos, frutas e pães, depois desviou o olhar.

– Infelizmente, só posso tomar uma xícara de café se eu quiser caber naquele vestido de noiva.

– Que disparate! É preciso tomar um bom café da manhã para começar o dia – protestou lady Middlesex. – Eu não suporto essa moda ridícula de fazer dieta. Uma xícara de café, francamente. Você vai ficar fraca. – Enquanto falava isso, ela estava empilhando frios no prato sem a menor preocupação. – Não tem ovos nem bacon, pelo que estou vendo – acrescentou com um suspiro. – Nem carne de rim. Nem arenque defumado. Não sei como é que os povos do continente sobrevivem sem um belo café da manhã fresco.

Eu me servi e me sentei à mesa. Matty se serviu de uma xícara de café puro e se retirou com ela.

– Ouvi dizer que os homens estão planejando sair para caçar – disse lady Middlesex. – Nem imagino como eles esperam atravessar toda essa neve. Se quer saber, eu acho uma insanidade, mas pelo menos assim eles vão passar o dia ao ar livre. E caçar é uma atividade saudável para os rapazes. Evita que eles pensem em sexo. Talvez devêssemos tentar pegar raquetes de neve emprestadas para caminhar, Deer-Harte.

Fiquei feliz por não ser incluída no plano. Comi o mais depressa possível e pedi licença para me retirar, mas esbarrei em Belinda na porta.

– Estou feliz em ver você – falei.

– Devo dizer que essa é uma bela mudança em relação a ontem à noite – respondeu ela com um olhar gélido. – Não sei por quê, mas você me fuzilou com os olhos. Não consegui pensar no que eu poderia ter feito para aborrecê-la. Foi quase como se você achasse que eu tinha passado a noite com Darcy… o que, aliás, não fiz.

– Me desculpe – falei. – Eu estava zangada. A princípio, achei que você tinha sido convidada para o casamento e não tinha me contado. Depois, quando descobri como você chegou até aqui, fiquei irritada com o seu ardil.

– Meu brilhantismo, querida, por favor. Você tem que admitir que foi um golpe de mestre. E você mesma disse que seria a maior farra se eu pudesse vir ao casamento com você. Por isso, quando você rejeitou a minha oferta gentil de ser sua criada, decidi que o casamento seria divertido demais para eu ficar de fora. Por isso, fiz as malas, peguei o primeiro trem para cá e depois aluguei o carro e o motorista mais velhos e decrépitos da estação, com plena consciência de que o carro ia quebrar. E quebrou mesmo, no lugar certo, e assim pude aparecer na porta do castelo e demonstrar surpresa e alegria ao descobrir que Sua Alteza Real, a princesa Maria Theresa, estava aqui. "Mas fomos amigas de escola!", exclamei e, claro, fui recebida de braços abertos.

– Você é tão ruim quanto a minha mãe – falei.

– Nem tanto, mas estou me esforçando – disse Belinda, sorrindo. – Houve apenas uma pequena falha no meu plano perfeito: quando não reconheci Matty. Minha querida, você consegue acreditar na transformação? É ela mesmo? Onde é que foram parar todos aqueles quilos? E a cara de lua cheia?

– Eu sei. Eu também não a reconheci. Ela está lindíssima, não é? E o noivo também não é nada mau.

– Nem o irmão dele. – Belinda abriu aquele seu sorriso de gato que acabou de ver um prato de leite. – Muito satisfatório em todos os departamentos. É uma pena ele ser príncipe, senão eu o fisgaria para sempre. Mas no fim ele vai ter que se casar com alguém como você. Já sei! Você pode se casar com ele e eu continuo sendo amante dele, num delicioso *ménage à trois*.

– Belinda! – Eu tive que rir. – Eu dividiria muitas coisas com você, mas não o meu marido. Além disso, Anton não é o homem que eu tenho em mente, embora eu tenha que admitir que, entre os príncipes disponíveis, ele é o melhor, até agora.

– Ele não serve para você, querida. É descarado demais. Ontem à noite ele me contou algumas das façanhas dele que até me fizeram corar. Ele não tem um pingo de moral. É por isso que somos perfeitos um para o outro.

– Pelo que estou entendendo, você não dormiu na sua cama ontem à noite?

– Isso não é pergunta que se faça a uma dama! Mas, querida, em festejos como este, quem é que dorme na própria cama? Só se ouvem palavrões e resmungos enquanto as pessoas se esbarram na escuridão, andando na ponta dos pés de um quarto para o outro. É tão engraçado que nem consigo descrever. Mas você deve ter dormido um sono profundo e por isso não ouviu nada. Imagino que tenha ficado com um quarto no andar superior, que costuma ser reservado para a família.

– Fiquei bem ao lado do quarto de Siegfried – comentei –, mas, Belinda, era sobre isso que eu queria falar com você. Ontem à noite, alguém entrou no meu quarto.

– Siegfried? Não! – exclamou ela. – Achei que ele se interessasse por outras coisas.

– Ai, meu Deus, não. Mas foi até pior. Acho que foi um vampiro.

Belinda começou a rir.

– Georgie, às vezes você é uma pândega.

– Não, Belinda, é sério. Tem um retrato assustador pendurado na parede e o invasor era idêntico a ele. Eu estava meio adormecida e acordei, e aí vi o homem se esgueirar na minha direção. Ele parou perto da minha cama, murmurou alguma coisa num idioma que eu não entendi e se debruçou na minha direção com um sorriso sobrenatural, mostrando todos os dentes.

– Querida! O que você fez? – Ela deu um puxão e baixou a gola do meu vestido. – Ele chegou a mordê-la? Como foi?

– Ele não conseguiu. Eu me levantei e exigi saber o que ele estava fazendo. Ele deu um gemido sobrenatural e desapareceu.

– Desapareceu? Quer dizer, simplesmente sumiu no ar?

– Não, acho que ele se misturou de novo à escuridão, mas, quando eu finalmente acendi a luz, ele não estava mais lá. Além disso, tem um baú enorme no quarto, e dentro dele eu encontrei uma capa ainda úmida de flocos de neve. Como explicar?

– Minha querida, que coisa mais assustadora e emocionante – disse Belinda. – Se eu não tivesse outras diversões para me ocupar, ia me oferecer para dormir no seu quarto hoje à noite. Eu sempre quis conhecer um vampiro.

– Quer dizer que você acredita em mim?

– Estou mais inclinada a acreditar que foi um jovem conde qualquer ou um dos padrinhos de casamento de Nicky que entrou no quarto errado quando foi visitar a dama escolhida. É fácil se enganar num lugar como este.

– Acho que você pode estar certa – falei. – Quando eles saírem para caçar, vou ficar de olho para ver se o reconheço. Quem quer que fosse, sem dúvida não estava no jantar de ontem. E ele não parecia… sabe… uma criatura deste mundo.

Belinda colocou a mão no meu ombro.

– Georgie, em Londres, eu só estava brincando quando falei de vampiros. Você não acredita mesmo neles, não é?

– Belinda, você me conhece.

– Conheço, sim, e é isso que me preocupa. Até agora há pouco eu poderia jurar que você era uma das pessoas mais sensatas do mundo.

– Eu sei e concordaria com você. Mas também sei o que vi e o pavor absoluto que senti.

– Será que não foi um pesadelo? Num lugar desses, seria compreensível. Querida, não é tudo deliciosamente gótico?

– Mas e a capa molhada no baú? Se você quer ver algo gótico, precisa ver o baú no meu quarto. Venha comigo e eu lhe mostro.

– Já que você insiste… – disse ela. – Muito bem. Vamos em frente, Mac-Duff!

Quinze

Castelo de Bran
Em algum lugar na Transilvânia
Quinta-feira, 17 de novembro

Levei Belinda até o meu quarto e abri as cortinas. Ela olhou ao redor e é claro que a primeira coisa que atraiu o olhar dela foi o retrato na parede.

– Ora, ora. Ele não é nada mau, não é? E olhe só essa camisa aberta e sensual. Em que época será que ele viveu?

– Ele continua vivo. Essa é a questão, Belinda. Eu juro que o vampiro da noite passada era ele.

Um sorriso perverso passou pelo rosto dela.

– Nesse caso, eu posso me oferecer para trocar de quarto com você. Eu não me importaria de ser mordida por alguém como ele.

Olhei para ela e percebi que ela ainda estava brincando.

– Você continua não acreditando em mim, não é?

– Acho que a explicação lógica é que você dormiu com aquele retrato olhando para você e teve um sonho fantástico com ele.

– Pois bem, eu vou provar. Olhe, aqui está o baú. – Atravessei o quarto até lá. – E aposto que a capa ainda está úmida. Viu?

Abri a tampa do baú num gesto triunfal, mas parei. Estava completamente vazio.

– Que curioso, uma capa invisível – comentou Belinda.

– Eu juro que estava aqui. E, quando entrei no quarto pela primeira vez, vi alguém escalando a parede.

– A parede do quarto?

– Não, a parede externa do castelo. Bem ali.

– Mas isso é impossível.

– Foi o que eu pensei. Mas aquela coisa, o que quer que seja, escalou a parede ali e depois desapareceu.

Belinda pôs a mão na minha testa.

– Não, você não está com febre – disse ela –, mas deve estar alucinando. Isso não é do seu feitio, Georgie. Afinal, você cresceu num lugar sombrio como este.

– Nós tínhamos uns fantasmas no Castelo de Rannoch, mas nenhum vampiro – argumentei. – Perguntei se Siegfried e Matty sabem alguma coisa sobre os vampiros daqui. Siegfried fez pouco caso, mas Matty ficou reticente. Você não acha que ela foi mordida e virou uma morta-viva, não é? E que é por isso que ela está tão linda? Ela vendeu a alma ou alguma coisa assim?

Belinda deu aquela gargalhada deliciosa de novo.

– Acho que a explicação mais provável é aquele tratamento caro num spa e o cuidado com o peso. Ela mal comeu desde que cheguei.

– Bom, eu me considero uma pessoa sã e racional, mas estou incomodada desde que cheguei aqui. Na verdade, antes mesmo de chegar. Acho que tinha alguém me seguindo no trem. E alguém está me observando nas sombras daqui.

– Que drama delicioso, querida – disse Belinda. – Que mudança em relação à sua existência enfadonha em Londres. Você queria aventura e conseguiu. Quem você acha que poderia estar seguindo-a?

Dei de ombros.

– Não faço a menor ideia. Não consigo imaginar por que alguém ia se interessar por mim. A menos que os vampiros sintam uma atração especial por virgens. Drácula sentia, não é?

Belinda riu mais uma vez.

– Nesse caso, meu sangue vai estar totalmente seguro. Sabe, talvez, na verdade, alguém esteja seguindo aquela mulher horrível que veio como sua dama de companhia. Quem sabe o marido dela tenha pagado para alguém se livrar dela no caminho. Eu com certeza faria isso.

– Belinda, você é tão malvada.

E agora eu também tive que rir.

Belinda enganchou o braço no meu e disse:

– Escute. Parece que os homens estão se reunindo para caçar.

O som dos cães latindo ecoou do térreo, misturado aos gritos dos homens.

– Vamos descer para vê-los e descobrir se o seu vampiro bonitão continua mesmo vivo e está entre eles. Vamos ver se você o reconhece à luz do dia, que tal? É claro que, se sair para caçar, ele definitivamente não é um vampiro. Afinal, eles não suportam a luz do sol.

Ela me levou escada abaixo até uma galeria, de onde dava para ver o salão de entrada. Um grupo razoavelmente grande de rapazes tinha se reunido, com os chapéus de pele e casacos verdes tradicionais que tornavam difícil distinguir os patrões dos serviçais.

– Pronto, lá estão vários condes, barões e tudo mais, todos solteiros e, desconfio, todos seus parentes. Pode escolher.

– Não estou vendo meu vampiro – falei, observando os jovens, alguns dos quais eram mesmo muito apresentáveis, em se tratando de aristocratas.
– Essa é a prova, não é? Ele não é um conde jovem e normal hospedado no castelo. Agora você tem que acreditar em mim.

– Acredito que o vinho tinto local é mais forte do que você está acostumada a tomar e gerou sonhos realistas – disse Belinda. – Ora, ora, eles não são um grupo de se jogar fora, não é? Claro que Anton está maravilhoso com seu chapéu de pele, não acha? Tão masculino e primitivo. Eu queria que ele me levasse para caçar com eles, mas me disseram que era só para os rapazes. Desmancha-prazeres. Eu adoro atirar nas coisas, você não?

– Na verdade, não. Eu não me importo com as perdizes porque elas são muito burras e adoro caçar a cavalo, mas sempre fico aliviada quando a raposa se esconde na toca.

– Então, o que vamos fazer agora? – Belinda olhou para os corredores desertos.

– Eu tenho que provar o vestido – falei. – Você pode ir comigo e me fazer companhia.

– Talvez – disse ela. – Que pena que não estou mais desenhando vestidos, senão poderia anotar umas ideias.

– Não está? Você desistiu da sua empresa de moda?

– Tive que desistir, querida. – Ela franziu a testa. – Eu não podia me dar ao luxo de perder mais dinheiro. Ninguém queria me pagar, sabe? Elas sempre diziam, na maior alegria, "Ponha na minha conta" e, quando chegava a hora de pagar, arranjavam todo tipo de desculpas. Uma mulher chegou a dizer que eu devia agradecer pela propaganda gratuita que ela fazia ao vestir a minha criação e que eu deveria pagar para ela. Então, agora estou desempregada como você. Talvez eu fique feliz de ser uma criada daqui a pouco tempo. – Ela olhou para mim, sorrindo. – Me diga, você conseguiu uma criada adequada e a trouxe?

– Consegui uma criada, mas não dá para dizer que é adequada. Na verdade, é totalmente incompetente. Ontem à noite, ela enfiou a minha cabeça na cava do vestido, depois eu a encontrei dormindo na minha cama e, hoje de manhã, ela se esqueceu de ir me acordar.

– Onde foi que você arranjou essa moça?

– Ela é parente da vizinha do meu avô, a Sra. Huggins.

– Bem feito para você – disse Belinda.

– Ela tem boas intenções – argumentei. – Na verdade, de certa forma, eu me afeiçoei muito a ela. A garota foi colocada numa situação bem diferente da vida normal dela e não teve um único ataque de lágrimas nem entrou em pânico. Mas vou ter que resolver essa história do chá matinal. Disso eu não abro mão.

Ao passarmos pelas escadas que desciam para a cozinha, vimos a jovem em questão subindo, limpando as migalhas do uniforme.

– Ah, olá, senhorita – disse ela. – A comida daqui é bem esquisita, não é? Carne fria com alho no café da manhã. Onde já se viu? Mas o pão estava gostoso.

– Queenie, o que aconteceu com você? – perguntei com frieza. – Eu estava esperando você levar o meu chá matinal para o quarto e me vestir.

– Ah, caramba, desculpe, senhorita! Quando desci para a cozinha, eu sabia que tinha alguma coisa que eu precisava fazer. Mas aí vi os outros serviçais tomando o café da manhã e decidi me arranjar por lá antes que a comida acabasse. Eu estava com muita fome depois de perder o jantar de ontem.

Me senti um pouco culpada por isso. Eu realmente devia ter arranjado uma comida para ela, mas me lembrei das advertências de lady Middlesex sobre ser firme com os serviçais.

– No futuro, espero que você leve a minha bandeja de chá às oito, entendeu? – perguntei.

– Pode deixar – respondeu Queenie.

– E você tem que me chamar de "milady", lembra?

– Ah, é. Eu vivo esquecendo, não é? Meu pai dizia que eu podia esquecer até a cabeça se ela não estivesse grudada nos meus ombros. – Ela riu com gosto do próprio comentário. – O que devo fazer agora?

– Vá até o meu quarto e veja quais roupas precisam ser passadas. Quero usar um vestido diferente no banquete de hoje à noite.

– Muito bem – disse ela. – Onde é que eu encontro um ferro de passar?

– Pergunte aos outros serviçais. Eu nem imagino onde os ferros são guardados.

Eu a deixei se arrastando escada acima e voltei para perto de Belinda, que estava nos observando das sombras.

– Querida, ela é um caso perdido – disse Belinda. – Se fosse um cavalo, teria que ser abatida.

– Você é muito má – respondi.

– Eu sei. Isso é muito divertido. Aproveite a prova do vestido. Se as outras madrinhas forem parecidas com a Matty de antes, você vai ser a estrela e todos os homens vão notá-la. Tchauzinho.

Ela soprou um beijo para mim.

Encontrei o pequeno salão onde uma tropa de costureiras trabalhava ao som das máquinas de costura enquanto uma mulherzinha de roupa preta, formidável e inconfundivelmente francesa, ia de um lado para o outro, abanando os braços e gritando. Havia um grupo de garotas em pé ou sentadas perto do fogo, algumas só de combinação, enquanto a mulherzinha tirava as medidas. As outras pareciam se conhecer e fizeram um sinal educado com a cabeça para mim. Matty veio me receber, pegou a minha mão e me apresentou em alemão, depois em inglês.

– Minha melhor amiga da escola – foi assim que ela me chamou.

Era um leve exagero, mas não a corrigi e retribuí o sorriso que ela me deu. Por que de repente eu tinha me tornado tão importante, já que ela nunca mais tinha falado comigo desde que saímos de Les Oiseaux?

Os vestidos que íamos usar eram muito bonitos, de um requinte assustadoramente parisiense – feitos de tecido cor de creme, longos, simples e elegantes, com uma versão menor da cauda da noiva na parte de trás. Além disso, ao contrário da previsão de Belinda, as outras madrinhas eram moças atraentes, primas de casas da realeza alemã. Uma delas era uma loura alta e esbelta que me olhava com interesse, como se me conhecesse, e se aproximou de mim.

– Você é Georgiana, *ja*? Eu ia para a Inglaterra no verão passado, mas fiquei doente.

– Você deve ser Hannelore – falei, entendendo tudo. – Você ia ficar comigo.

– *Ja*. Eu ouvi a história. Deve ter sido um choque para você. Quando estivermos sozinhas, você precisa me contar tudo.

Fiquei feliz em descobrir que o inglês dela não lembrava em nada o de um filme de gângster americano.

Matty se aproximou de nós usando o vestido de noiva, ainda cheio de alfinetes nas laterais.

– O que você achou dos vestidos?

– São lindos – respondi. – E seu vestido de noiva é absolutamente maravilhoso. Você vai ser a noiva mais bonita da Europa.

– É, acho que o casamento precisa ter suas compensações – disse ela.

– Você não quer se casar?

– Se eu pudesse fazer o que quero, gostaria de viver a vida boêmia de uma artista em Paris – respondeu ela. – Mas as princesas não têm voz nesse assunto.

– Mas o príncipe Nicolau parece uma ótima pessoa, além de ser bonito.

Ela assentiu.

– Em se tratando de príncipes, Nicky é razoável. Ele é gentil, e você tem razão. Com certeza poderia ser muito pior. Pense nos príncipes absolutamente terríveis que existem por aí. – Ela deu uma risadinha. – Eu soube que o meu irmão pediu você em casamento.

– Infelizmente, eu recusei – respondi.

– Pelo menos você teve a opção de dizer não, o que eu sem dúvida teria feito no seu lugar. Quem poderia querer se casar com Siegfried, a menos que estivesse desesperada? – Ela riu outra vez, e de novo tive a impressão de que ela estava se obrigando a parecer alegre. – E que tal o seu quarto?

Eu não podia dizer que era macabro e frequentado por um vampiro, não é? Eu estava formulando uma resposta educada quando ela continuou:

– Eu soube que deram a você o quarto ao lado do de Siegfried. Talvez eles tivessem a esperança de ver algumas faíscas saírem dali! – Ela deu outra risadinha. – Eu sempre ficava com aquele quarto quando vínhamos passar as férias de verão no castelo. Adoro a vista da janela, e você?

– No momento, está coberta de neve – expliquei.

– Mas no verão é maravilhosa. A floresta verde, os lagos azuis, a distância da cidade e de todo o tédio da vida na corte. Eu cavalgava e nadava sem me preocupar com nenhuma das regras da corte. Era pura felicidade. – Uma expressão sonhadora tomou conta do rosto dela.

– Há um retrato interessante na parede do quarto – comentei. – De um rapaz. Quem é?

– Deve ser um dos ancestrais da família que era dona deste castelo. Na verdade, nunca pensei no assunto. Todo castelo é cheio de retratos antigos – disse ela e logo mudou de assunto.

Eu não tinha percebido, até o fim do dia, como sentia saudades da companhia de outras jovens e de como nos divertíamos na escola. Houve muitas risadas e conversas em vários idiomas, principalmente alemão, que eu falava pouco, mas Matty estava pronta para traduzir para mim. Ela parecia uma princesa de conto de fadas com seu vestido de noiva, com uma cauda de metros de comprimento, que as madrinhas carregariam, e um véu caindo ao redor, coroado por um diadema.

Quando terminamos, os homens voltaram da caçada, animados porque tinham caçado um enorme javali com belas presas. Eu estava pronta para uma xícara de chá, mas, em vez disso, serviram café e bolo. Sinto muito, mas, se você é britânica, não existe substituto para o chá da tarde. Está no nosso sangue. O bolo tinha um sabor forte, e comecei a me sentir mal. Acho que era o cansaço, já que eu não dormia bem havia duas noites. Fui para o meu quarto, mas não vi o menor sinal de Queenie.

Agora eu estava ficando irritada. Se tivesse que sair para procurá-la toda vez que precisasse de alguma coisa, logo o castelo inteiro saberia. Fiquei meio tentada a puxar aquele cordão de campainha e mandar a pessoa que aparecesse procurar a minha criada, mas decidi que ela devia estar no alojamento dos serviçais devorando bolo e seria mais rápido encontrá-la pessoalmente.

Assim, desci uma escada em espiral atrás da outra e, depois, aquela escadaria aterrorizante que se agarrava à parede sem corrimão. Tentei lembrar onde exatamente eu tinha esbarrado em Queenie de manhã, entrei por baixo de um arco e comecei a descer uma escada estreita com degraus muito gastos. Chegando a um corredor escuro, ouvi o barulho de panelas e frigideiras, além de um murmúrio de vozes. De repente, eu me assustei ao ver uma pessoa agachada num canto escuro. Ela olhou para mim e ofegou.

– Ah, Georgie! Você me deu um susto. – Ela levou a mão à boca e tentou limpá-la às pressas. – Por favor, não conte para ninguém. Eu não consigo evitar. Eu tento, mas não adianta.

Era Matty. A boca estava manchada de um líquido vermelho vivo pegajoso e do queixo dela escorria um fio de sangue.

Dezesseis

Ainda no Castelo de Bran
Quinta-feira, 17 de novembro

EU NÃO SABIA O QUE DIZER. Só conseguia pensar em fugir. Virei-me e subi os degraus com a maior rapidez possível. Então era verdade. Ela era um deles. Talvez metade do castelo fosse habitado por vampiros e por isso houvesse tanto movimento noturno nos corredores. Cheguei a ficar aliviada quando encontrei o meu quarto ainda vazio. Fui para a cama e puxei as cobertas para cima de mim. Eu não queria estar ali. Queria estar em segurança, em casa, entre pessoas nas quais eu pudesse confiar. Até aceitaria ficar perto de Fig, o que mostrava a dimensão do meu desespero.

O cansaço me dominou, e caí num sono profundo, mas fui acordada por Queenie.

— Senhorita, é hora de se arrumar para o jantar — disse ela. — Preparei um banho e deixei uma toalha lá.

Esse era um avanço e tanto. Obviamente, meu pequeno sermão matinal tinha operado maravilhas. Tomei banho, voltei para o quarto e deixei Queenie me ajudar a pôr o vestido de cetim verde. Eu me olhei no espelho e, de alguma forma, o caimento não ficou bom. Tinha sido um vestido de festa longo e clássico, liso nos quadris e aberto numa saia godê, mas naquela hora parecia ter um caroço de um lado, dando a impressão de que o meu quadril era deformado.

— Espere — falei. — Tem alguma coisa errada com esta saia. Ela nunca teve esse calombo. E parece muito apertada.

– Ah. É. Bom…

Olhei para ela.

– Queenie, você está me escondendo alguma coisa?

– Eu achei que a senhorita não ia notar – respondeu ela, franzindo o avental entre os dedos. – Tive que dar um jeito na saia porque ela ficou meio queimada quando passei com o ferro. Não estou acostumada a passar roupa chique assim e o ferro devia estar quente demais.

Em seguida, ela demonstrou como tinha costurado os cantos da saia por cima de uma área onde havia duas grandes marcas de queimadura em forma de ferro. Uma marca eu conseguia entender, mas o que foi que a fez repetir o erro?

– Queenie, você é incorrigível.

– Eu sei, senhorita. Mas estou me esforçando.

– Vou ter que usar o vestido cor de vinho outra vez – comentei, suspirando. – A não ser que Belinda tenha alguma coisa que ela possa me emprestar. Vá até o quarto dela, conte o que você fez e pergunte a ela.

Esperei, impaciente, imaginando como uma costureira poderia desfazer o estrago num dos meus poucos vestidos de festa de boa qualidade. Queenie voltou quase na mesma hora, com o rosto vermelho.

– Eu bati na porta e entrei no quarto dela, senhorita, e… e… ela não estava sozinha. Tinha um homem na cama com ela, senhorita, e ele estava… eles estavam… sabe?

– Posso adivinhar – falei com um suspiro. – Regra número um: no futuro, sempre espere alguém dizer "entre".

– Sim, senhorita.

Assim, usei o vestido cor de vinho outra vez. Arrumei o cabelo sozinha e desci para jantar. Hoje à noite deveria ser uma ocasião mais formal, já que, originalmente, se esperava a presença de várias cabeças coroadas. Mesmo sem elas, o conde Dragomir se impôs e insistiu no mesmo grau de formalidade, pois havia cartões marcando os lugares à mesa, e fui informada de que Anton ia me acompanhar até o salão de banquetes.

Enquanto eu esperava que ele se juntasse a mim, quem apareceu foi lady Middlesex, e atrás dela estava a Srta. Deer-Harte.

– Não é emocionante? – disse a última. – Foi muita generosidade de Sua Alteza insistir para que participássemos das festividades. Eu nunca estive num evento como este. É tão deslumbrante, não é? Parece até um livro ilustrado. Você está muito bonita, minha querida.

– É o mesmo vestido que ela usou ontem à noite – comentou lady Middlesex sem rodeios.

– Mas é muito bonito. Elegante – acrescentou a Srta. Deer-Harte, abrindo um sorriso gentil. Ela estava usando um vestido florido simples e diurno, bem errado para a ocasião. – Espero conseguir dormir hoje à noite – sussurrou ela para mim. – Ninguém consegue ficar muito tempo sem dormir, mas a porta do meu quarto não tem tranca, e, com toda a movimentação nos corredores...

O gongo do jantar soou. Anton veio me oferecer o braço.

– Olá, meu bem – disse ele.

– Vossa Alteza frequentou a mesma escola britânica que o seu irmão? – perguntei, notando o sotaque.

– Sim, mas fui expulso. Ou melhor, fui educadamente convidado a me retirar. Infelizmente, parece que fumei demais no banheiro. Mas aprendi bem a língua. – Ele sorriu para mim. – Sua amiga Belinda é sensacional, não é? Cheia de energia.

– Ouvi dizer que sim.

– Pena que ela não é da realeza.

– O pai dela é baronete – expliquei. – Ela é honrável.

Ele suspirou.

– Infelizmente, acho que não basta. Meu pai insiste que devemos fazer a coisa certa, que a família vem em primeiro lugar e toda essa lenga-lenga. Como se importasse com quem eu me caso. Nick vai ser rei e vai ter filhos, e eu nunca vou chegar perto do trono, no fim das contas.

– Vossa Alteza gostaria de chegar?

– Na verdade, acho que prefiro a minha vida livre e fácil. Estou estudando química em Heidelberg. É muito divertido.

– Vossa Alteza tem sorte – falei. – Eu adoraria ir para a universidade.

– E por que não foi?

– Sou mulher. Eles esperam que eu me case. Ninguém quis pagar pelos meus estudos.

– Que pena.

Uma trombeta soou. Dois daqueles serviçais que usavam uma esplêndida libré preta e prateada abriram as portas do salão de banquetes, e começamos a entrar. Dessa vez, eu me sentei com Hannelore de um lado e Anton do outro. Nicolau se sentou em frente, com Matty de um lado, e o marechal de campo Pirin tinha conseguido se posicionar do outro lado mais uma vez. O militar parecia estar usando ainda mais medalhas e insígnias do que antes. Ele olhou primeiro para mim, depois para Hannelore, e seu rosto se iluminou.

– Que coisa boa. Hoje temos duas garotas bonitas para os meus olhos se esbaldarem. Excelente! Um banquete para os olhos e para o estômago ao mesmo tempo.

O sorriso dele era desconcertante. Como a minha mãe tinha dito na noite anterior, ele estava nos despindo mentalmente.

– Cuidado com esse homem horrível. Ontem ele beliscou o meu traseiro – sussurrou Hannelore para mim.

– Pode deixar. Eu já o conheci e estou evitando – murmurei em resposta.

Percebi Anton olhando ao redor, obviamente tentando localizar Belinda, que não estava à vista, já que devia estar sentada na outra ponta da mesa, com os mortais inferiores. Não consegui deixar de olhar de relance para Matty, e meu olhar foi diretamente para a boca e o pescoço dela. O aspecto era normal, mas ela estava com um vestido de gola alta. Ela percebeu que eu estava olhando e baixou o olhar, constrangida. Eu me peguei observando os convidados à mesa para ver se algum deles exibia marcas claras de mordidas no pescoço. Havia uma mulher do outro lado usando vários fios de pérolas, mas, de resto, todos os pescoços pareciam intactos. Talvez os vampiros mordessem uns aos outros. Eu não sabia nada.

O jantar começou, um prato de comida saborosa atrás do outro, culminando numa procissão que transportava um javali assado inteiro com uma maçã na boca.

– Esse aí não é o que caçamos hoje – disse Anton. – O nosso era muito maior.

– Quem o abateu?

– Fui eu – disse Anton, baixando a voz –, mas deixamos Siegfried acreditar que foi ele. Ele se importa com essas coisas.

Ao longo de todo o jantar, Dragomir ficou no fundo, orientando os serviçais como o maestro de uma orquestra. Quando o prato principal chegou ao fim, ele se aproximou de Nicolau e bateu na mesa com um martelinho de madeira.

– Altezas, senhoras e senhores, por favor, levantem-se – anunciou ele em francês, depois em alemão. – Sua Alteza Real, o príncipe Nicolau, deseja brindar à saúde da sua noiva e ao maravilhoso país dela.

Nicolau se levantou.

– Se vamos começar os brindes, tragam mais champanhe, por gentileza – disse ele. – Como posso brindar à minha linda noiva com menos que isso?

– Perdão. É claro. Champanhe.

Dragomir rosnou instruções, e as garrafas chegaram, foram abertas com estalos agráveis e servidas. E assim começaram os brindes – um fluxo interminável deles.

Na minha terra, brindar num banquete formal é um gesto estilizado e decoroso em que o mestre de cerimônias diz "Peço que se levantem para o brinde de lealdade", e todos murmuram "Ao rei, que Deus o abençoe". Já aquilo era o que a minha mãe chamaria de festival. Qualquer um podia se levantar e brindar a quem quisesse, era só querer. Assim, houve muito arrastar de cadeiras e brados de uma ponta a outra da mesa.

Dragomir, como mestre de cerimônias, tentava manter o controle da situação, batendo o martelo com um floreio antes de cada discurso. Os brindes foram conduzidos numa mistura de francês, alemão e inglês, já que quase ninguém falava romeno nem búlgaro. Se o proponente e o homenageado estivessem perto o bastante, os dois batiam as taças. Se estivessem longe, erguiam as taças e bebiam juntos, enquanto as outras pessoas os acompanhavam com goles de solidariedade. Um por um, os homens se levantaram para fazer discursos e brindar aos convidados. Maria foi a única mulher que ousou se levantar, brindando às suas madrinhas, e tive que me levantar e esticar o braço por cima da mesa para encostar a minha taça na dela. Em seguida, Nicolau ficou de pé para brindar aos seus padrinhos.

– Esses homens me viram crescer, passando da juventude infame à virilidade séria – disse Nicky, e vários homens à mesa gritaram e riram. – Por isso, eu brindo a vocês, que conhecem os meus segredos mais obscuros. Bebo ao meu querido irmão Anton, ao príncipe Siegfried, ao conde Von Stashauer, ao barão...

Os jovens se levantavam conforme ele citava os nomes, doze ao todo, estendendo a mão para brindar com Nicolau. Ele estava falando em alemão e não consegui entender todos os nomes, até perceber que ele tinha mudado para o inglês e estava dizendo:

– ... e ao meu velho amigo que, apesar de todos os obstáculos no caminho, chegou com toda a valentia: o honorável Darcy O'Mara, da Irlanda.

Olhei para o outro lado da mesa e ali, na extremidade oposta, vi Darcy se levantar e erguer a taça. Se o meu coração tinha acelerado quando vi o que parecia ser um vampiro se debruçar sobre mim no quarto, agora ele estava disparado. Enquanto tomava um gole do vinho, Darcy percebeu a minha presença e ergueu a taça de novo, fazendo um brinde a mim. Fiquei bem vermelha. Eu adoraria superar o hábito infantil de corar. Por causa da minha pele clara, o rubor fica óbvio demais. Fiquei feliz pela primeira vez quando o marechal de campo Pirin se levantou cambaleante.

Eu tinha percebido que ele estava bebendo mais do que devia a noite toda, erguendo a taça vazia para ser enchida toda vez que um serviçal passava com uma garrafa. Ele tinha bebido grandes goles em todos os brindes, quer fossem para ele ou não. Agora, ele agarrou a taça e começou a discursar, ao que parecia, em búlgaro. Acho que ninguém entendeu, mas ele continuou sem parar, com a fala meio arrastada e o rosto vermelho como um tomate, até dar uma pancada na mesa e finalizar com o que obviamente era um brinde à Bulgária e à Romênia. Ele esvaziou a taça numa só golada. Depois, arregalou os olhos de surpresa, emitindo um som estrangulado e emborcou em cima do que restava do seu prato de javali.

Os comensais se comportaram exatamente como se espera de quem foi educado como parte da realeza. Alguns ergueram as sobrancelhas e, em seguida, todos voltaram a comer e conversar como se nada tivesse acontecido, enquanto Dragomir, alvoroçado, mandava os serviçais erguerem o homem inconsciente e levá-lo para um sofá na antessala. Nicolau também tinha se levantado.

– Por favor, me deem licença, é melhor eu ver se tem alguma coisa que eu possa fazer por ele – disse o príncipe em voz baixa.

Na outra ponta da mesa, lady Middlesex também tinha se levantado.

– Acho que não temos um médico na casa. Me deixem dar uma olhada nele. Fui enfermeira na Grande Guerra.

E saiu atrás deles a passos largos. Reparei que a Srta. Deer-Harte a seguiu.

Ouvi os murmúrios da conversa.

– Ele estava bebendo demais – comentou Siegfried, que estava sentado em frente ao marechal de campo Pirin. – Toda vez que os serviçais passavam, ele pedia para encherem a taça.

– Ele bebe como um gambá – concordou Anton –, mas eu nunca tinha visto ele desmaiar.

– Ele é nojento – murmurou Hannelore para mim. – O jeito como ele come. Não tem modos. E usa os garfos errados.

Notei que Darcy também tinha pedido licença para se retirar da mesa e estava indo para a antessala. Serviram sorvete, depois uma tábua de queijos, mas nem Nicolau nem Darcy reapareceram.

Quando o jantar estava quase terminando, Nicolau voltou à mesa, se debruçou junto de Anton e sussurrou alguma coisa em alemão. Olhei para Anton, esperando a tradução. Ele estava com uma expressão estranha. Antes que ele pudesse dizer alguma coisa, Nicolau falou numa voz alta e clara para os convidados.

– Lamento informar que o marechal de campo Pirin está muito doente – disse Nicolau com cuidado. – Me permitam sugerir que, dadas as circunstâncias, todos deixem a mesa e se retirem para a sala de visitas. Tenho certeza que os nossos anfitriões, príncipe Siegfried e princesa Maria Teresa, vão fazer a gentileza de mandar servir café e bebidas.

O único som foi o das cadeiras sendo arrastadas enquanto as pessoas se levantavam.

– Por favor, venham comigo – disse Matty com uma compostura majestosa que tive que admirar.

Anton puxou a cadeira para mim e eu me levantei com os outros, me sentindo enjoada e trêmula porque o evento acontecera tão perto de mim. Anton olhava para a antessala com uma expressão estranha – uma mistura de pavor e prazer.

– Seu irmão disse se foi o coração? – perguntei.

Ele pegou o meu braço e me puxou para si.

– Não conte a ninguém, mas o velho Pirin foi desta para a melhor – murmurou Anton no meu ouvido.

– Quer dizer que ele morreu?

Ele assentiu, mas pôs um dedo de alerta nos lábios.

– Não posso dizer que lamento. Eu não suportava o desgraçado, mas meu pai não vai ficar nem um pouco feliz. Acho que eu devia ir lá para dar apoio ao meu irmão, se bem que não suporto ver cadáveres, e tenho certeza de que o de Pirin vai ser mais repugnante do que todos os outros.

Ele me ofereceu o braço.

– Primeiro, preciso ser cavalheiro e acompanhá-la até a segurança da sala de visitas, caso você desmaie ou alguma coisa assim.

– Pareço prestes a desmaiar? – perguntei.

– Você está meio pálida, mas eu também devo estar. Pelo menos ele fez a gentileza de esperar o jantar acabar antes de morrer. Eu detestaria perder aquele javali. – E ele abriu um sorriso que me fez pensar num menino travesso.

– Eu estou bem. Posso ir sozinha. O seu irmão deve querer que Vossa Alteza fique ao lado dele.

Todos se comportaram com o maior decoro, deixando a mesa em silêncio, alguns olhando de relance para o arco que levava à antessala, onde era possível ver os pés de Pirin para fora do sofá. Por cima dos murmúrios discretos, ouvi a voz nítida da minha mãe.

– Do jeito que ele engolia a comida e a bebida, um ataque cardíaco era questão de tempo.

Eu queria desesperadamente ficar com Darcy, mas não consegui pensar numa boa razão para me intrometer, como mera hóspede do castelo. Mas fiquei por ali enquanto tive coragem, até a maioria das pessoas terminar de atravessar as grandes portas duplas, e segui Anton devagar em direção à antessala. Quando me aproximei da entrada, ouvi a voz estridente de lady Middlesex dizendo:

– Ataque cardíaco uma ova. É evidente que esse homem foi envenenado.

Dezessete

Castelo de Bran e um cadáver
Ainda 17 de novembro

EU NÃO PRECISAVA DE MAIS NENHUM PRETEXTO para entrar naquela sala. Afinal, minha experiência com casos de assassinato era bem maior que a da maioria das garotas da minha posição social. Eu estava prestes a entrar atrás de Anton quando Darcy saiu, quase colidindo comigo.

– Olá – disse ele. – Eu estava indo falar com você.

– Por que você não me contou que vinha para cá? – perguntei.

– Na última vez que conversamos, eu não tinha a menor ideia de que você planejava vir para o casamento – respondeu ele. – E a sua cunhada assustadora deixou bem claro que eu nunca mais devia falar com você.

– E desde quando você é obediente?

Ele sorriu, e senti um pouco da tensão dos últimos dias ceder. Agora que ele estava aqui, eu sentia que podia enfrentar vampiros, lobisomens e bandidos. Fui levada de volta a uma realidade assustadora quando Darcy passou por mim e deteve o serviçal mais próximo, que começava a limpar a mesa.

– Não – disse ele. – Deixe assim. Deixe tudo como está.

Os serviçais olharam para ele, confusos e desconfiados. Darcy passou a cabeça para dentro da antessala e chamou Dragomir.

– Preciso da sua ajuda agora mesmo – anunciou. – Eu não falo romeno ou sei lá o que eles falam por aqui. Por favor, mande os serviçais não tocarem em nada e deixarem a mesa exatamente como está.

Dragomir olhou para ele com desconfiança. Darcy repetiu a ordem num francês notavelmente bom.

– Posso perguntar que autoridade o senhor tem aqui? *Monsieur* é da polícia? – perguntou Dragomir.

– Digamos que tenho experiência nesses assuntos, e meu único desejo é cuidar disso de uma forma que não seja constrangedora para as casas reais da Romênia e da Bulgária – respondeu Darcy. – Por enquanto, é melhor que os serviçais não saibam a verdade. É uma questão muito delicada, e ninguém deve comentar sobre ela, entendeu?

Dragomir olhou para ele com firmeza por muito tempo; depois, assentiu e rosnou uma ordem para os serviçais. No mesmo instante, os homens deixaram os pratos que estavam recolhendo e se afastaram da mesa.

– Diga aos serviçais que ninguém mais deve entrar na sala de jantar e que eu gostaria de falar com eles em breve, por isso eles não podem ir a lugar nenhum.

Essa ordem também foi repetida, embora de forma rabugenta e relutante, e vi olhares questionadores dirigidos a Darcy, que não pareceu notar.

– É melhor nós voltarmos para lá. – Darcy se virou para mim. – Se não fizermos alguma coisa logo, Nicolau vai estar numa bela encrenca.

– Você acha que é verdade? – sussurrei para Darcy. – O marechal de campo Pirin foi envenenado?

– Sem dúvida – respondeu ele em voz baixa. – Todos os sinais indicam que foi cianureto. Rosto corado, olhos fixos.

– Ele sempre teve o rosto corado.

– E o cheiro inconfundível de amêndoa amarga – concluiu Darcy. – Por isso é importante não tocar em nada na mesa.

Com isso, ele voltou para a antessala, e eu fui logo atrás dele. O corpo do marechal de campo Pirin jazia no sofá exatamente como Darcy o tinha descrito, com o rosto vermelho vivo e os olhos horrivelmente arregalados. Ele era um homem grande, e o sofá era um móvel delicado de brocado e madeira dourada, de modo que os pés dele estavam pendurados na extremidade e um dos braços estava caído no chão. Eu estremeci e me esforcei para não desviar o olhar. Os outros ocupantes da sala pareciam congelados como uma pintura em volta do corpo: Nicolau olhando para Pirin, Anton de pé atrás do irmão enquanto lady Middlesex e a Srta. Deer-Harte estavam paradas diante das botas extremamente polidas de Pirin. A Srta. Deer-Harte parecia querer fugir dali mais que tudo.

– É melhor telefonar para a polícia agora mesmo – disse lady Middlesex. – Temos um assassino entre nós.

– Impossível, madame – disse Dragomir, reaparecendo atrás de nós. – Com toda essa neve, a linha telefônica caiu. Estamos isolados do mundo exterior.

– E não tem uma delegacia de polícia aqui perto, aonde você possa mandar alguém?

– Talvez seja possível atravessar a passagem usando esquis – explicou Dragomir –, mas recomendo não chamarmos a polícia, mesmo que fosse possível, antes de Suas Majestades saberem do acontecido.

– Mas houve um assassinato – insistiu lady Middlesex. – Precisamos de alguém que possa encontrar o culpado antes que ele escape.

– Quanto a isso, madame, qualquer um que tentasse deixar o castelo não ia chegar muito longe nessa nevasca – disse Dragomir. – Além do mais, o castelo só tem uma saída e sempre há um guarda vigiando o portão.

– Então, pelo amor de Deus, avise ao guarda que ninguém pode sair – exigiu ela, zangada. – Francamente... vocês, estrangeiros, são negligentes com tudo.

– Lady Middlesex, tenho certeza que o príncipe Nicolau agradeceria se, por enquanto, a senhora não divulgasse os fatos por todo o castelo – disse Darcy. – Eu garanto que faremos tudo ao nosso alcance para resolver tudo o mais depressa possível. E ninguém será negligente.

– E o senhor, quem é? – perguntou ela, virando-se para se concentrar nele.

Se tivesse óculos à mão, sem dúvida ela os usaria para examiná-lo. Parecia prestes a perguntar "de onde saiu esse sujeito?".

– Ele é meu padrinho de casamento e grande amigo, Darcy O'Mara, filho do lorde Kilhenny – respondeu Nicolau rapidamente. – Um bom homem para ter ao nosso lado quando estamos em apuros. Estudamos juntos na escola. Ele era o alicerce do nosso time de rúgbi.

– Ah, bom, nesse caso... – Lady Middlesex ficou muito satisfeita. Qualquer um que tivesse sido o alicerce de um time de rúgbi numa escola particular inglesa devia ser confiável. – Então, o que o senhor quer que façamos?

– Eu disse aos serviçais que não tocassem na mesa – respondeu Darcy. –

Uma das primeiras medidas é pedir que um médico competente confirme a causa da morte. Acho que não temos um desses ao nosso alcance, certo?

Ele repetiu a pergunta em francês, e Dragomir balançou a cabeça, negando.

– Sendo assim, temos que descobrir como o veneno foi administrado. Não temos nenhum teste científico à nossa disposição, não é?

– Acho que você precisa de sulfato de ferro; ele transforma o cianureto em azul da prússia – explicou Anton, e abriu mais uma vez aquele sorrisinho juvenil. – Viu só, meu irmão? Eu aprendi umas coisinhas na universidade. Não sei para que serve o sulfato de ferro, mas acho que tem alguma coisa a ver com marcenaria ou siderurgia. Então, pode ser que exista um pouco dessa substância armazenada em um dos anexos do castelo, na forja ou num lugar assim. Podemos perguntar a Siegfried e Maria.

– Não – respondeu Nicolau de um jeito sucinto. – Por enquanto, prefiro que eles não saibam. Não antes de eu pensar em tudo.

– Que pena que não existem mais experimentadores da comida real à disposição – comentou Darcy. Depois, vendo a expressão chocada da Srta. Deer-Harte, ele riu. – Foi só uma brincadeira.

– Talvez possamos usar alguns animais para testar os alimentos – sugeriu Dragomir. – Posso mandar um serviçal ver se alguma gata do celeiro teve uma ninhada há pouco tempo.

– Ah, não – interrompi depressa –, você não vai envenenar gatinhos. Isso é horrível demais.

– Vocês, ingleses, e o apego sentimental aos animais – resmungou Dragomir, depois pareceu notar a minha presença pela primeira vez. – Lady Georgiana, não convém que Vossa Senhoria fique aqui. Por favor, volte para ficar com as outras madrinhas na sala de visitas.

– Eu pedi a ela que viesse – declarou Darcy. – Acredite se quiser, mas ela também tem experiência com esse tipo de coisa. E tem uma cabeça excelente sobre os ombros.

É claro que corei feito uma boba enquanto todos olhavam para mim.

– Vamos às prioridades – disse Nicolau. – Vocês precisam entender que esta é uma situação muito delicada para nós e que pode haver desdobramentos sérios se a notícia vazar. Pirin era um homem poderoso no meu país. Só a influência dele na corte impediu que uma província inteira se separasse. Se as pessoas souberem que ele foi assassinado, podemos ter uma guerra civil até o fim da semana, ou, pior ainda, a Iugoslávia pode decidir que este é um momento oportuno para anexar a nossa província da Macedônia. Por isso, prefiro que as verdadeiras circunstâncias não saiam desta sala.

– Nesse caso, devemos deixar as pessoas pensarem que ele morreu de um ataque cardíaco – disse Darcy. – Não podemos revivê-lo, mas suponho que todo mundo sabia que ele gostava de comer e beber em excesso, de modo que a morte não vai ser nenhuma surpresa.

– Esse já era o consenso enquanto estávamos saindo da sala de jantar – informei. – Se ninguém mais ouviu lady Middlesex, acho que não vai ser muito difícil convencer todo mundo que ele morreu de ataque cardíaco.

– Isso com certeza vai ajudar – concordou Nicolau.

Anton não disse nada. Ainda estava encarando o corpo com fascínio e repulsa. De repente, ergueu o olhar, fixando os olhos azuis claros nos do irmão.

– Acho que não devemos contar a ninguém que ele morreu antes de o nosso pai descobrir – declarou. – Precisamos continuar fingindo que ele está muito doente até os nossos pais chegarem.

Nicolau franziu a testa.

– Não sei se vamos conseguir fazer isso – respondeu. – Tenho certeza que algum dos serviçais ouviu o brado dessa dama.

– Supostamente, eles não falam inglês – argumentou Darcy.

– Outra questão que você deve considerar – disse Anton, ainda olhando diretamente para o irmão – é que nosso pai pode querer cancelar o casamento.

– Cancelar o casamento? Por quê? – perguntou Nicolau.

– Pense, Nick. Ele vai fazer questão de demonstrar o luto por Pirin, para que os nossos irmãos macedônios saibam o quanto ele o estimava. Seria muito inadequado fazer qualquer comemoração num momento tão solene.

– Ah, que inferno, você tem razão – disse Nicolau. – É exatamente isso que ele vai querer fazer. E a Romênia pode encarar o adiamento como uma afronta. E pense nas despesas... já convidamos todas as cabeças coroadas da Europa para a cerimônia em Sófia. E a pobre Maria. Ela está tão ansiosa pelo grande dia. Que confusão horrível. É a cara de Pirin ser envenenado no momento mais inoportuno.

– O que devemos fazer é continuar fingindo – disse Anton, empolgando-se com o assunto e se afastando do cadáver. – Vamos avisar ao nosso pai que Pirin está doente, mas ele só vai descobrir que o sujeito morreu depois da cerimônia de casamento.

Nicolau soltou uma risada nervosa.

– E como é que vamos fazer isso? Tenho certeza que ele vai querer visitar a enfermaria.

– Se isso acontecer, Pirin vai estar dormindo. Talvez até em coma.

– Pirin parece morto, Anton, e, caso você não tenha notado, ele não está respirando.

– Vamos ter que pedir para alguém se esconder atrás das cortinas e roncar no lugar dele – disse Anton. – Vamos conseguir, Nick. Pelo menos até nosso pai perceber que é tarde demais para cancelar o casamento.

– Você sabe o quanto nosso pai é rigoroso. Ele vai querer chamar o médico dele.

– Vai levar vários dias para trazê-lo de Sófia.

– No mínimo, ele vai querer saber se consultamos um médico – insistiu Nicolau.

– Se isso acontecer, um de nós vai ter que fazer esse papel. Darcy, talvez.

– Seu pai já me conhece – argumentou Darcy. – Podemos dizer que ele chegou pouco depois de o médico sair para atender ao chamado de um parto nas montanhas.

Nicolau riu mais uma vez.

– Você está transformando a situação numa farsa. Isso não vai dar certo. Você sabe como é a vida na corte. Ao amanhecer, o castelo inteiro vai saber que ele morreu. Os serviçais vão entrar no quarto dele... e quem sabe quando nosso pai vai chegar? Não podemos deixar um cadáver na casa por muitos dias. Vai começar a feder.

– Que nojo – disse lady Middlesex.

Nicolau olhou para ela, e acho que só então ele percebeu que havia pessoas desconhecidas presenciando uma conversa muito particular.

– Não temos nenhuma garantia de que as pessoas nesta sala não vão revelar alguma coisa sem querer.

– Infelizmente, todos nós sabemos a verdade – disse Darcy. – Pode contar com Georgie e comigo. Restam Dragomir e as damas. Tenho certeza que Dragomir deseja o melhor para a princesa e para a Romênia, mas talvez você precise trancafiar as damas até depois da cerimônia. Temos muitos calabouços por aqui, não é?

– Você quer nos trancafiar? Você perdeu o juízo, rapaz? – perguntou lady Middlesex, enquanto a Srta. Deer-Harte soltava a palavra "calabouços?" como um gemido.

– Vocês vão ter que jurar que não vão divulgar nada do que ouviram. Tenho certeza que podemos confiar na palavra da esposa de um alto comissário britânico.

– É óbvio que podem – garantiu lady Middlesex.

– Preciso da palavra de cada pessoa aqui de que nada do que foi discutido nesta sala jamais será repetido a mais ninguém – disse Nicolau solenemente. – O futuro do meu país está em jogo. Posso confiar em vocês? Tenho a palavra de todos?

– Eu já disse que você tem a minha – respondeu Darcy. – Não sei como vocês vão conseguir levar isso adiante, mas vou fazer tudo ao meu alcance para ajudar.

– A minha também – garanti.

– Muito bem – disse Nicolau. – E as senhoras?

Lady Middlesex franziu a testa.

– Em circunstâncias normais, eu não concordaria com nenhum tipo de subterfúgio ou comportamento ardiloso, mas estou vendo que os desdobramentos podem ser muito sérios para o seu país, então, sim, você tem a minha palavra. Além do mais, a Srta. Deer-Harte e eu vamos partir assim que for providenciado um transporte para a nossa travessia pela passagem. Meu marido está me esperando em Bagdá.

– E eu sei conter a minha língua – disse a Srta. Deer-Harte. – Tenho muita experiência em viver em casas alheias e ouvir conversas que não são da minha conta.

Nicolau olhou para o conde Dragomir.

– E o senhor, milorde administrador? Pelo bem dos nossos países e pela felicidade da sua princesa? – disse Nicolau a ele, estendendo a mão.

Dragomir assentiu e também ofereceu a mão.

– Não vou decepcioná-lo, Alteza. Mas gostaria de escolher dois dos meus serviçais mais confiáveis para saberem da questão e estarem prontos para nos ajudar se for necessário.

– Faz sentido. Escolha com sabedoria e vamos pôr mãos à obra – respondeu Nicolau, suspirando. – A primeira coisa a fazer é levar Pirin para o quarto dele. Não vai ser uma tarefa fácil. Quando vivo, ele era um homem grande. Agora, vai ser um peso morto.

– Vou chamar os dois serviçais que sugeri – disse Dragomir. – Ambos são homens fortes, leais a mim e à coroa. Vou deixar um deles na porta do quarto e vou ficar com a chave.

– Obrigado, Dragomir. Agradeço muito – disse Nicolau.

– Mas não sei o que Vossas Altezas esperam obter com isso – comentou Dragomir. – Me parece um esforço infrutífero.

– Não é tão infrutífero assim – argumentou Anton. – Tenho estudado um pouco de química em Heidelberg. Quanto mais tempo passar, maior será a chance de o cianureto se dissipar do organismo dele. Um ataque cardíaco será uma tragédia, mas ninguém vai poder ser responsabilizado por isso, a não ser a própria vítima. Meu pai precisa de tempo para pensar numa estratégia. Vamos dar esse tempo a ele.

Até agora, eu era uma espectadora silenciosa, mas respirei fundo e disse:

– Tem uma coisa que todo mundo está ignorando: o assassino. Quem desejava tanto a morte de Pirin que aceitou correr o risco de matá-lo em público?

Dezoito

Ainda quinta-feira, 17 de novembro.
Ainda presos pela neve.

Todos fixaram o olhar em mim, como se eu estivesse pondo uma nova ideia na mente deles. Em seguida, Anton deu uma risada forçada.

– Quanto a isso, as duas únicas pessoas que ficaram felizes por nunca mais ter que vê-lo são Nicolau e eu, e não somos burros a ponto de arriscar o futuro do nosso país para acabar com o sujeito.

– Eu não consigo pensar em mais ninguém aqui que conhecesse o homem, muito menos que tivesse motivo para querer a sua morte – acrescentou Nicolau.

– Nos Bálcãs sempre existe alguma rixa ou ódio em andamento – disse Darcy. – Quem sabe um dos serviçais aqui não vem de uma área onde existe uma inimizade de longa data com a Macedônia ou alguém cuja família sofreu nas mãos de Pirin?

Dragomir balançou a cabeça.

– É muito improvável – disse ele. – Esses homens pertencem ao castelo, não à família real. São homens do povo local. Eles moram e trabalham aqui o ano todo. Nossos homens são transilvanos da cabeça aos pés.

– O dinheiro sempre pode comprar a lealdade – argumentou Darcy. – As pessoas desta região têm uma vida difícil. Se um agitador ou anarquista pagasse o suficiente, qual delas não se sentiria tentada a pôr uma pequena pílula na comida ou na bebida dele?

– Essa, obviamente, é a grande pergunta, não é? – falei. – Como é que o veneno foi administrado? Estávamos todos sentados juntos à mesa. Consumimos os mesmos pratos e as mesmas bebidas.

Os outros assentiram, pensativos.

Ouvimos um som de fora da arcada e logo apareceu um serviçal, que falou alguma coisa para o conde Dragomir. O administrador ergueu o olhar.

– Esse homem diz que o príncipe Siegfried o mandou para ver o que está acontecendo. O príncipe estava prestes a vir pessoalmente. Ele ficou irritado com a ordem de não entrar aqui.

Nicolau deu um passo à frente, colocando-se entre o criado e o corpo de Pirin, para que ele não o visse.

– Por favor, diga ao príncipe que o marechal de campo Pirin vai ser levado para o quarto dele – disse ele a Dragomir em francês. – Ele parece ter sofrido um ataque cardíaco e, lamentavelmente, não podemos fazer nada além de esperar que ele se recupere. O que ele precisa é de sono e silêncio absoluto.

Dragomir repetiu isso, e o homem se retirou. Dragomir se virou para nós.

– Pedi aos dois homens em questão que se apresentassem. Eles vão levar o corpo do marechal de campo para o quarto.

– Excelente – disse Nicolau.

– Mas e a mesa? – perguntou Dragomir, olhando para elas. – Nossos homens vão ficar desconfiados se não puderem tocar nela. Eles vão saber que tem alguma coisa errada.

– É verdade – concordou Darcy. – Nesse caso, vamos recolher o prato e as taças de Pirin enquanto podemos, e eles podem levar o resto. Temos que supor que o veneno foi destinado a uma pessoa e não borrifado aleatoriamente numa parte do jantar.

– Em todo caso, o jantar estava acabando – disse Anton. – Além do mais, eu não sei como alguém poderia ter envenenado a comida. Ela foi servida a todo mundo nas mesmas travessas. O risco de separar uma fatia de carne ou uma batata envenenada para pôr num prato específico é alto demais.

– É impossível – declarou Dragomir. – As travessas vêm da cozinha no elevador de comida. Elas são entregues aos serviçais, que as levam para a mesa o mais depressa possível para preservar o calor da comida. Tem elos demais nessa cadeia.

– Acho que é possível um serviçal específico pôr uma cápsula de cianureto numa porção especial de comida ao vir da copa – disse Darcy, pensativo –, mas, como você disse, o risco de cometer um erro é grande.

Ele se deteve quando dois homens corpulentos apareceram à porta. Dragomir os interceptou e falou com eles por um tempo em voz baixa. Os dois viram o corpo na sala e assentiram. Em seguida, eles se aproximaram e o ergueram, cada um por uma extremidade. O peso era evidente.

– É melhor nós dois ajudarmos, senão eles não vão conseguir levá-lo para cima – disse Nicolau para o irmão. – Talvez fique mais fácil se o sentarmos numa cadeira e o carregarmos assim.

– Vossa Alteza, isso seria muito inadequado – protestou Dragomir.

Nicolau riu.

– Sinto muito, mas desta vez vamos precisar deixar o protocolo de lado se quisermos ter êxito – respondeu ele. – Sua tarefa é ir na nossa frente e deixar o caminho livre. – Em seguida, ele olhou para nós e disse: – E a de vocês é voltar para o grupo e agir normalmente. Se alguém perguntar da saúde de Pirin, deem respostas vagas. E não se esqueçam do juramento que vocês fizeram.

– Mas e a investigação? – perguntou lady Middlesex. – E os pratos que deveriam ser testados?

– Vou pegá-los já e mantê-los em segurança – disse Darcy.

Ele foi até a sala de banquetes e embrulhou o prato e as taças de Pirin em alguns guardanapos. Ao voltar, contou:

– Mudei alguns pratos de lugar para criar um pouco de confusão. Senão, a ausência deste prato poderia fazer os serviçais desconfiarem. E, se não se importam, conde Dragomir e príncipe Nicolau, acho melhor eu falar com os serviçais antes que eles se dispersem e comecem a conversar entre si: Preciso que você traduza para mim, Dragomir.

– Então, senhoras, a tarefa de vocês é continuar firmes e fortes – disse Nicolau. – Voltem para o grupo e demonstrem alegria.

– Acho que devíamos ir direto para a cama, Deer-Harte – disse lady Middlesex. – Isso foi muito angustiante para todos nós. Espero sinceramente que possamos partir amanhã e retomar nossa viagem de volta para a vida normal.

A Srta. Deer-Harte assentiu.

– Ah, tomara. Eu não disse que este era um local de morte quando chegamos? Minha intuição raramente se engana.

As duas se retiraram. Darcy se virou para mim.

– É melhor você voltar para o grupo. Acima de tudo, continue conversando com Maria e Siegfried para que eles não venham atrás de nós. Vou me juntar a vocês assim que puder.

Assim, nosso grupo se dispersou.

Tentei entrar na sala de estar despercebida, mas todos pareciam nervosos e Siegfried se levantou logo que entrei.

– Tem notícias, lady Georgiana?

– Não sou especialista em medicina, mas todos parecem achar que o coitado teve um ataque cardíaco – respondi. – Eles o levaram para o quarto dele. Não há muito mais a fazer por ele além de deixá-lo descansar.

– Estou arrasado por não termos um médico entre nós e nenhum modo de chamar outro a não ser mandar um dos carros até Brasov. E, com a situação da passagem, isso só vai ser possível amanhã de manhã.

O grupo continuou sentado num silêncio contido.

– Bom, não estou nem um pouco surpresa com o ataque cardíaco dele – comentou a minha mãe numa voz alta e animada. – Aquele rosto vermelho e inchado é sempre um sinal. E o jeito como ele comia e bebia…

– Ele é camponês. O que se pode esperar? – disse Siegfried. – Nunca é bom elevar esses sujeitos a uma posição de poder. Eles ficam convencidos. É melhor deixar o governo na mão de quem foi criado para governar. Foi assim que eu fui criado.

– Siegfried, como você é antiquado – retrucou Matty, se levantando. – Lamento que o coitado tenha adoecido, mas já chega de melancolia por hoje. Afinal, é a comemoração do meu casamento. Vamos ouvir música e dançar um pouco!

– Maria, você acha que isso é apropriado? – perguntou Siegfried.

– Ah, pare com isso, Siegfried, não houve nenhuma morte na casa. Amanhã ele pode estar curado, e não vai ser incomodado por nós. Nossos amigos vieram de toda a Europa para comemorar comigo, e eu quero dançar.

Ela deu uma ordem e os serviçais enrolaram o tapete. Uma pianista e um violinista apareceram e logo tocaram uma polca animada. Fiquei ao lado de Siegfried enquanto Matty arrastava um dos jovens condes para a pista de dança. Siegfried sempre dava a impressão de que havia alguma coisa malcheirosa bem debaixo do nariz dele. Nesse momento, a expressão se acentuou ainda mais. Então, ele se virou para mim e bateu os calcanhares.

– Vou ver se tem alguma coisa que eu possa fazer pelo paciente – anunciou. – Afinal, na ausência do meu pai, eu sou o anfitrião. Não é correto abandonar o príncipe Nicolau na sua hora de maior necessidade.

– Ah, acho que Dragomir organizou tudo muito bem – falei. – Ele é um homem bom. Tudo funciona com a precisão de um relógio por aqui.

– Sim, ele é um homem bom – concordou Siegfried.

– A administração deste castelo é a única responsabilidade dele ou ele costuma ficar em Bucareste com a família real?

– Não, os deveres dele se limitam a este lugar – respondeu Siegfried. – Ele não é de origem romena, e isso o tornaria impopular aos olhos do povo.

– Mas Vossa Alteza também não é de origem romena – falei, rindo. – Nesta região, nenhuma das famílias reais é nativa dos países que governam.

– Ah, mas nós temos sangue real. É isso que importa. O povo prefere ser governado pela realeza legítima, de onde quer que ela venha, e não por arrivistas que abusam do poder.

– E de onde veio o conde Dragomir?

Siegfried deu de ombros.

– Não me lembro. Acho que ele veio de uma das regiões fronteiriças que trocam de mãos o tempo todo. Assim como a própria Transilvânia já foi parte do Império Habsburgo.

– Interessante – comentei. – A história desta região toda é fascinante, não acha?

– É um grande desastre – respondeu Siegfried. – Uma longa história de invasões dos bárbaros do leste. Esperemos que a civilidade da Europa Ocidental finalmente traga paz e prosperidade para estas terras arrasadas pela guerra. – Mais uma vez, ele olhou em volta enquanto falava. – Acho que eu devia pelo menos ir até o quarto do doente para ver se ele já tem tudo de que precisa.

Ele estava prestes a partir. Fiz o impensável.

– Ah, não, por favor, dance comigo. – E peguei a mão dele e o levei para a pista.

– Lady Georgiana! – O rosto pálido ficou corado, parecendo ofendido pelo meu atrevimento. – Muito bem, já que você insiste.

– Ah, sim. Insisto, sim – falei com muito entusiasmo.

Ele pousou uma das mãos na minha cintura e com a outra pegou a minha. A mão dele estava fria e úmida; era como segurar um peixe. Portanto, minha decisão de chamá-lo de Cara de Peixe tinha sido bem precisa. Não era só o rosto dele que lembrava um peixe. Obriguei a minha boca a abrir um sorriso radiante enquanto deslizávamos pelo salão.

– Então – disse ele –, devo supor que você finalmente recuperou o juízo? Enxergou a luz, *ja*? Percebeu a verdade da situação?

De que situação ele estava falando? Será que ele sabia alguma coisa sobre o assassinato de Pirin? Será que ele era o mandante? Ou por acaso ele estava falando de vampiros? Ele queria saber se eu tinha descoberto a verdade horrenda sobre a família dele? Eu precisava escolher as palavras com cuidado. Afinal, eu estava hospedada num castelo rodeado de neve, com as linhas telefônicas inoperantes, a quilômetros de qualquer tipo de ajuda, a não ser por Darcy e Belinda.

– De que situação está falando, Vossa Alteza? – perguntei.

– Você percebeu que é importante satisfazer a vontade da sua família e fazer a escolha correta. Você entendeu a importância do dever.

Do que exatamente ele estava falando? Então ele continuou e eu entendi.

– É claro que eu sei que a nossa união seria um casamento de conveniência, como tantos casamentos da realeza, mas eu seria um marido atencioso. Eu permitiria que você tivesse muita liberdade, e acredito que você teria uma vida agradável como minha princesa.

As palavras "nem se você fosse o último homem da terra" estavam gritando na minha cabeça, mas eu não podia deixá-lo sair para ver Pirin, não é?

– Vossa Alteza, estou lisonjeada por pensar em fazer de mim sua noiva na presença de tantas damas de posição mais elevada que a minha. Com certeza a princesa Hannelore seria uma noiva melhor para Vossa Alteza... sendo alemã e princesa, e não só uma parente da família real.

– Ah – disse ele, com o rosto enevoado. – Ela seria uma excelente escolha, é óbvio, mas ela já fez correr a notícia de que não quer estabelecer uma união por enquanto.

Ela o rejeitou, pensei, tentando não sorrir. Muito bem, Hannelore!

– Ela é muito jovem – afirmei, diplomática. – Talvez queira conhecer um pouco mais da vida antes de assumir as responsabilidades da realeza.

Siegfried fungou.

– Eu acho isso ridículo. Muitas moças da posição dela se casam aos 18 anos. Não é de bom-tom deixar que elas tenham liberdade demais e se tornem muito experientes. Veja a minha irmã. Ela teve permissão para passar um ano em Paris, e agora… – Ele parou, se conteve e depois disse: – Pelo menos ela também criou juízo. Entendeu qual é o dever dela e fez uma escolha excelente.

Do outro lado da pista, vi o rosto de Belinda se iluminar e percebi que Anton tinha voltado para o grupo, assim como Nicolau. Mas não havia o menor sinal de Darcy. A música terminou, recebendo aplausos educados. Siegfried bateu os calcanhares para me cumprimentar.

– Apreciei a nossa dança e a nossa conversa, lady Georgiana. Ou, de agora em diante, devo chamá-la pelo seu primeiro nome e você pode me chamar de Siegfried quando estivermos a sós. É claro que, em público, ainda espero que você me chame de "senhor" ou "Vossa Alteza".

– Claro, senhor – respondi. – Ah, veja, o príncipe Nicolau voltou. Ele deve ter notícias do paciente.

Felizmente, Siegfried entendeu a insinuação e foi até o príncipe Nicolau. Vi o último gesticular e explicar, aparentemente impedindo Siegfried de ir ver o paciente. Belinda e Anton passaram perto de mim.

– Você e Siegfried pareciam estar na maior intimidade – murmurou ela. – Se você está tentando deixar Darcy com ciúmes, não vai funcionar. Ouvi dizer que ele vai passar a noite ao lado da cama de Pirin.

– Esse foi o máximo de intimidade que planejo ter com Siegfried – respondi. – Digamos que foi por uma boa causa.

Olhei ao redor, de repente me sentindo zonza por causa da conversa, das luzes fortes e de toda a tensão da noite. Se Darcy ia passar a noite vigiando Pirin, eu não tinha nenhuma razão para ficar acordada. De repente, tudo que eu queria era ficar sossegada e segura, longe do perigo. Então, saí despercebida e fui para o meu quarto.

Não havia o menor sinal de Queenie, o que não me surpreendeu. Ela já devia estar roncando, a essa altura. Verifiquei a janela para ter certeza de que as venezianas estavam trancadas por dentro. Cheguei a abrir o guarda-roupa e, depois de respirar fundo várias vezes, o baú. Convencida de que eu era a única pessoa no quarto, apoiei uma cadeira pesada na porta e tirei a roupa. Mas relutei em apagar a luz. *Será que vampiros atravessam paredes?*, pensei. *Ou janelas trancadas?* Qualquer criatura que fosse capaz de escalar a parede daquele castelo podia fazer muitas coisas improváveis.

Fui para a cama e puxei as cobertas para cima de mim. O fogo ainda brilhava na lareira, mas não tinha anulado muito o frio do quarto. Eu não conseguia fechar os olhos. Não parava de olhar para um canto, depois para outro, vendo aqueles rostos na moldura e nos cantos do guarda-roupa me encarando, e, por fim, meu olhar pousou naquele baú.

– Você está deixando a sua imaginação assumir o controle – falei para mim mesma. – Tenho certeza que tem uma boa explicação para tudo isso. É um quarto normal, você está bem segura e...

Interrompi o pensamento e me sentei de repente. Havia um retrato totalmente diferente pendurado na parede.

Dezenove

Noite na câmara dos horrores, Castelo de Bran
Quinta-feira, 17 de novembro

EM VEZ DO RAPAZ ATRAENTE E JOVIAL, um rosto diferente olhava para mim. Parecia ter vindo de uma época anterior; tinha uma expressão régia de escárnio estilizado, não muito diferente da de Siegfried, usava gola alta e uma boina de veludo com aspecto de almofada. Eu me levantei da cama para examiná-lo mais de perto. A tinta estava rachada e enrugada como a de tantas outras pinturas antigas. Foi aí que percebi alguma coisa no quadro anterior: a tinta parecia aplicada de modo mais solto, à moda da arte mais recente. E tinha alguma coisa na liberdade das pinceladas que indicava o impressionismo francês ou um estilo posterior. O retrato do jovem era uma pintura relativamente nova.

Eu me deitei na cama, tentando não encarar o olhar presunçoso do homem na pintura, e fazendo de tudo para acalmar meus pensamentos acelerados. Muita coisa havia acontecido desde que eu saíra de Londres. Teve o homem me observando no trem, o que tinha tentado entrar no meu compartimento. Depois, a mesma sensação de ser observada na plataforma da estação. Por fim, a criatura rastejando parede acima, o jovem do retrato se debruçando sobre a minha cama, com os dentes à mostra, Matty com sangue escorrendo pelo queixo e agora um marechal de campo morto. A Srta. Deer-Harte tinha chamado o lugar de casa dos horrores e, pelo jeito, ela não estava errada. Mas o que ligava esses acontecimentos? Que razão alguém poderia ter para me seguir num trem? Se o castelo era mesmo habitado por vampiros, por que matar alguém com veneno?

Nada fazia sentido. Eu me encolhi e desejei não ter vindo. Também desejei saber qual era o quarto do marechal de campo Pirin, porque Darcy estava lá, e a única coisa que eu queria era o conforto dos braços dele à minha volta. Tentei imaginar o que ele estava fazendo no castelo. Será que Nicolau o tinha convidado mesmo para a festa de casamento ou ele tinha invadido mais um casamento de maneira espetacular? Afinal, quando nós nos conhecemos, ele me arrastou para invadir um importante casamento da alta sociedade, deixando claro que fazia esse tipo de coisa com frequência. Era a maneira dele de garantir comida decente uma vez por semana, e, além disso, desconfio que ele gostava da emoção.

Por fim, a exaustão me venceu e devo ter adormecido, porque acordei com um estardalhaço que só podia indicar uma invasão – não de um casamento, mas do meu quarto. Pulei da cama tão depressa que quase levitei, imediatamente desperta e lamentando não ter dormido a noite toda com o castiçal ao meu lado. À luz do fogo, só consegui distinguir uma figura grande e volumosa de branco dentro do quarto, parada na porta.

– Quem está aí? – perguntei, tentando parecer feroz e valente, percebendo que a pessoa estava entre mim e o interruptor.

Uma voz respondeu:

– Desculpe, senhorita.

– Queenie? – falei, sentindo a raiva superar o medo. – O que é que você está fazendo? Se você veio me ajudar a tirar a roupa, chegou duas horas atrasada.

– Eu não queria acordar a senhorita nem derrubar nada, mas tive que vir para cá. Tem um homem no meu quarto.

– Em qualquer outro momento, eu diria que você está sonhando acordada.

– Não, senhorita, é verdade verdadeira. Eu acordei, e ele estava parado lá dentro, perto da porta. Fiquei com tanto medo que não tive coragem de me mexer.

– O que ele fez? – perguntei, não querendo ouvir a resposta.

– Nada. Ficou parado, como se estivesse tentando ouvir alguma coisa. Acho que eu ofeguei, porque ele se virou e olhou para mim, depois abriu a porta e foi embora, como se nada tivesse acontecido. Vim direto para cá, senhorita. Eu não volto para lá por nada.

Ela estava perto da cama e de pé ao meu lado, uma visão meio assustadora com aquela camisola de flanela volumosa e o cabelo enrolado em papelotes.

– A senhorita acredita em mim, não é?

– Na verdade, acredito, sim. Na noite passada também havia um homem no meu quarto.

E outro homem tinha acabado de ser assassinado, mas não comentei isso. Será que havia um desconhecido no castelo, tentando se esconder no alojamento dos serviçais, ou era o morador vampiro andando por aí de veneta?

De repente, decidi que estava zangada. Eu não ia mais ser um ratinho assustado. Meus antepassados Rannochs não fugiriam só por causa de uns vampiros. Eles iam procurar a estaca de madeira mais próxima ou, pelo menos, um dente de alho.

– Venha, Queenie. Vamos até o seu quarto. Vamos descobrir o que está acontecendo agora mesmo.

Dito isso, enrolei a minha estola de peles à minha volta e saí para o corredor.

– Avante, companhia! – mandei.

Queenie ficou confusa.

– Meu nome é Hepplewhite, senhorita – disse ela.

– É da peça que não devemos mencionar – expliquei, citando a minha mãe. – Deixe para lá. Vamos. Se formos depressa, podemos pegá-lo. Você deu uma boa olhada nele?

– Mais ou menos. Não deu para fechar a veneziana totalmente e o luar estava entrando pela janela do meu quarto. Ele era jovem, louro, magro. – Ela parou. – Só isso. Eu não consegui ver o rosto. Mas não adianta voltar para lá agora, não é? Quando saí do quarto, ele já tinha ido embora. E eu não vi ninguém no caminho para cá.

– Vamos verificar, só por garantia – insisti.

Andei tão depressa pelo corredor que ela precisou correr para me acompanhar. Subimos uma escada longa e sinuosa, girando e girando até chegarmos ao que parecia ser uma das torres. O luar frio e prateado se infiltrava pelas venezianas, criando sombras estranhas e escuras. Devo confessar que estava me sentindo menos corajosa do que quando saí do meu quarto. Ao ver a sombra de um homem parado atrás de uma coluna, meu coração quase pulou pela boca, mas Queenie disse:

– É só uma daquelas armaduras, senhorita. Na primeira vez que vi, quase morri de susto também.

– Eu só estava sendo cuidadosa – falei, tentando aparentar indiferença ao passar pela armadura.

Não foi fácil fazer isso com as fendas vazias da viseira olhando para mim. Eu podia jurar que aqueles olhos estavam me seguindo.

Chegando ao quarto de Queenie, abri a porta e acendi a luz. Como ela havia descrito, era espartano ao extremo. Um leito estreito que lembrava uma cama de campanha, duas prateleiras, um gancho na parede e um lavatório antiquado. Não havia sequer um quadro alegre na parede para animar o ambiente.

– Bom, não tem nenhum lugar para se esconder aqui – comentei. – E também não vejo nenhum motivo para alguém querer entrar aqui.

– Nem eu, senhorita. A não ser que ele só tenha entrado porque não queria ser visto lá fora.

– Queenie, às vezes a sua inteligência me surpreende.

– Sério, senhorita? – Ela pareceu surpresa. – Meu pai diz que eu devia ter uma irmã gêmea, porque sou boba por duas.

Fui até a janela, abri a única folha de veneziana e olhei para fora. O luar tinha transformado a neve numa paisagem mágica – as palavras profunda, nítida e plana me vieram à mente. O único som era o sussurro do vento entre as torres; depois, pensei ouvir um uivo ao longe. Ele foi respondido por outro uivo, mais próximo. E pensei ter visto um lobo se esgueirar para dentro da mata.

É claro que a minha imaginação foi direto para lobisomens. Se vampiros pareciam mesmo existir, por que não outras criaturas das trevas? Afinal, estávamos na Transilvânia. Seria possível o homem que Queenie tinha acabado de encontrar ter descido a parede do castelo e se transformado em lobo? Ou isso só acontecia durante a lua cheia? Meu lado sensato, minha sólida educação escocesa, estava dizendo "que besteira" em voz alta na minha cabeça, mas, numa noite como esta, num lugar como este, eu estava disposta a acreditar em qualquer coisa.

Quando me debrucei na janela e olhei em volta, vi uma coisa parecida com uma serpente reluzindo ao luar, dançando perto de mim como se tivesse vida própria. Pulei para trás, assustada, mas percebi que era só uma corda pendurada na parede. Se alguém tinha subido até o quarto, foi com a ajuda e o estímulo de uma pessoa que já estava no castelo. E, se tinha entrado por aquela janela, também tinha saído por ela.

– Você tem razão, Queenie. Não faz sentido ficar aqui sentindo frio. Tenho certeza de que o homem misterioso já foi embora há muito tempo. Vou voltar para a cama.

– Não posso ir com a senhorita? – Ela agarrou a manga da minha camisola. – Depois do que aconteceu, não vou conseguir dormir aqui sozinha. Eu sei que não vou pregar o olho. Sério.

– Você quer ir para o meu quarto comigo?

– Sim, senhorita, por favor. Se quiser, eu fico no tapete perto da lareira. Eu não me incomodo. Só não quero ficar sozinha.

Eu estava prestes a dizer que aquilo simplesmente não era correto, mas ela estava branca como papel, e eu também não me sentia lá muito firme.

– Ah, tudo bem – respondi, sem querer admitir que também ficava grata pela companhia. – Acho que posso abrir uma exceção desta vez. Então vamos.

Voltamos ao meu quarto sem encontrar ninguém no caminho. Depois de entrar, fui para a cama. Queenie se sentou respeitosamente no tapete diante da lareira, abraçando os joelhos numa bela imitação de Cinderela. E foi assim que meu coração mole rasgou cada fibra da minha educação.

– Queenie, tem muito espaço aqui na minha cama. Venha. Você vai congelar se ficar aí.

Agradecida, ela se deitou na cama ao meu lado. O calor de outro corpo perto de mim me tranquilizou, e eu caí no sono.

Vinte

Castelo de Bran
Sexta-feira, 18 de novembro

Acordei ao clangor de trombetas. Era o tipo de som que eu associava a um exército indo para a batalha ou um alerta aos ocupantes de um castelo de que o inimigo estava avançando, e isso me fez pular da cama. Eu não achava que um exército conquistador ia chegar de repente à região nesta época, mas nunca se sabe, e eu não queria ser pega de camisola. Me atrapalhei com as venezianas, que estavam cobertas de neve, e as abri bem a tempo de ver uma procissão de grandes carros pretos com estandartes reais subindo a rampa coberta de neve até o castelo. Havia arautos nas ameias soprando trombetas longas e retas. A passagem devia ter sido liberada, e os reis e as rainhas estavam chegando.

Fechei a janela às pressas para evitar o frio gélido e decidi que gostaria de tomar o chá matinal antes de ser apresentada à realeza. O dia estava claro, e sem dúvida o chá já devia ter chegado... Foi quando me lembrei de Queenie. Olhei para a minha cama, onde ela ainda dormia profundamente, de boca aberta. Não era uma visão bonita.

– Queenie! – gritei, parada ao lado dela.

Ela abriu os olhos e me deu um sorriso vago.

– Ah, bom dia, senhorita.

– A comitiva real acabou de chegar. Preciso me aprontar e me vestir para ser apresentada. Ah, e eu gostaria do meu chá matinal. Então pode se levantar.

Ela se sentou devagar, bocejando com gosto.

– Muito bem, senhorita – respondeu ela, mas não se mexeu.

– Agora, Queenie.

Com isso, ela se levantou cambaleando e olhou para si mesma.

– Caramba, senhorita! Não posso sair por aí de camisola, não é? O que as pessoas vão dizer? Eu ia levar uma descompostura!

– É, acho que não seria uma atitude aceitável, mas não posso emprestar o meu roupão. Porque você não o pôs na mala. – Abri o guarda-roupa. – Aqui, pode usar o meu sobretudo. Traga de volta quando subir com o meu chá.

Ela parou na porta.

– Essa história do chá… O que eu tenho que fazer?

– Vá até a cozinha, diga aos serviçais que foi buscar a bandeja de chá de lady Georgiana e traga-a para o meu quarto. Pronto. É tão difícil assim?

Ela franziu a testa.

– Tudo bem, pode deixar, senhorita. – E, com isso, ela saiu.

Vou ter que dispensá-la, pensei. Graças a Deus não tínhamos firmado um contrato de longa duração.

Decidi não contar com a ajuda dela na toalete matinal, por isso já estava lavada e vestida quando ela voltou, de rosto vermelho e ofegando, trazendo a bandeja de chá.

– Este lugar tem escada que não acaba mais – comentou ela. – Ah, e um sujeito perguntou da senhorita.

– Que tipo de sujeito?

– Muito bonito, senhorita. Tinha cabelo escuro e falava inglês direitinho. Não é que nem os estrangeiros.

– E o que ele disse?

– Ele disse que já estava na hora de a senhorita acordar e que ele estava esperando pela senhorita na sala de café da manhã.

– Ah – respondi, sentindo as bochechas ficarem rosadas. – Então é melhor eu ir direto para lá, não é?

– Mas e o chá que eu acabei de trazer? – perguntou Queenie.

– Beba você. Ah, e eu preciso que você engraxe os meus sapatos.

Com isso, saí em disparada pelo corredor. Lady Middlesex tinha toda a razão: um dia desses, eu teria que aprender a mandar nas criadas. Não que eu achasse que Queenie ia aprender.

Quando entrei na sala de café da manhã, Darcy estava sentado, sozinho, com uma xícara de café na frente dele. Ele se levantou quando entrei.

– Ora, se não é a Bela Adormecida – disse ele. – Isso lá são horas?

– Não sei. Que horas são?

– Quase dez.

– Céus! – exclamei. – Tive uma perturbação ontem à noite. Por isso devo ter dormido umas horas a mais.

– E o que foi que a perturbou?

Ele estava me olhando daquele jeito especial, meio que rindo, que me deixou de pernas bambas.

– Minha criada me acordou para dizer que tinha um homem no quarto dela.

– Que criada sortuda. O que ela queria que você fizesse? Que abençoasse a união ou ficasse de plateia?

– Darcy, não tem graça. Ela estava apavorada, coitada. Fui até lá para ver, mas é claro que ele já tinha ido embora.

– Será que era um romeno de sangue quente que gosta de senhoritas inglesas puritanas?

– Eu já disse que não tem graça, Darcy. Eu sei exatamente como ela se sentiu, porque aconteceu a mesma coisa comigo na noite anterior.

– Quem foi? Vou dar um jeito nele.

– Ninguém que eu conheço – respondi, feliz, no meu íntimo, com a resposta dele. – Na verdade, acho que pode ter sido um vampiro.

Vi o sorriso se espalhar pelo rosto dele.

– Não se atreva a rir – falei, empurrando-o de leve.

Ele pegou a minha mão e me segurou, olhando nos meus olhos.

– Por favor, Georgie. Eu sei que estamos na Transilvânia, mas você não acredita em vampiros, assim como eu.

– Eu não acreditava até chegar aqui – falei. – Mas com certeza tinha um rapaz desconhecido debruçado sobre a minha cama, sorrindo para mim e dizendo alguma coisa num idioma estranho, e, quando me sentei, ele simplesmente sumiu nas sombras.

– Então devo dizer que ele provavelmente entrou no quarto errado e ficou tão chocado quanto você. Sabe, esses pulos de cama em cama acontecem com frequência em lugares como este. Ou talvez você não saiba. Você teve uma vida muito protegida.

– Mas ele era idêntico ao homem na pintura que estava na minha parede – argumentei. – Só que, ontem à noite, o retrato foi trocado, e alguém escalou a parede do castelo...

– Escalou a parede? Que atitude mais suicida.

– Bom, alguém fez isso, e tinha uma capa no baú do meu quarto, ainda úmida de flocos de neve, e depois ela desapareceu.

– Nossa, tudo isso é bem dramático – disse ele.

– Você não acredita em mim?

– Minha querida, eu desconfio que a comida pesada provocou sonhos realistas em você.

– Não foi sonho. Tenho uma sensação de perigo desde que vim para cá. A dama de companhia de lady Middlesex disse que sentiu a morte logo que chegamos. E como você explica todas as outras coisas estranhas que têm acontecido?

– Que coisas estranhas? – De repente, o tom de voz dele ficou agudo e ele apertou um pouco mais o meu pulso.

– Bom, para começar, tinha alguém me espionando no trem. Ele tentou entrar no meu compartimento, e depois, na estação...

Eu me detive porque ele estava sorrindo outra vez.

– O que foi? Você não acredita em mim?

– Ah, acredito, sim. Tenho que confessar uma coisa. A pessoa no trem era eu.

– Você?

– É, eu fiquei sabendo em qual trem você ia viajar e pensei que seria uma boa ideia ficar de olho em você. Eu não estava contando com aquela mulher intrometida que me enxotou dali.

– Espere. Se estava no mesmo trem que nós, como foi que você chegou aqui? Uma avalanche bloqueou a passagem logo depois que a atravessamos.

– Foi mesmo. Quando encontrei um motorista disposto a me trazer até o castelo, a porcaria da estrada estava interditada.

– E como foi que você conseguiu chegar aqui?

– Usei a minha iniciativa, querida. Consegui uma carona até o ponto mais distante possível, depois negociei um par de esquis e atravessei a passagem esquiando. Devo dizer que o passeio até o castelo foi encantador.

– Darcy, você está caçoando de mim.

– Claro que não. Por acaso eu minto para você?

– Às vezes, sim, infelizmente.

Ele ainda segurava o meu pulso, e ficamos lá, nos encarando.

– Eu não me lembro de mentir para você – declarou. – Talvez eu tenha omitido parte da verdade em ocasiões em que eu não tinha permissão para contar tudo.

– Então me diga a verdade agora. Você está aqui porque Nicolau o convidou para ser padrinho, para ficar de olho em mim ou porque você decidiu invadir mais uma festa de casamento?

Darcy sorriu.

– O que você faria se eu dissesse que não posso contar?

– Eu diria que alguém provavelmente mandou você para cá e você não pode contar quem foi. Você está disfarçado, por alguma razão.

– Alguma coisa assim. Digamos só que certas pessoas acharam que seria bom ter olhos e ouvidos no local, caso haja algum problema.

– Quer dizer que você estava esperando algum problema?

– Venha dar uma volta comigo – disse ele, soltando o meu pulso e pegando a minha mão.

– Onde?

– No terreno do castelo.

– Caso você tenha esquecido, a neve está bem funda.

– Então vá calçar as botas e pegar um casaco. Vamos nos encontrar aqui em cinco minutos.

– Mas eu ainda não comi nada – argumentei, olhando com fome para a comida no aparador.

– A comida pode esperar. Talvez não tenhamos outra chance de ficar a sós. Agora mesmo, Suas Altezas Reais estão cumprimentando os respectivos pais e parentes, então podemos escapar despercebidos.

– Tudo bem. Vou só tomar uma xícara de café.

Engoli o café de uma vez e, em seguida, corri para o meu quarto, onde, obviamente, descobri que Queenie tinha esquecido de devolver o meu sobretudo e, portanto, tive que aguardar enquanto ela ia ao próprio quarto buscá-lo. Darcy estava me esperando impaciente no pé da escada. Os guardas na porta nos saudaram ao abri-la. A neve tinha sido retirada do pátio, onde vários carros estavam estacionados. Atravessamos aquela área até os grandes portões exteriores. O porteiro nos olhou com surpresa quando indicamos que queríamos sair. Muita neve, disse ele em alemão. E ninguém podia sair.

– Vamos só dar uma voltinha. Os ingleses precisam de ar fresco – argumentou Darcy.

Depois de decidir que éramos ingleses malucos, ele abriu uma portinha ao lado dos portões e chegamos ao mundo exterior.

A neve imaculada se estendia diante de nós. Os galhos dos pinheiros se curvavam com o peso dela e de vez em quando havia um sibilo suave e um baque quando ela escorregava e caía no chão. O brilho era tão forte que ofuscava o olhar. Darcy pegou a minha mão e saímos, seguindo os rastros que os carros tinham deixado até estarmos entre as árvores na base do grande rochedo onde ficava o castelo. Com um silvo, uma rajada fria veio da passagem, congelando o meu nariz e as minhas orelhas. De resto, o silêncio era total, a não ser pelo chocalhar de um galho seco ao vento.

– Que bonito – comentei, vendo a minha respiração pairar como fumaça no ar frio. – Bonito, mas gelado.

– Eu queria falar com você longe de olhos e ouvidos curiosos – disse Darcy. – Eu queria saber o que você acha da morte de Pirin. Os pais de Nicolau chegaram hoje. Em algum momento, o pai dele vai querer saber a verdade. Nicolau não pode fingir para sempre, e eu quero descobrir quem pode ter matado Pirin antes disso, na esperança de ajudar a evitar um incidente internacional.

Assenti.

– Você deve ter alguma opinião sobre o assunto – disse ele.

– Na verdade, não tenho. No jantar, eu estava sentada na frente dele e não sei como ele pode ter sido envenenado. As únicas pessoas que se aproximaram dele foram os serviçais e Dragomir. Os serviçais puseram a comida da mesma travessa no prato de todos, e, quanto ao vinho, bom, na velocidade que ele bebia, sempre havia alguém reabastecendo a taça.

– Você a viu ser reabastecida?

– Vi, sim. Da mesma garrafa da qual todos beberam.

Darcy franziu a testa.

– O efeito do cianureto é quase instantâneo – disse ele –, então é improvável que estivesse na comida, porque ele limpou o prato muito bem.

Infelizmente, ao desmaiar, ele derrubou a taça e derramou o resto do vinho, mas parece que não tem nenhum resíduo na taça.

– É possível pôr cianureto numa cápsula para só funcionar no organismo depois de ser digerido?

Darcy assentiu.

– Acho que sim, mas, na velocidade que ele comia e bebia, é provável que tenha abocanhado uma cápsula muito antes.

Assenti.

– Imagino que sim.

– É desconcertante – disse Darcy. – Bom, agora que a passagem está aberta, posso mandar os utensílios para o laboratório mais próximo examiná-los, e talvez saibamos onde o cianureto estava escondido. Mas ainda falta o motivo.

– Ah, eu consigo pensar em muita gente que gostaria de ver Pirin morto.

– É mesmo? – Ele me olhou com atenção.

– Bom, ele era um sujeito abominável, não era? – Eu ri, irrequieta. – Importunava as mulheres e ofendia os homens. Chamava Nicolau pelo primeiro nome. Em público. Imagine um general inglês chamando o príncipe de Gales de David. Só a Sra. Simpson se atreve a fazer isso.

– Eu sei bem que Nicolau e Anton não gostavam de Pirin, mas os dois são jovens inteligentes – disse Darcy. – Eles entendem o quanto ele era importante para a estabilidade da região. E, se um deles quisesse matá-lo, havia oportunidades melhores. Eu soube que eles saíram para caçar. Por que não confundir o sujeito com um javali e atirar? Aliás, por que não empurrar a vítima para fora do trem no caminho para cá?

– No fundo, você é bem violento, não é? – perguntei.

Ele sorriu.

– Ah, não, minha querida, eu sou bem romântico. Mas já vi muito da dura realidade na vida. Quem mais poderia querer que ele morresse?

– E os serviçais? – perguntei. – Você teve oportunidade de falar com eles?

– Só muito rapidamente, mas anotei os nomes deles e, além disso, posso pedir que alguém pesquise os antecedentes de todos quando voltarmos a nos comunicar com o mundo exterior. Mas, pelo que percebi, todos pareciam ser exatamente como o tal Dragomir os descreveu: habitantes da região que trabalham no castelo há muito tempo e, portanto, não têm razão para se preocupar com o que acontece na Bulgária.

– Então só resta o próprio Dragomir – concluí. – Ele estava atrás da mesa. Eu não perceberia se ele se aproximasse e pusesse alguma coisa no prato ou na taça de Pirin. O que você sabe sobre ele?

– Dragomir? Quase nada.

– Por exemplo, você sabia que ele não é da Romênia?

– Não?

– Siegfried me contou. E disse que era por isso que ele não estava num posto superior no governo romeno. Ele vem de uma região fronteiriça que trocou de país várias vezes. Ele pode ter sido pago por outro governo.

Os olhos de Darcy se iluminaram.

– Pode mesmo. Ótimo raciocínio, parceira.

Eu tive que rir.

– O que foi?

– Nunca imaginei que você me visse como "parceira". Esperava um apelido um pouco mais romântico.

Ele se aproximou de mim e passou os braços em volta da minha cintura.

– Vou reservar essas palavras para o quarto, num momento mais oportuno – disse ele e me beijou. – Humm, seus lábios estão deliciosamente frios. Eles precisam ser aquecidos.

O segundo beijo não foi tão delicado e nos deixou arfando.

– Acho que é melhor eu voltar para ajudar Nick e Anton – disse Darcy, me soltando com relutância do abraço. – A qualquer momento, o pai deles vai querer visitar o leito do marechal de campo. Não tenho nem ideia de como vamos conseguir fazer isso, e eu só queria ter alguma coisa concreta para contar a eles sobre a morte de Pirin. Posso perguntar a Siegfried sobre Dragomir, mas só vou conseguir descobrir mais depois que a linha telefônica for restabelecida.

– E Siegfried vai querer saber por que você está interessado no passado de Dragomir – acrescentei. – Ele pode ser detestável, mas não é burro. Ontem à noite, ele queria ir até o quarto do marechal de campo para ver como ele estava, e tive que usar as minhas artimanhas femininas para dissuadi-lo.

Darcy caiu na gargalhada.

– Acho que artimanhas femininas não têm muito efeito sobre Siegfried – disse ele.

Começamos a subir a encosta de volta para o castelo.

– Ontem à noite, Siegfried voltou a falar em casamento – comentei.

Eu esperava que Darcy achasse graça no fato. Em vez disso, ele disse:

– Talvez você devesse aceitar. Pode ser que você não receba uma oferta melhor. Princesa Georgie, talvez até rainha Georgie um dia.

– Não diga isso nem de brincadeira. Você não ia querer que eu me casasse com Siegfried, ia?

– Tenho certeza que ele deixaria você ter um amante, já que os interesses dele são outros.

– Ele chegou a dizer isso. Imagino que essa prática seja comum nos círculos da realeza, mas não serve para mim.

Senti Darcy apertar a minha mão.

– Georgie, você sabe que eu não valho nada – disse ele. – Não tenho nada para oferecer a uma mulher. Não me resta nem um belo castelinho na Irlanda. Vivo da minha astúcia e nem imagino como eu poderia sustentar uma esposa. Por isso, talvez você devesse ser mais sensata e me esquecer.

– Eu não quero esquecer você – falei, trêmula. – Eu não preciso de um castelo.

– Não consigo imaginar que você seria feliz num apartamento minúsculo em Putney – insistiu Darcy. – E acho que sua família também não ia ficar muito feliz. Mas, em todo caso, ainda não estou pronto para pensar em me casar. Eu tenho que deixar a minha marca no mundo antes, e você tem que conhecer melhor a vida.

Fizemos o resto do caminho em silêncio. Será que eu ficaria feliz num apartamento minúsculo?, fiquei pensando. Será que conseguiria me adaptar a um mundo que não conhecia, apenas sobrevivendo, sem nenhum luxo e com um marido que não podia me falar da sua carreira, mas desaparecia por longos períodos? Decidi que, por enquanto, não ia pensar no futuro.

Vinte e um

Quando nos aproximamos dos portões enormes, olhei para o castelo acima e um pensamento me ocorreu.

– Darcy, aquele homem que eu vi escalando a parede... o que entrou no meu quarto. Você não acha que ele teve alguma coisa a ver com a morte de Pirin, não é? Você acha que alguém o mandou para cá com essa missão?

Darcy franziu a testa.

– Não imagino como um forasteiro poderia ter administrado o veneno. Como eu disse, a morte costuma ser quase instantânea. E não vou levar a sua teoria dos vampiros em consideração. – Ele me olhou e me viu abrir a boca, prestes a falar. – O homem que se debruçou sobre a sua cama... quem sabe, talvez um dos padrinhos de Nicolau tenha se encantado com você. Ou, mais provavelmente, alguém errou de quarto. É fácil se enganar num lugar como este.

– Eu sei – falei, me lembrando com vergonha. – Eu bati na porta de Siegfried por engano. O quarto dele fica ao lado do meu.

Darcy riu.

– Bom, isso explica tudo, não é? Aposto que o rapaz estava fazendo uma visita noturna a Siegfried. Não foi à toa que ele ficou chocado ao ver você.

Pensei nisso enquanto subíamos até a entrada. Parecia uma explicação provável e me agradava mais do que qualquer coisa sobrenatural. Não nos ajudava a descobrir quem tinha matado o marechal de campo Pirin, mas pelo menos fazia sentido.

Os guardas avançaram sem demora para abrir os portões do castelo para nós. Eles nos saudaram, mas a expressão dos dois denunciou que estávamos loucos por nos arriscarmos a sair numa manhã como esta. No salão de entrada, encontrei lady Middlesex e a Srta. Deer-Harte usando sobretudos.

– Ah, aí está você. Nós a procuramos por toda parte. Aonde vocês dois foram? – perguntou lady Middlesex.

– Fomos só dar uma volta rápida pela passagem – respondeu Darcy.

– Mentira – disse lady Middlesex. – Ninguém ia conseguir ir tão longe com toda essa neve.

– Saímos para dar uma caminhada – eu o corrigi.

– Ah, então é possível caminhar, afinal. Essa gente tola está nos dizendo que a neve está funda demais para irmos a qualquer lugar, e parece que ninguém entendeu quando pedimos raquetes de neve – resmungou lady Middlesex. – Esses estrangeiros não têm mesmo um pingo de vigor.

– A neve está funda mesmo – concordei. – Só andamos sobre os rastros deixados pelos pneus.

– Que irritante – murmurou ela. – Parece que nenhum dos motoristas está preparado para nos levar para atravessar a passagem. Eles disseram que foi difícil chegar até aqui e por enquanto não querem se arriscar a voltar, já que há promessa de mais neve. Parece que vamos continuar presas. Mas pelo menos podemos ser úteis na sua investigação da morte daquele homem. Quando vamos fazer a primeira reunião do nosso conselho de guerra?

– Vou falar com o príncipe Nicolau agora mesmo – disse Darcy. – Depois dou notícias.

Nós as deixamos e subimos a escada até o andar principal.

– Essas duas vão dar problema – sussurrou Darcy para mim. – Elas estão se metendo no assunto e dizendo a coisa errada na hora errada. Você não pode fazer alguma coisa para distraí-las? Ou, melhor ainda, encontrar um bom calabouço e trancá-las lá dentro?

– Darcy! – exclamei, rindo.

– Tenho certeza que um castelo como este deve ter uma masmorra – continuou ele, rindo também.

– Você é terrível. E não sei o que posso fazer para distraí-las. Ainda nem sei andar por este castelo.

– Se elas ficarem à solta, vão estragar tudo – insistiu ele. – Pelo amor de Deus, tente ficar de olho nelas.

– Pode deixar.

– Ah, e Georgie – disse ele, estendendo a mão para mim enquanto eu me virava. – Tome cuidado. Já tivemos um assassinato no castelo.

Refleti sobre aquela frase enquanto andava devagar pelo corredor até o meu quarto. Alguém no castelo era um assassino implacável. Não que esse crime me afetasse de algum jeito. Tinha que ser de natureza política, perpetrado por alguém que quisesse causar conflito entre os estados dos Bálcãs ou por um comunista ou anarquista. Talvez nosso próprio governo desconfiasse que o conflito era provável e por isso tivessem mandado Darcy – em se tratando dele, não dava para saber. Mas o assassino não representaria uma ameaça para alguém como eu, que era só a trigésima quarta na linha de sucessão de um trono distante. Mas eu tinha sofrido um tipo diferente de ameaça, não é? O vampiro debruçado sobre a minha cama. O desconhecido no quarto de Queenie. Não sabia que ligação poderia haver entre os dois. Se os vampiros quisessem matar o marechal de campo Pirin, imagino que o fariam de maneira muito mais impressionante – atirando-o das ameias ou jogando uma grande estátua na cabeça dele, ou então mordendo o pescoço do homem e o transformando também num deles. Envenená-lo com cianureto era um crime humano demais...

Fui arrancada dos meus pensamentos pela figura com o braço levantado, mas percebi que era só a armadura que tinha assustado Queenie. Sério, era quase como se alguém tivesse organizado o castelo de modo a proporcionar o máximo de sustos nos visitantes!

No meu quarto, encontrei Queenie, sentada na cama com uma xícara de chá numa das mãos e um biscoito na outra. Ela não teve nem a decência de se levantar quando eu entrei.

– Olá, senhorita – disse ela, fazendo uma tentativa inadequada de espanar as migalhas da frente do uniforme.

– Queenie, você vai ter que aprender a se dirigir do jeito certo à sua patroa. Você tem que dizer: "Olá, milady" ou "bem-vinda de volta, milady". Isso é muito difícil de aprender?

– Estou tentando – disse ela.

Isso me fez imaginar se Queenie era, na verdade, uma bolchevique infiltrada que fazia isso de propósito para me informar que éramos iguais. A ideia desencadeou toda uma linha de raciocínio na minha mente. Na verdade, o que sabíamos sobre os serviçais? Queenie tinha simplesmente batido à minha porta e eu não tinha como saber quem ela era de fato. Embora eu achasse que ninguém conseguiria fingir ser tão burra quanto ela, talvez as mesmas circunstâncias fossem verdadeiras em relação a outros serviçais no castelo. Talvez um deles tivesse vindo para cá com o propósito específico de matar Pirin.

– Você pode me ajudar a tirar o casaco e as botas, Queenie.

– Pode deix… sim, milady.

Talvez houvesse alguma esperança.

– Ah, a propósito – acrescentou ela enquanto pegava o meu casaco –, a princesa deixou um recado. Ela espera que esteja se sentindo bem, porque não a viu hoje de manhã, e para lembrá-la de se reunir com as outras madrinhas para provar os vestidos às dez e meia.

Olhei para o meu relógio. Eram 10h45.

– Ai, puxa – falei. – É melhor eu ir agora mesmo. Ah, e me dê aquele vestido que você queimou. Talvez uma das costureiras consiga consertar para mim se tiver tempo.

Desci as várias escadas tão depressa quanto tive coragem, porque os degraus estavam gastos e lisos, e o percurso era traiçoeiro. No grande corredor ao pé da escada encontrei lady Middlesex e a Srta. Deer-Harte, ainda vagando de sobretudo.

– Pensamos em seguir o seu exemplo e sair para caminhar um pouco – anunciou lady Middlesex. – Já que a neve parecia não estar funda demais para vocês.

– A paisagem está linda – respondi, tentando transmitir entusiasmo. – Caminhar é uma ótima ideia. Respirar o ar fresco da montanha.

Não incluí a palavra "gelado" na frase. Pelo menos fiz o que Darcy tinha pedido e as tirei do caminho por um tempo. Mesmo assim, eu achava que nem uma pessoa tão vigorosa quanto lady Middlesex conseguiria aguentar aquele tipo de frio por muito tempo.

Na porta do salão, ouvi o som de risadas femininas e parei, pois a minha mente voltou àquele momento desconcertante na noite anterior, quando eu tinha me deparado com Matty. Eu a tinha visto com sangue escorrendo pelo queixo e ela havia implorado para eu não contar a ninguém. Ela confessou que não conseguia evitar. Seria absurdo demais acreditar que ela fora mordida por um vampiro e tinha se tornado um deles? Darcy tinha achado as minhas histórias de vampiros tão engraçadas que eu nem tinha comentado o caso de Matty. Imagino que ia parecer ridículo para quem não o tivesse presenciado. Eu mesma teria achado ridículo se não tivesse acontecido comigo. A visita noturna ao meu quarto podia ser explicada por um caso de engano de quartos, mas uma pessoa que pulasse de quarto em quarto não precisaria escalar a parede... aliás, ela nem seria capaz de fazer isso. E de onde poderia ter vindo um desconhecido, com a passagem interditada e nenhuma habitação mais próxima do que aquela estalagem, além de a neve estar funda demais para caminhar? *Em condições normais, eu sou uma pessoa sensata*, falei para mim mesma, mas as coisas que eu tinha testemunhado desafiavam a racionalidade.

Respirei fundo, abri a porta e entrei. Matty se levantou do sofá perto da lareira e se aproximou de mim.

– Minha querida Georgie – disse ela. – Você está bem? Fiquei preocupada, porque ninguém viu você hoje de manhã.

Sua aparência e o jeito de falar estavam totalmente normais, mas ela usava um lenço ao redor do pescoço que esconderia qualquer marca de mordida.

– Estou ótima, obrigada – respondi. – Fui dar uma volta com Darcy O'Mara.

– O padrinho de Nicky? Ah, então é nele que você está interessada. Pobre Siegfried, vai ficar arrasado.

Foi aí que me lembrei que, na noite anterior, eu não tinha desencorajado Siegfried. Ah, não, será que ele achava mesmo que eu tinha mudado de ideia?

– Você tem sorte – disse ela. – Ninguém se importa com quem você vai se casar. Não faz nenhuma diferença para a paz mundial.

– A minha cunhada está ansiosa para eu escolher o marido certo, e acho que a rainha espera que eu consolide os laços com a família certa – falei.

– É tão chato ser da realeza, não é? – Ela enganchou o braço no meu e me levou até as outras jovens perto da lareira. – Estou quase me convencendo de que o comunismo é uma boa ideia. Ou talvez a América tenha razão: é melhor escolher um novo líder a cada quatro anos, alguém do povo.

– A América talvez, mas olhe só a confusão na Rússia – falei. – Lá, o comunismo não parece ter melhorado a vida das pessoas comuns.

– Ah, quem se importa? – Matty deu uma das suas risadas meio falsas. – Chega de falar de política e desses assuntos chatos. Vamos todas ficar felizes e aproveitar a minha festa de casamento. Que vontade de matar aquele homem horrível por estragar a noite de ontem.

– Acho que ele não pretendia ter um ataque cardíaco – comentei com cuidado.

– Pode ser, mas ainda estou com raiva de Nicky por convidá-lo. Hoje cedo Siegfried estava resmungado alguma coisa sobre tentar mandar um dos carros a Bucareste para buscar o médico real, e minha mãe e meu pai ficaram aflitos quando souberam que um dos nossos hóspedes está doente.

– Acho que trazer Pirin não foi decisão do príncipe Nicolau – argumentei. – Ele é um homem poderoso no próprio país. Desconfio que ele faz o que quer.

– Bom, eu com certeza não o convidei para o meu casamento. Ele mesmo se convidou. Bem que ele podia morrer de uma vez, assim poderíamos parar de nos preocupar com ele. Saber que ele está deitado lá em cima é como ter uma nuvem de tristeza pairando sobre nós.

Não pude contar que o desejo de Matty tinha se realizado.

Ela se voltou para as outras moças e obviamente repetiu o que tinha dito em alemão, pois provocou risadas nervosas. Eu a observei com atenção. Ela estava muito diferente da menina carente e insegura que eu tinha conhecido na escola. Eu estava quase preparada para acreditar que não era a mesma pessoa. Eu já tinha sido enganada por uma impostora este ano, então duas já eram demais. E os pais dela obviamente a reconheciam como a filha, por isso, tinha que ser Matty, mas sem dúvida ela havia crescido de repente. A *couturière* se aproximou, batendo palmas como se estivesse comandando um bando de galinhas.

– Vossas Altezas, não temos tempo a perder. Temos muito trabalho para fazer. Quem vai se oferecer para ser a primeira de hoje?

Eu estava ansiosa para sair de lá e descobrir o que estava acontecendo com Nicolau e Darcy. Além disso, eu também ficava incomodada na presença de Matty.

– Eu vou se a senhora quiser – falei.

Ela ajustou o tecido no meu corpo, assentindo satisfeita.

– Essa jovem não tem curvas, parece um menino – disse a *couturière* à assistente em francês. – Nela o vestido vai cair bem.

Eu não tinha assim tanta certeza de que não ter curvas e parecer um menino era um elogio, mas aceitei como se fosse, principalmente porque ela não precisou usar muitos alfinetes nem fazer grandes mudanças. Quando me olhei nas paredes de espelhos, uma criatura alta e elegante me encarou. Percebi que o cômodo ficou em silêncio de repente e vi que as outras garotas tinham parado de falar e estavam olhando para mim.

– Georgie, eu nunca imaginei que você seria uma adulta tão chique! – disse Matty.

Ela parou ao meu lado e pôs o braço ao redor da minha cintura enquanto nos olhávamos nos espelhos.

– *Mademoiselle* Amelie e os outros professores ficariam surpresos se nos vissem agora. É uma pena estarmos perdidas num castelo remoto na Romênia. Devíamos estar na Riviera Francesa ou em Hollywood, flertando com todos os homens sofisticados, você não acha?

Eu ri com ela, mas minhas bochechas ficaram bem coradas. Era a primeira vez que alguém sugeria que um dia eu poderia ser elegante. Talvez, no fim das contas, eu tivesse um pouco do sangue da minha mãe.

Eu tinha acabado de tirar o vestido e estava vestindo meu suéter e minha saia, mais práticos, quando ouvimos uma batida na porta. Uma das costureiras foi instruída a atender e voltou com uma carta. Matty olhou para ela e a entregou para mim.

– É de um dos seus admiradores.

Ela me lançou um olhar astuto. Olhei para a porta quando reconheci a letra firme de Darcy. *Preciso falar com você imediatamente*, dizia.

– Eu já volto – anunciei.

– Um encontro amoroso no meio da manhã. Que romântico! Siegfried vai ficar com ciúmes.

Matty abanou o dedo como se estivesse me repreendendo e as outras riram quando fui em direção à porta. Eu esperava que ela estivesse só brincando. Por um segundo, senti uma pontada de medo diferente – será que eles tinham mesmo me trazido para cá para ser a noiva daquele Frankenstein? Sinceramente, se eu tivesse que escolher entre uma vida ao lado de Siegfried e uma mordida de vampiro, acho que eu ia preferir ser morta-viva. Mas eu não tive muito tempo para pensar nisso, pois Darcy estava me esperando na porta.

– Ah, aí está você – disse ele, me puxando para o lado. – Olhe, aconteceu uma coisa e eu preciso ir.

– Ir? Para onde?

– Tivemos uma complicação – sussurrou ele. – O pai de Nicolau exigiu ver Pirin antes de mais nada.

– Ah, meu Deus. Acho que a farsa acabou, então.

– Ainda não. Fechamos as cortinas para deixar o quarto bem escuro. A luz do fogo até deixou a pele dele avermelhada. Eu entrei no quarto e me escondi embaixo da cama, depois ronquei alto para dar a impressão de que ele ainda estava respirando.

Aquilo era tão absurdo que eu comecei a rir. Darcy também sorriu.

– Funcionou uma vez, mas o rei está muito preocupado – contou Darcy. – Ele queria mandar um dos carros para buscar seu médico particular na Bulgária imediatamente.

– Como vocês o impediram de fazer isso?

– Nick o convenceu de que havia um bom hospital com equipamentos modernos na cidade mais próxima e que seria melhor levar Pirin para lá o quanto antes.

– Ah, não, o que você vai fazer?

– Eu me ofereci para ir ao hospital com ele, já que Nicolau não pode deixar a noiva.

– Mas de que adianta? Eles vão declarar que ele está morto assim que chegar.

– Se ele chegar – disse Darcy. – Eu vou dirigir e, infelizmente, o carro vai derrapar da estrada e bater num monte de neve em algum ponto da passagem. Quando eu voltar com o socorro, o pobre marechal de campo Pirin vai ter morrido e não vai haver mais nenhum motivo para chamar o médico particular. E a notícia da morte trágica só vai chegar ao castelo depois do casamento.

– Quer dizer que você não vai estar aqui para o casamento?

A decepção deve ter transparecido no meu olhar.

– Eu tenho que fazer isso, meu amor – disse ele e levou a mão ao meu rosto. – Sou o único que pode fazer isso, mas quero que você ajude Nick e Anton em tudo que for possível.

– Claro. Tome cuidado.

– Você também.

Ele se inclinou para perto de mim e beijou a minha testa, depois desceu a escada sem olhar para trás.

Vinte e dois

Ainda no Castelo de Bran

Eu voltei para o salão.

– Que encontro rápido – comentou Matty.

– Ele só queria me dar um recado – respondi. – Seu futuro sogro quer que o marechal de campo seja levado a um hospital agora mesmo e Darcy se ofereceu para acompanhá-lo.

– Graças a Deus ele vai embora – disse Matty. – Agora podemos voltar a nos divertir.

Eu pedi licença para sair logo depois, tendo decidido não pedir a uma das costureiras para salvar o meu vestido queimado. A forma como as máquinas de costura estavam zumbindo indicava que elas já estavam bem ocupadas. Quem sabe, depois que todos os vestidos estivessem prontos, eu tentasse outra vez. Cheguei ao corredor a tempo de me deparar com lady Middlesex e a Srta. Deer-Harte.

– Não sei como vocês conseguiram sair para caminhar naquela neve – disse lady Middlesex em tom acusador. – Só percorremos alguns metros antes de Deer-Harte afundar até a metade do corpo. Foi bem difícil tirá-la de lá.

– Sinto muito – respondi. – Nós andamos nos rastros que os carros deixaram.

– É melhor você ir para o seu quarto, Deer-Harte, para não pegar um resfriado mortal – disse lady Middlesex. – A propósito, eu vi levarem o corpo do marechal de campo para um daqueles carros fúnebres. E o Sr. O'Mara saiu com ele. Espero que ele o leve para um local onde possam realizar uma autópsia adequada.

Levei o dedo aos lábios, pedindo silêncio.

– Lembre-se de que não devemos falar disso – avisei. – O marechal de campo Pirin foi para o hospital.

– Ah, sim. Certo. Claro. – Ela sorriu como uma criança travessa. – Não que isso tenha alguma importância. Tenho certeza que nenhum dos serviçais entende uma palavra do que dizemos.

– Eu tenho certeza que é muito fácil escutar a conversa alheia num castelo como este – argumentei. – Temos um ouvido do lorde no Castelo de Rannoch... sabe, uma sala secreta de onde se pode ouvir a conversa no salão. Além disso, o som se propaga por todos os canos nos banheiros, e tenho certeza que aqui deve ser igual.

– Bom, prefiro chamar as coisas pelo nome que têm – retrucou lady Middlesex, irritada por eu acusar seu erro. – Eu não aprovo truques e embustes. Não é nada britânico, você sabe. E, se há um assassino à solta neste castelo, já passou da hora de encontrá-lo.

Olhei em volta para ver quem podia estar ouvindo aquele acesso de indignação. Por sorte, o corredor parecia estar deserto, mas naquele momento ouvi passos subindo a escada. O príncipe Nicolau vinha na nossa direção, subindo dois degraus de cada vez.

– Bom, deu certo, graças a Deus – disse ele. – Meu pai o viu partir.

– Como vocês conseguiram fazer isso?

Nicolau sorriu.

– Nós o carregamos até o carro, enrolado da cabeça aos pés em cobertores para protegê-lo do frio. Meu pai nem teve a oportunidade de ver mais do que a pontinha do bigode dele. O bom e velho Darcy. Que sujeito esplêndido. Agora podemos esperar que eles levem muito tempo para consertar os fios telefônicos.

– E quando é que vamos realizar o conselho de guerra? – perguntou lady Middlesex.

O príncipe Nicolau ficou com uma expressão desconfiada.

– Guerra?

– Quero dizer, quando é que vamos nos reunir para planejar a estratégia e pensar em como vamos resolver o caso?

– Ah, sim.

Ao que parecia, se reunir com lady Middlesex não era o que Nicolau tinha em mente.

– Precisamos juntar os nossos cérebros e as nossas observações para raciocinar – disse ela. – Deer-Harte acha que viu um dos serviçais se comportar de modo suspeito.

– Muito bem. Acho que é agora ou nunca – disse Nicolau. – Maria ainda está com as madrinhas e as costureiras? – Eu assenti. – Então, vou chamar Dragomir e o meu irmão e vamos nos reunir na biblioteca daqui a quinze minutos. Concordam?

– É tempo suficiente para trocarmos essa roupa encharcada e gelada, Deer-Harte – disse lady Middlesex.

Eu estava a caminho do andar onde ficava a biblioteca quando lembrei que não tinha comido nada e fiz um desvio para a sala de café da manhã, na esperança de ainda encontrar um pão disponível. A sala estava vazia, a não ser por Belinda, sentada sozinha à mesa com uma xícara de café na frente.

– Por onde você andou? – perguntou ela. – Procurei você por toda parte.

– Eu acordei tarde e depois fui dar uma volta com Darcy – respondi.

– Que romântico. Mas onde estão todos os outros? Parece que estamos num necrotério.

– Matty está com as madrinhas fazendo a prova dos vestidos, e você sabe que a comitiva real chegou, não é?

Belinda franziu a testa.

– Ah, sim. Anton me abandonou para ficar ao lado do pai. E todos pareciam estar a caminho do quarto daquele homem horrível, Pirin.

– Pirin está a caminho do hospital neste momento, graças a Deus – contei, me sentindo estranha por mentir para a minha melhor amiga.

– E por que você não está na prova do vestido?

– Eu fui a primeira. E a minha silhueta é tão reta que a costureira não precisou alterar quase nada.

– Bom, então você e eu podemos nos divertir juntas. O que vamos fazer? – Ela se levantou e enganchou o braço no meu. – Não que este seja o tipo de lugar que eu considero divertido. Não tem nenhum cassino nem lojas. Graças a Deus existe sexo, senão eu ia chorar de tédio.

– Belinda! Você não devia falar esse tipo de coisa quando alguém pode estar ouvindo.

Ela riu.

– Não tem ninguém na sala além de nós duas. Além disso, essa é a verdade.

– Foi você quem quis vir para cá – lembrei a ela.

– Bom, naquele momento eu achei que seria uma bela farra. E preciso admitir que Anton é bem apetitoso. Mas, agora que os pais dele chegaram, acho que ele vai ter que se comportar como um menino bonzinho. Então, o que vai ser? Você quer ir procurar os seus vampiros? Podemos descobrir onde eles guardam os caixões.

– Pare de me provocar. Eu sei o que vi, por que ninguém acredita em mim?

– Mas, querida, é claro que eu acredito em você, e estou louca para conhecer um vampiro. – Ela tentou me arrastar para fora da sala.

– Sinto muito, mas no momento não posso ir a lugar nenhum com você – falei. – Tenho que me reunir com…

Parei de repente. É óbvio que eu não podia contar a ela que tinha que me reunir com os príncipes, senão ela ia querer me acompanhar.

– Lady Middlesex – concluí. – Eu tenho que me reunir com lady Middlesex e a Srta. Deer-Harte. – Tentei desesperadamente pensar num motivo para a reunião que parecesse sem graça para Belinda. – Ela está escrevendo a história da Casa Sandringham e quer algumas ideias.

Belinda torceu o nariz.

– Acho que vou tomar um banho bem demorado para poder experimentar os meus novos óleos parisienses. Os banheiros não devem estar ocupados a esta hora do dia. Tchauzinho.

Soltei um suspiro de alívio, enfiei uma fatia de queijo dentro de um pão e saí. Cheguei à biblioteca e encontrei os outros já reunidos, sentados ao redor de uma mesa de mogno grande e oval no centro de uma biblioteca impressionante, apesar de lúgubre. Estantes com volumes encadernados em couro assomavam na escuridão, e, mais de três metros acima de nós, uma galeria circundava toda a biblioteca. Janelas altas e estreitas lançavam fachos de luz solar no assoalho, iluminando os grãos de poeira. Havia um cheiro pungente de mofo, poeira e livros velhos. Ocupei a cadeira vazia ao lado de lady Middlesex e em frente a Nicolau e Dragomir.

– Desculpem o atraso – falei. – Fui detida na...

Parei de falar quando percebi que havia uma pessoa inesperada à mesa. O príncipe Siegfried estava sentado ao lado de Dragomir.

– Lady Georgiana. – Ele fez um sinal com a cabeça.

Olhei para Nicolau. Ele ergueu as sobrancelhas.

– Siegfried percebeu que tinha alguma coisa errada e insistiu em ver o marechal de campo Pirin. Naturalmente, tive que contar a verdade e pedir perdão pelo sigilo a respeito do assunto.

Siegfried franziu os lábios de bacalhau.

– Essa questão gravíssima chegou ao meu conhecimento, e agora preciso decidir se devo divulgá-la ou escondê-la dos meus pais.

Olhei de relance para Dragomir. Será que ele é quem tinha contado tudo a Siegfried? E, se ele fosse o assassino, essa teria sido uma atitude sensata?

– Expliquei a Sua Alteza a delicadeza da situação em relação à estabilidade do meu país e dos Bálcãs como um todo – disse Nicolau com a voz meio tensa. Ficou óbvio que eles já tinham discutido por causa desse assunto.

– E eu expliquei a Sua Alteza que este é o meu país e que preciso garantir que nos comportemos como esperaríamos que qualquer cidadão se comportasse, o que inclui denunciar um homicídio às autoridades competentes.

– É óbvio que vamos ter que fazer isso em algum momento – argumentou Anton em tom tranquilizador –, mas, se pudermos resolver a questão aqui entre nós, ninguém mais vai precisar saber e o casamento vai poder acontecer conforme planejado. Você com certeza também quer isso, não é, Siegfried?

– Claro.

Dragomir pigarreou.

– Mas com certeza a solução mais simples seria alegar que um comunista ou anarquista conseguiu invadir o castelo, administrar o veneno e fugir sem ser notado.

– A solução mais simples – disse Nicolau – seria tratar a morte como um ataque cardíaco, que é o que todos já acreditam ter acontecido. Se eles decidirem fazer uma autópsia, vai ser difícil identificar o cianureto depois de tanto tempo.

– Se acreditarmos no seu diagnóstico de envenenamento por cianureto – disse Siegfried com cuidado –, precisamos cumprir o nosso dever e encontrar a pessoa que cometeu esse ato escandaloso. Só porque os ocupantes deste castelo são da realeza, não significa que estejamos acima do sistema de justiça do nosso país.

– Tem toda razão, Vossa Alteza – disse uma voz grave num francês gutural.

Uma silhueta saiu da escuridão do outro lado da biblioteca. Se eu tivesse que fazer uma descrição de Drácula, aquele homem corresponderia a ela com perfeição. Alto, magro, de olhos fundos, rosto fino e muito pálido, ele estava vestido de preto da cabeça aos pés, o que acentuava a brancura da pele. Por um instante ridículo, cheguei a imaginar que Vlad, o Empalador, ainda estava vivo e ainda governava o castelo e as pessoas que o habitavam. O homem veio na nossa direção com passos leves e ameaçadores. Em seguida, olhou para nós e sorriu.

– Se os personagens nesta sala não fossem de uma posição tão elevada, eu acharia que estava testemunhando uma conspiração e mandaria prender todos vocês agora mesmo – disse ele. – No entanto, como disse com muita sabedoria Sua Alteza, o príncipe Siegfried, nem as pessoas da realeza estão acima da lei. Se entendi bem, e admito que o meu inglês não é tão fluente quanto deveria, vocês estavam planejando acobertar um assassinato para evitar problemas e permitir que o casamento se realize conforme planejado. Estou certo?

– E quem diabo é você? – perguntou Nicolau com frieza.

– Permitam que eu me apresente. Sou Patrascue, chefe da polícia secreta romena. – Ele puxou uma cadeira e se espremeu entre Nicolau e Dragomir. – Dada a importância da ocasião e a presença da realeza estrangeira, optei por acompanhar Suas Majestades neste casamento real. Que sorte eu ter vindo, não é? Eu tinha acabado de chegar quando um dos meus homens me informou ter ouvido uma conversa sobre um assassinato e um corpo sendo removido às pressas.

Olhei para lady Middlesex, que tinha enrubescido um pouco.

– Talvez alguém aqui possa fazer a gentileza de me contar quem morreu.

– O marechal de campo Pirin – respondeu Siegfried. – Chefe das Forças Armadas da Bulgária.

– E também o principal conselheiro do meu pai e uma força considerável na política da região.

– Ah, então estamos falando de um assassinato político? – Patrascue lambeu os lábios. – Muito bem. Entendam o seguinte: eu vou conduzir a investigação e vocês vão responder às minhas perguntas, sendo da realeza ou não. Não pensem que sua posição elevada os coloca acima da lei na Romênia. Ah, não. Nosso país é uma monarquia constitucional e vocês têm pouquíssimo poder.

– Você precisa entender – disse Anton – que não estávamos tentando encobrir um assassinato só para poder realizar um casamento. A morte desse homem poderia influenciar o futuro do meu país e de toda a região.

– E você, quem é? – perguntou Patrascue, insolente.

– Por acaso, eu sou o príncipe Anton da Bulgária – respondeu Anton com frieza. – Caso você não saiba, está sentado ao lado do príncipe Nicolau, meu irmão mais velho, herdeiro do trono e noivo.

– Meus parabéns. – Patrascue fez um sinal com a cabeça para Nicolau. – E essas pessoas… seus cúmplices na conspiração. Por que elas estão aqui?

– Eu sou lady Georgiana, prima do rei Jorge da Inglaterra – respondi, imitando o tom da minha bisavó, como sempre faço quando me sinto ameaçada. – Estou aqui representando Suas Majestades no casamento. Estas duas jovens são as minhas damas de companhia, que a rainha Maria mandou para me assistir.

– E por que motivo você está aqui agora? Não imaginei que o poder do Império Britânico se estendesse até a Europa continental. – Patrascue me observou com ar insolente.

– Na verdade, estou aqui como parente – expliquei. – Como descendente da rainha Vitória, sou parente da família real búlgara e, mais remotamente, da romena. Além disso, eu estava sentada em frente ao marechal de campo Pirin no jantar fatídico, e por isso testemunhei tudo. Lady Middlesex, minha dama de companhia, foi a primeira a suspeitar que a morte não foi um ataque cardíaco.

– Você diz que testemunhou tudo – continuou Patrascue. – O que exatamente você viu, *ma chérie*?

Fiquei indignada com as palavras "minha querida". Eu tinha passado a acreditar que existia pelo menos um policial detestável em cada país, e o da Romênia estava bem na minha frente.

– Eu vi o marechal de campo Pirin propor um brinde longo e desconexo, tomar um gole de vinho, dar a impressão de ter se engasgado e cair de cara em cima da mesa.

– Você diz que ele parece ter se engasgado. Seria possível ele realmente estar engasgado e que um simples tapa nas costas pudesse revivê-lo?

– Naquela hora ele já tinha acabado de comer – expliquei. – Houve discursos e brindes por um bom tempo. Além disso, ele morreu quase no mesmo instante. A princípio, suspeitamos de um ataque cardíaco.

– Mas alguém achou que podia ter sido um assassinato?

– Sim, eu – disse lady Middlesex. – Eu sou lady Middlesex, esposa do alto comissário britânico na Mesopotâmia. Meu marido já representou a coroa britânica no mundo todo. Eu reconheço veneno quando o vejo em ação.

– E que veneno seria esse?

– Ora, cianureto, é claro. Rosto vermelho, olhos fixos e cheiro de amêndoa amarga. Um caso clássico. Já vi isso acontecer na Argentina.

Patrascue se virou de novo para mim.

– Você viu alguém administrar esse veneno?

– Não. Eu não vi ninguém se aproximar da mesa, a não ser os serviçais e o conde Dragomir.

Dragomir pigarreou e disse:

– A sugestão de que eu estive envolvido de alguma forma nessa farsa me ofende. Por que eu ia querer matar um homem que eu nem conhecia? É meu dever garantir que todos os serviçais trabalhem com perfeição. Naturalmente, eu estava de pé atrás da mesa, numa posição em que podia ver todos eles.

– E, mesmo assim, você não viu nada de estranho? – perguntou Patrascue.

– O desempenho dos serviçais foi impecável, como sempre.

– Não temos a menor ideia de como o veneno foi administrado – disse Nicolau. – Eu estava sentado ao lado dele. Toda a comida e a bebida veio das mesmas travessas e garrafas e em alta velocidade. Teria sido impossível separar uma porção envenenada para uma pessoa específica.

– Então, eu sugeriria que o veneno foi posto na taça dele antes da refeição – disse Patrascue, presunçoso.

– Mas nos disseram que o efeito do cianureto é quase instantâneo – falei. – O marechal de campo comeu tudo que estava no prato, repetiu e a taça foi reabastecida várias vezes com a mesma garrafa de todas as outras pessoas.

– Se o veneno fosse mesmo cianureto – disse Patrascue. – Imagino que não havia nenhum médico presente para dar um diagnóstico preciso. Pela minha experiência, os amadores se enganam com frequência.

– Infelizmente, não temos nenhum médico no castelo – disse Anton. – Mas eu estudei um pouco de medicina na Universidade de Heidelberg e posso garantir que o odor típico de amêndoa amarga estava presente e que o rosto estava avermelhado.

– Ah, um suposto especialista – respondeu Patrascue. – É uma pena que o corpo já tenha sido retirado do castelo, ou eu mesmo poderia determinar qual veneno foi administrado. Espero que alguém tenha tido o bom senso de separar os utensílios que essa pessoa usou à mesa. Vou mandar que eles sejam examinados, e assim saberemos.

– Foram separados, sim, e levados com o corpo para exames num laboratório qualificado – explicou Nicolau. Achei que tinha percebido uma nota de alegria na voz dele. – Obviamente, não esperávamos que um policial experiente como o senhor chegasse tão cedo, dada a condição da passagem.

– Ah. – Patrascue tentou pensar numa resposta para algo que podia ter sido um elogio. – Então, o próximo passo é interrogar aqueles que serviram o jantar. Conde Dragomir, você é o responsável pela administração deste lugar, não é?

– Você sabe muito bem que sim – respondeu Dragomir com rispidez.

A hostilidade entre os dois é óbvia, pensei.

– Então, por favor, faça a gentileza de pedir aos homens que serviram o jantar que venham até a biblioteca para um interrogatório agora mesmo.

– Se fizermos isso, logo todo o castelo vai saber que o marechal de campo morreu, provavelmente assassinado. Essa é a última coisa que queremos neste momento – disse Nicolau. – Os homens foram interrogados com discrição ontem à noite.

– E é como eu disse a Suas Altezas – argumentou Dragomir. – São homens da região, pessoas simples que passaram a maior parte da vida a serviço do castelo. Por que um deles desejaria envenenar um marechal de campo estrangeiro, mesmo que tivesse meios para isso?

– Dinheiro – respondeu Patrascue. – A quantia certa pode persuadir um homem a ir contra a própria consciência e agir de maneira implacável. Quantos criados serviram o jantar de ontem à noite?

– Foram doze – respondeu Dragomir. – Mas só nos preocupamos com aqueles que serviram o marechal de campo. Os que trabalharam do outro lado da mesa não teriam se aproximado dele.

– Ah, entendi. – Patrascue assentiu bruscamente. – E seria impossível alguém se inclinar por cima da mesa?

– Qualquer criado que se inclinasse por cima da mesa seria demitido no mesmo instante – retrucou Dragomir. – Nossos padrões de etiqueta são os mais elevados.

– Vou falar com esses homens, um de cada vez – declarou Patrascue. – Vou fazê-los jurar segredo. Eles conhecem a minha reputação o bastante para entender o que aconteceria com eles se tivessem a audácia de mentir para mim ou de violar esse voto. E, se um deles tiver aceitado dinheiro para cometer esse ato hediondo, eu prometo que vou fazê-lo confessar.

Ele abriu um sorriso desagradável. Notei que seus dentes eram estranhamente pontiagudos.

– É claro que podemos estar enganados – disse Anton com uma voz diferente, animada. – Como você disse, somos apenas amadores. Talvez tenhamos interpretado mal o que foi só um ataque cardíaco, no fim das contas. Foi essa senhora que afirmou sentir cheiro de amêndoa amarga, e nós sabemos que as mulheres costumam ficar histéricas na presença de um cadáver.

– Ora, isso é um... – começou lady Middlesex.

Eu a chutei com força por baixo da mesa. Ela olhou para mim aturdida e se calou.

– Assim que o carro em que levaram o corpo do marechal de campo Pirin chegar à civilização, vamos saber a verdade – continuou Anton, tranquilo. – Por que não esperamos até um médico competente avaliar a situação? Seria uma tragédia se boatos falsos chegassem ao meu país, dando início a uma guerra regional por nada. Também não faria bem à sua reputação iniciar uma caça às bruxas por algo que pode ter sido um simples ataque cardíaco.

Patrascue o encarou, tentando avaliar as implicações do que ele estava dizendo. Havia um jarro de água em cima da mesa. Ele estendeu a mão, serviu um copo para si mesmo e bebeu.

– Há alguma razão nas suas palavras – disse ele. – Eu não quero desestabilizar a região nem causar nenhum problema para os nossos vizinhos neste momento de alegria e celebração. Vamos aguardar o parecer do médico. Mas, enquanto isso, vou ficar de olhos e ouvidos atentos. Ninguém vai estar acima da minha suspeita. Ninguém!

Ele deixou o copo vazio na mesa com um gesto firme. Todos se levantaram. Menos eu.

Eu estava encarando um ponto fixo como se tivesse uma visão. Eu tinha acabado de perceber uma coisa que lançava uma luz totalmente nova sobre a situação.

Vinte e três

Fiquei olhando para a mesa até todos saírem. Na minha mente, eu conseguia visualizar o marechal de campo Pirin propondo seu brinde bêbado e desconexo. Ele tinha pegado uma taça e a segurava com a mão esquerda. Hannelore tinha dito que os modos dele à mesa eram abismais e que ele nunca usava o garfo certo. Ao que parecia, ele também não usava a taça certa. A taça que ele tinha pegado não era dele, mas do príncipe Nicolau.

Levei um instante para compreender o que isso significava. A vítima que o assassino visava não era Pirin, mas Nicolau. E a razão pela qual o príncipe não tinha bebido o próprio vinho e morrido era que ele tinha passado a beber champanhe quando os brindes começaram e depois disso não tocou mais na taça de vinho. Isso indicaria que, originalmente, não havia cianureto na taça durante o prato principal, quando Nicky estava bebendo o vinho tinto que acompanhava o javali. De alguma forma, alguém tinha colocado o veneno depois disso, infelizmente sem perceber que Nicolau pediria champanhe para fazer os brindes. E, se alguém tinha colocado o veneno, só podia ser um dos serviçais ou Dragomir.

Espere aí, pensei. Eu não estava pensando nos outros comensais. Pirin obviamente não teria colocado cianureto numa taça da qual ele próprio ia beber. Do outro lado de Nicolau estava a noiva dele, e era muito improvável que ela quisesse matar o noivo. Em frente a ele estava o irmão, Anton, e, como Dragomir tinha dito, se esticar por cima da mesa era um gesto inaceitável. Esse movimento teria sido percebido no mesmo instante. E, além disso, os irmãos pareciam ter uma boa relação. Anton não ia querer que o irmão morresse. Parei um pouco para refletir. Anton tinha feito piadas sobre não ser o herdeiro e não ter nenhum propósito na vida. Será que, em segredo, ele queria ser rei um dia, no lugar do irmão? E, de todas as pessoas presentes, era ele quem conhecia venenos. Afinal, ele tinha me contado que estava estudando química em Heidelberg. E foi ele que convenceu Patrascue a não fazer nada por enquanto. Isso daria um bom tempo para ele se livrar de quaisquer vestígios de cianureto se fosse necessário.

– Lady Georgiana! – A voz estridente de lady Middlesex interrompeu os meus pensamentos. – Você não vem conosco?

– O quê? Ah… vou – gaguejei.

Agora eu precisava decidir a quem contar. Queria que Darcy não tivesse ido embora.

Lady Middlesex pegou o meu braço com os dedos ossudos.

– Precisamos ir a algum lugar para planejar a estratégia.

– Que estratégia?

Ela olhou ao redor.

– Obviamente, temos que garantir que nada chegue aos ouvidos daquele policialzinho detestável. Precisamos agir depressa, antes que ele estrague tudo. É o típico estrangeiro estabanado. Ele não tem a menor ideia de como fazer as coisas direitinho. Cabe a nós desmascarar o assassino.

– Eu não sei como vamos fazer isso – falei. – Eu estava lá, de frente para o marechal de campo Pirin, o tempo todo. Se foi Dragomir ou um dos lacaios que colocou o cianureto na taça, foi muito habilidoso, e eu não imagino como vamos descobrir quem fez isso.

– Se é que foi Dragomir ou um dos serviçais – disse lady Middlesex com ar astuto. Ela me puxou para perto. – Deer-Harte acha que viu alguma coisa. Se bem que a imaginação dela tende a ser fértil, como nós sabemos.

– Sou uma excelente observadora, lady M. – protestou a Srta. Deer-Harte –, e sei o que vi.

– O que foi que você viu, Srta. Deer-Harte? – perguntei.

O rosto dela ficou rosado.

– Como você deve se lembrar, na primeira noite aqui, eu não fui chamada para jantar com os convidados do casamento. Lady M. achou que não era correto chamar uma mera dama de companhia. Eles me disseram que levariam a minha ceia até o meu quarto. Mas, depois de um tempo, achei que não era justo um dos serviçais ter que subir todas aquelas escadas com a minha bandeja e decidi buscá-la pessoalmente. Bem... – ela parou e olhou ao redor mais uma vez – quando passei pelo salão de banquetes, ouvi vozes alegres e, naturalmente, parei e dei uma olhadinha dentro do salão.

– Isso foi na primeira noite – interrompi. – Na noite anterior ao assassinato de Pirin.

– Foi, mas o que eu vi pode ser relevante. Tinha alguém à espreita nas sombras do outro lado do corredor. A pessoa usava uma roupa preta e estava meio escondida atrás de um dos arcos. Ela ficou lá sem se mexer, só observando. Achei estranho naquele momento. Eu me lembro de pensar: "Aquele jovem não está com boas intenções."

– Você sempre pensa esse tipo de coisa, Deer-Harte – disse lady Middlesex. – Você acha que todo mundo é mal-intencionado.

– Mas, nesse caso, eu tinha razão, não é? E aposto que era o mesmo jovem que vi se esgueirando pelo corredor no meio da noite. Não consegui ver o rosto dele com nitidez em nenhuma das ocasiões, mas o porte e o comportamento eram os mesmos. E, pelo modo como se esgueirava, estava claro que não tinha boas intenções.

– Acredito que ela esteja se deixando levar pela imaginação outra vez – disse lady Middlesex –, mas, neste momento, precisamos considerar todas as possibilidades, não é?

– Não creio que seja só imaginação – comentei. – Qual era a cor do cabelo dele?

Ela franziu a testa, pensando.

– Parecia uma cor clara. Sim, com certeza era clara. Por quê?

– Porque um desconhecido entrou no meu quarto na primeira noite, e a minha criada me procurou na noite seguinte, muito angustiada, para me dizer que tinha um homem no quarto dela.

– Um jovem de cabelo claro?

– Exatamente. Um rapaz de boa aparência e traços teutônicos.

– Eu não vi o rosto, mas com certeza vi o cabelo – disse a Srta. Deer-Harte.

– Ele entrou no seu quarto? – perguntou lady Middlesex. – Com que intenção? Roubo ou propósito indecoroso?

– Eu nem tive tempo de perguntar. Receio que seja a segunda opção – respondi. – Ele estava debruçado sobre mim, sorrindo. Mas, quando me sentei, ele desapareceu às pressas.

– E a sua criada? Ele também tinha propósitos indecorosos com ela? Obviamente é um homem depravado.

Imaginei que um homem precisaria estar desesperado para ter propósitos indecorosos com Queenie. Eu sabia que o assunto era muito sério, mas tive que me esforçar para não rir. Deve ter sido a tensão.

– Ele não tocou nela. Ficou parado na porta, na parte de dentro do quarto, e, quando ela ofegou, fazendo barulho, ele foi embora.

– E você denunciou essa insolência a alguém?

– Não, eu não denunciei. – Parei de falar.

– Eu teria feito isso. Se algum homem se atrevesse a entrar no meu quarto, eu o denunciaria na mesma hora.

Eu não quis argumentar que ninguém ia querer fazer uma visita noturna a lady Middlesex. Também não quis citar a possibilidade de vampiros. A Srta. Deer-Harte, que tinha se preocupado com vampiros no trem, não parecia associar o jovem à espreita com alguma coisa sobrenatural. E, se o mesmo homem fosse o nosso envenenador, era pouco provável que fosse algo além de um ser humano comum. Os vampiros não precisavam envenenar ninguém. Na verdade, eles não iam querer estragar o suprimento de sangue.

– Só se pode concluir que ele estava fazendo o reconhecimento do território – continuou lady Middlesex. – É mais provável que seja um assassino experiente e tenha se escondido, esperando a hora certa para matar.

Eu também pensei nisso. Fazia sentido ele ser um assassino experiente e estar escondido no castelo. Mas, como o príncipe Nicolau tinha argumentado, sem dúvida havia jeitos mais fáceis de matar alguém numa construção tão antiga e tortuosa quanto aquela do que correr o risco de ser detectado num banquete com várias pessoas.

– E por acaso você viu esse homem no jantar ontem à noite? – perguntei à Srta. Deer-Harte.

– Não, mas ontem eu estava incluída no grupo, e não do lado de fora como observadora. Ao comer, nós olhamos para baixo, para não correr o risco de derramar a comida, não é? E olhamos para quem está falando. E eu estava, obviamente, na extremidade mais distante da mesa, entre os comensais menos importantes. Mas o curioso foi que hoje de manhã eu verifiquei que o local onde o desconhecido estava fica exatamente atrás da cadeira do marechal de campo Pirin. Se você quer a minha opinião, ele estava ensaiando os movimentos, planejando quando poderia avançar e pôr o veneno na taça.

– Mas eu com certeza teria notado um intruso – argumentei. – O príncipe Anton e a princesa Hannelore também notariam, já que estavam sentados perto de mim, um de cada lado.

– Como você tem tanta certeza? – indagou a Srta. Deer-Harte. – Imagine, por exemplo, que um criado estivesse servindo o seu prato naquele exato momento. O serviçal oferece o prato e diz: "Aceita couve-flor, milady?" Você assente e responde: "Aceito, obrigada", observando enquanto ele põe a comida no seu prato. Em momentos como esse, você não estaria prestando atenção ao que está acontecendo no resto da mesa, não é?

– Não, acho que não.

– E, se o sujeito estivesse de roupa preta, não muito diferente do uniforme dos lacaios, ou tivesse até conseguido arranjar um paletó de lacaio, ninguém ia estranhar se ele passasse pela mesa com uma garrafa nas mãos. Os serviçais estão sempre ocupados demais fazendo um trabalho perfeito para notar outros serviçais. E, de acordo com a minha experiência, as pessoas simplesmente não prestam atenção aos serviçais.

– Dragomir teria percebido – falei. – Ele estava de pé atrás do príncipe Nicolau o tempo todo, orientando os procedimentos. Como ele disse, ele teria notado qualquer coisa ligeiramente errada.

– Então vamos considerar que esse tal Dragomir esteja envolvido de alguma forma – concluiu lady Middlesex.

Eu não conseguia pensar por que Dragomir ia querer matar o príncipe Nicolau, assim como não sabia por que ele ia querer matar Pirin. Mas, se ele fosse, de fato, da província macedônica que agora era parte da Iugoslávia, talvez ele quisesse provocar uma guerra civil na Bulgária como forma de recuperar as terras macedônicas. E que melhor maneira de fazer isso do que assassinar o príncipe herdeiro da Bulgária? Binky tinha dito que estavam sempre assassinando uns aos outros naquela região, não tinha? Decidi me arriscar a falar com Dragomir.

– É óbvio que não podemos bisbilhotar todos os quartos do castelo – disse lady Middlesex –, ainda mais agora que a comitiva real chegou, mas me parece que a primeira tarefa é descobrir como ele conseguiu o veneno e onde escondeu o frasco em que o trouxe.

– Suponho que o assassino poderia estar com o veneno no bolso quando entrou no castelo e poderia ir embora com o frasco vazio – comentei.

– Não sei se você percebeu – retrucou lady Middlesex com rispidez –, mas não há nenhuma pegada saindo do castelo, a não ser as que você e o Sr. O'Mara deixaram hoje de manhã. Eu prestei atenção nisso quando saímos para caminhar. Anote o que estou dizendo: o assassino ainda está aqui. – Ela olhou para a Srta. Deer-Harte e assentiu.

– Vou redobrar a minha vigilância, lady M. – disse a Srta. Deer-Harte. – Se ele estiver se escondendo no castelo, em algum momento vai ter que sair. Ele vai precisar comer, beber e usar o banheiro. Vou ficar atenta.

– Muito bem, Deer-Harte. Esplêndido. Vamos mostrar a eles como as coisas se resolvem de forma rápida e eficiente quando a fina flor das mulheres britânicas assume o comando. – Ela deu um tapa nas costas da Srta. Deer-Harte, quase derrubando-a. – Vamos em frente.

E saiu marchando pelo corredor como uma general levando os soldados para a batalha.

Vinte e quatro

Elas me deixaram sozinha no corredor frio entre as correntes de vento. Não tive tempo para pensar no que fazer com a minha grande descoberta. A quem eu deveria contar que o príncipe Nicolau era a vítima pretendida? Sem dúvida, não às duas damas inglesas. Elas já tinham criado muito rebuliço. Na verdade, se lady Middlesex não tivesse se pronunciado, a morte de Pirin poderia muito bem ter passado por ataque cardíaco e não estaríamos nessa situação incômoda com aquele homem horrível, Patrascue, nos vigiando. Eu não podia contar ao príncipe Anton, já que ele podia ser o assassino – embora eu achasse difícil acreditar nisso. Mas ele tinha conhecimentos de química, era ágil e, como Belinda tinha dito, era imprudente e adorava o perigo. Restavam Siegfried e Matty, e eu desconfiava que Siegfried contaria qualquer coisa diretamente para Patrascue. Matty provavelmente acharia que era uma bela piada e não levaria a sério. Sendo assim, a única pessoa com quem eu podia falar era o próprio Nicolau. Ele tinha o direito de saber e poderia ter suspeitas próprias.

Eu ia procurá-lo quando uma voz clara e melodiosa ecoou pelo corredor.

– Oláááá, querida! – E lá estava a minha mãe, correndo na minha direção com o longo casaco de marta voando ao redor. – Aí está você, meu docinho. Estamos no mesmo castelo há vários dias e mal conseguimos conversar.

Ela me alcançou e nos beijamos a vários centímetros de distância, como sempre fazíamos. Apesar de demonstrar afeto exacerbado por qualquer criatura que usasse calças, minha mãe não era das mais carinhosas com outras mulheres.

– É porque você não gosta de ser vista comigo – falei. – Isso faz com que as pessoas se lembrem que você é velha o suficiente para ter uma filha da minha idade.

– Que maldade. Eu adoro ficar com você, meu docinho, ou adoraria, se você tivesse uma vida menos enfadonha. Precisamos fazer alguma coisa para deixá-la mais interessante. Aquele vestido no jantar de ontem à noite. Aquilo é coisa do ano passado e esconde os seus melhores predicados. Eu sei que você não tem muito peito, mas você precisa tirar vantagem do que tem. Você precisa deixar os homens verem a mercadoria que você está oferecendo.

– Mamãe!

Ela deu aquela risada cristalina que tinha cativado o público em todos os lugares e enganchou o braço no meu.

– Você é mesmo deliciosamente pudica, meu docinho. Deve ser a sua educação escocesa. Tão reprimida. Vamos a outro lugar conversar de mulher para mulher, está bem? – Ela começou a me guiar pelo corredor. – Se eu soubesse que ia ficar presa neste lugar medonho por dias a fio, nem teria vindo. É claro que Max precisava vir, já que é padrinho de Nicolau, mas eu podia ter dado um pulinho em Paris sozinha. Eu adoro a cidade pouco antes do Natal, e você? É tão reluzente.

Não tive nem chance de protestar. Fui levada pelo corredor até uma salinha de estar onde o fogo ardia na lareira. Na verdade, estava bem quente e aconchegante em comparação ao resto do castelo. Minha mãe sempre encontrava o local mais confortável. Ela se acomodou numa poltrona e deu um tapinha no tapete de pele de urso nos pés dela.

– Venha, vamos conversar. Me conte tudo.

– Eu não tenho muito para contar – expliquei. – Eu estou morando na Rannoch House, mas espero passar o inverno em outro lugar, porque Binky e Fig vão ocupar a casa. Fig está grávida de novo.

– Meu Deus do céu. E eles já têm um herdeiro. Binky deve ser mesmo um santo, ou então cego ou desesperado. Você acha que ela pode ser boa de cama? Será que ela é um verdadeiro vulcão quando provocada?

Olhei para ela.

– Fig? Um vulcão?

Eu caí na gargalhada. Minha mãe também riu.

– Você precisa ir passar um tempo conosco na Alemanha, querida – disse ela. – Max pode apresentá-la a um bom conde alemão. Por falar nisso, por que não juntamos você com um dos padrinhos de casamento de Nicky? O jovem Heinrich de Schleswig-Holstein tem um montão de dinheiro.

– Acho que eu não ia gostar de morar na Alemanha, obrigada – falei. – Eu fico admirada de você conseguir fazer isso e não pensar na Grande Guerra.

– Querida, as pessoas com quem nos relacionamos não tiveram nada a ver com a guerra. Foram aqueles prussianos militaristas maldosos. Aquele primo vil do seu pai, o *kaiser* Willie. Você ia viver bem na Alemanha. A comida é boa, apesar de ser meio pesada, o vinho é ótimo, e Berlim é uma cidade cheia de vida. Ou podemos encontrar um austríaco para você e morar em Viena. Essa, sim, é uma cidade maravilhosa para você. Sem contar que os austríacos adoram se divertir e não têm nenhum interesse em guerras nem conquistas.

– Esse sujeito novo, Hitler, não é austríaco?

– Querida, nós o conhecemos pouco tempo atrás. É um homenzinho muito engraçado. Tenho certeza que ninguém vai levá-lo a sério. E não esqueça o irmão de Nicky, Anton. Ele seria um belo partido. Eu mesma me interesso por ele, mas, com Max sendo padrinho do irmão dele... bom, tudo tem limite.

– O que me surpreende é você ainda estar com Max. Ele não parece ser o seu tipo. Ele não demonstra ser muito animado. Você tem muito mais a ver com gente como Noel Coward... gente do teatro.

– Claro que tenho, mas muitos deles são iguais ao doce e querido Noel: maricas. E fique sabendo que tem um príncipe nesta casa que também é assim. Porque eu ouvi dizer você está sendo cogitada para o posto de princesa.

– Você está falando de Siegfried? – perguntei, rindo. – É, ele já me pediu em casamento e avisou que eu podia ter amantes depois de gerar um herdeiro.

– Os homens não são engraçados? – Minha mãe riu outra vez. – Mas eu acredito que você está interessada em outra pessoa. Um tal Sr. O'Mara? – Ela riu da vermelhidão no meu rosto. – Querida, aquele lá é demais para você. Ele tem uma péssima reputação. É um irlandês doidivanas. Eu não consigo imaginá-lo casado e trocando fraldas, você consegue? Sem contar que ele não tem dinheiro nenhum, e ter dinheiro é muito importante para a felicidade.

– Você está feliz com Max?

Ela arregalou os grandes olhos de boneca de porcelana.

– Que pergunta interessante. Eu fico entediada e penso em ir embora, mas o pobre coitado me adora tanto que eu simplesmente não consigo fazer isso. Ele quer se casar comigo.

– Você está pensando em aceitar?

– Já me passou pela cabeça, mas acho que eu não ia gostar de ser uma *frau*. Eu sei que ele é da nobreza e tudo mais, mas eu ainda seria *frau* Von Strohheim, e isso não combina com *moi*. Além disso, acho que eu ainda estou oficialmente casada com Homer Clegg, aquele texano tedioso de doer. Ele não acredita em divórcio. Se eu quisesse mesmo, poderia ir a Reno ou aonde quer que as pessoas vão e pagar por um divórcio rápido lá, mas não quero me dar a esse trabalho. Não, minha querida, meu conselho é que você se case bem e deixe alguém como o Sr. O'Mara no papel de amante. Escolha um marido de cabelos escuros, assim o bebê vai se parecer com quem quer que seja o pai.

– Mãe, você diz umas coisas muito esquisitas. Não consigo acreditar que eu sou sua filha.

Ela acariciou o meu rosto.

– Agora sei que abandonei você cedo demais. Mas eu não aguentava mais nem um minuto naquele castelo medonho. Nunca imaginei que o seu pai quisesse passar metade do ano lá e perambular pelo urzal de *kilt*. Não combinava comigo, meu docinho, embora eu tenha que admitir que gostava de ser duquesa. Lá na Harrods as duquesas são muito bem atendidas.

Enquanto ela tagarelava, fiquei ali, irrequieta, ciente de tudo que eu deveria estar fazendo. Desviei o olhar do fogo crepitante para a pintura acima da lareira. Em seguida, pisquei e olhei outra vez. O homem no retrato era parecido com o conde Dragomir.

Eu me levantei e fiquei diante do fogo, olhando para ele. O homem no retrato era mais jovem que Dragomir, mas tinha a mesma expressão arrogante, os mesmos malares salientes e olhos estranhamente felinos. Mas ninguém pendura o retrato de um serviçal do castelo na parede. Olhei o que estava escrito na base do quadro. O pintor tinha assinado a obra e a data parecia ser 1789.

– O que você está olhando, querida? – perguntou a minha mãe.

– Esse retrato na parede. Não lembra o conde Dragomir?

– Todo mundo é parecido nesta parte do mundo, não é? – respondeu a minha mãe com a voz entediada. – Isso foi coisa daqueles hunos. Eles eram tão bons em estuprar e pilhar que agora todos se parecem com eles.

Eu continuava encarando o retrato. Ele me lembrava de mais alguém que eu conhecia, mas eu não conseguia identificar quem era. Alguma coisa nos olhos...

– Querida, como eu disse no jantar, o seu cabelo está um desastre – comentou a minha mãe. – Quem é o seu cabeleireiro em Londres hoje em dia? Você devia mandar ondular as mechas. Vamos para o meu quarto e eu vou mandar Adele cuidar disso. Ela é o gênio dos cabelos problemáticos.

– Outra hora, mamãe. Agora eu realmente preciso fazer outras coisas.

– Coisas mais importantes do que fazer companhia à sua pobre mãe solitária?

– Mamãe, tenho certeza que muitas outras mulheres adorariam ficar aqui fofocando com você.

– Elas gostam de fofocar em alemão, e eu nunca consegui pegar o jeito desse idioma. Também não sou muito fluente em francês, e adoro ser o centro das atenções, não uma mera ouvinte.

– Você pode procurar Belinda. Ela gosta das mesmas coisas que você.

– Sua amiga Belinda? – Uma careta passou por aquele rosto impecável. – Querida, ouvi dizer que ela não passa de uma jovem vagabunda. Você viu como ela estava praticamente se atirando em Anton na outra noite? E eu soube que ela nem dormiu na própria cama.

Ela me deu uma piscadela astuta. Eu me diverti vendo a rota falar da esfarrapada. Uma jovem vagabunda, francamente. Desconfiei que fosse ciúme, já que a minha mãe tinha confessado que achou Anton atraente.

– Bom, você vai ter que encontrar outra pessoa para se distrair, porque preciso provar o meu vestido de madrinha – declarei. – Você sabe que vou ser uma das madrinhas de Matty, não é?

Eu sabia que a minha mãe consideraria a prova do vestido uma boa razão para eu me retirar.

– Ah, bom, então é melhor você se apressar, querida – disse ela. – Ouvi dizer que a princesa contratou Madame Yvonne, imagine só. Ela está meio obsoleta, mas ainda faz vestidos divinos. Como é o seu?

– Divino. Você vai ficar contente quando me vir. Eu fiquei elegante.

– Então ainda temos esperança de fisgar um príncipe ou um conde para você. Vá andando. Não faça Madame Yvonne esperar.

Aproveitei a oportunidade e escapei, deixando-a sentada com as pernas esticadas diante da lareira. Quando cheguei ao vasto salão de entrada, parei. O que eu devia fazer? Procurar Nicolau ou falar com o conde Dragomir? Tudo parecia inútil. Será que Nicolau ia querer saber que alguém tinha tentado matá-lo? E Dragomir? Sem dúvida a minha mãe estava certa e a semelhança dele com o retrato era só uma coincidência. Ele não existia desde 1789 – a não ser que fosse um morto-vivo. A ideia ridícula passou pela minha cabeça, e tentei sufocá-la. Ele tinha todas as qualidades que se esperariam de um conde vampiro: a pele pálida, o comportamento elegante, os olhos claros e estranhamente fixos, as bochechas magras.

– Que disparate – resmunguei em voz alta, depois de tanto ouvir lady Middlesex dizer essa palavra.

E, como eu já tinha estabelecido, nenhum morto-vivo precisaria usar veneno. O veneno à mesa de jantar exibia a marca de um ser humano desesperado e atrevido.

Vaguei pelos corredores até ouvir vozes e encontrei um grupo reunido na antessala ao lado do salão de banquetes. Vi o príncipe Nicolau entre eles e estava passando pelas pessoas e indo na direção dele quando uma voz disse, em francês:

– Ora, ora, quem é essa jovem encantadora?

Percebi que eu estava entre os integrantes da realeza que tinham chegado mais cedo. É óbvio que fiquei muito envergonhada, porque tinha me vestido pensando em me aquecer, não na elegância. O constrangimento redobrou quando Siegfried deu um passo à frente, pegou o meu cotovelo e disse, também em francês:

– Mãe, me permita apresentar Georgiana, prima do rei Jorge.

A mulher elegante, de roupa sofisticada e penteado impecável, sorriu para mim e estendeu a mão elegante.

– Ah, então é você – disse ela. – Que maravilha. Você nem imagina o quanto queríamos conhecê-la.

Fiz uma reverência cautelosa.

– Vossa Majestade – murmurei.

– E você fala um francês muito fluente.

Eu não achava que dizer "majestade" indicasse que eu falava um francês muito fluente e fiquei seriamente preocupada com o elogio efusivo. Eu tinha acabado de ser apresentada ao pai de Siegfried, o rei, quando o gongo soou e fui arrastada para o almoço sem ter a oportunidade de falar com o príncipe Nicolau. Eu me sentei entre uma condessa e um barão idoso, que falaram comigo num francês empolado; depois, quando perceberam que eu não conhecia ninguém que eles conhecessem, começaram a falar um com o outro, como se eu não estivesse ali:

– Então, diga-me, para onde Jean-Claude vai neste inverno? Monte Carlo de novo? Hoje em dia, tem gentalha demais para o meu gosto. E Josephine? Como vai o reumatismo? Ouvi dizer que ela foi para as termas em Budapeste. São tão anti-higiênicas, não acha?

Consegui comer e responder quando se dirigiam a mim, ao mesmo tempo que observava o que acontecia atrás da mesa. Os serviçais iam e vinham com tanta rapidez que percebi que havia a chance de um assassino oportunista sair de um arco, administrar uma dose de veneno e desaparecer sem que ninguém o visse. Principalmente se alguém estivesse falando no momento. Olhei para o outro lado do salão. Se alguém na outra ponta da mesa estivesse fazendo um brinde, todos os olhares estariam voltados para a pessoa. A situação toda parecia impossível. Eu ficaria feliz de dizer que tinha sido um ataque cardíaco e acabar com aquela história, não fosse o fato de alguém ter tentado matar o príncipe Nicolau e essa pessoa ainda estar entre nós.

Consegui tomar uma sopa cremosa e bem temperada, um *sauerbraten* com repolho roxo e uns bolinhos deliciosos recheados com ameixas secas e cobertos de açúcar. Depois, no instante em que o almoço acabou, tentei interceptar o príncipe Nicolau enquanto ele saía do salão.

– Podemos conversar em outro lugar? – perguntei em voz baixa. – Preciso contar uma coisa sobre o marechal de campo Pirin. Em particular.

– Ah, certo. – Ele pareceu aturdido e olhou ao redor. – Vou chamar Anton.

– Não! – A palavra saiu mais alta do que eu pretendia, e várias pessoas olharam para nós. – Não – repeti. – É só para os seus ouvidos. Depois, caberá a Vossa Alteza decidir com quem dividir a mensagem.

– Muito bem. – Ele pareceu achar graça na minha atitude. – Aonde vamos para fazer essa reunião secreta?

– Qualquer lugar onde o detestável do Patrascue não possa ouvir.

– Quem sabe onde os homens dele estão à espreita? – disse Nicolau. – É muito fácil espionar alguém num lugar como este. Ah, droga, por falar no diabo...

Patrascue tinha entrado no salão e parecia vir diretamente até nós.

– Senhorita inglesa – disse ele. – Venha comigo, por favor. Tem uma coisa que quero que me explique imediatamente.

– Quer que eu vá também? – perguntou Nicolau.

– Só a jovem – respondeu Patrascue.

Não tive escolha a não ser acompanhá-lo, ainda mais porque ele parecia estar com dois de seus homens a tiracolo e eu não queria chamar atenção.

– Depois nos falamos – avisei a Nicolau, e me virei para Patrascue, que estava bem ao meu lado. – Do que se trata? – perguntei.

– Você vai saber logo.

Patrascue marchou à minha frente com muita determinação, subindo as escadas até chegarmos ao corredor do meu quarto. Em seguida, ele abriu a porta do meu quarto com um empurrão. Queenie, apavorada, estava parada perto da cama.

– Por favor, explique isso – disse Patrascue.

Ele abriu o baú e apontou para um pequeno frasco de vidro que estava ali dentro.

– Eu não tenho a menor ideia do que seja isso nem de como foi parar aí – falei.

– Eu, por outro lado, tenho uma ideia muito boa do que seja. Eu gostaria de deduzir que esse é o recipiente que continha o veneno. – Ele se aproximou até ficar cara a cara comigo. – Eu suspeitei da senhorita desde o princípio – declarou ele. – Afinal, a senhorita estava sentada em frente ao marechal de campo. E por que o rei inglês a mandaria para o casamento? Por que não mandar a própria filha, uma princesa, mais condizente com a ocasião?

– Porque a princesa Maria Theresa pediu especialmente que eu viesse para ser uma das madrinhas, já que fomos amigas na escola. Por isso, a rainha pensou em matar dois coelhos com uma cajadada só, digamos assim.

– Não se preocupe. Assim que as linhas telefônicas forem restauradas, vou ligar para a Scotland Iate para verificar isso.

Scotland Iate? Abri um sorriso. Ele quis dizer Scotland Yard.

– Por favor, faça isso. Você está sugerindo que eu vim da Inglaterra para matar um marechal de campo de quem eu nunca tinha ouvido falar até esta semana?

Tentei dar uma risada despreocupada que não saiu como planejado. Corriam boatos sobre a forma como a justiça era conduzida em países estrangeiros, e eu com certeza seria um bode expiatório fácil para ele.

– Que motivo eu poderia ter? – continuei. – É a primeira vez que venho a esta parte do mundo. Eu não conhecia nenhuma dessas pessoas.

– Quanto ao motivo, eu poderia pensar em vários. Os jovens príncipes búlgaros não gostavam desse sujeito. A senhorita é prima deles, não é? Talvez vocês estejam juntos numa conspiração para matá-lo por eles.

– Nesse caso, poderíamos facilmente ter declarado que a morte dele foi um ataque cardíaco e ninguém teria questionado – retruquei. – Mas por que eu ia querer me envolver na política búlgara, mesmo que eles sejam meus primos?

– Por dinheiro – respondeu ele com um sorriso horrível. – Como eu disse antes, o dinheiro pode levar qualquer pessoa a cometer atos malignos. E a senhorita não tem dinheiro, segundo o companheiro da sua mãe me confidenciou.

– Eu posso não ter crescido em meio à riqueza, mas garanto que fui criada com muita integridade – respondi com arrogância. – Se estivesse tão desesperada por dinheiro, já poderia ter feito um bom casamento. O herdeiro do trono daqui já me pediu em casamento.

– Eu sei disso. – Ele abanou a mão com indiferença. – Faço questão de saber de tudo.

– Então, se eu me casasse com ele, não ia querer começar o casamento com uma guerra entre os países dos Bálcãs, não é?

– Mas ouvi dizer que a senhorita o rejeitou – argumentou Patrascue.

Ele se virou para um de seus homens e disse algo em voz baixa e em outro idioma. O homem sacou um lenço, se debruçou sobre o baú e pegou a garrafinha. Ele a entregou, ainda envolvida no lenço, a Patrascue.

– Garanto que você não vai encontrar as minhas impressões digitais aí – falei. – E provavelmente vai descobrir que é um frasco comum com o remédio para dor de cabeça de alguém.

Usando o lenço, Patrascue tirou a rolha, cheirou o gargalo e recuou depressa.

– Isso não continha um remédio para dor de cabeça – declarou. – E não espero encontrar impressões digitais. Um assassino inteligente terá apagado tudo.

– Até um assassino burro teria jogado a garrafa pela janela, onde afundaria na neve, que vai demorar uma eternidade para derreter – retruquei. – E, quando isso acontecesse, o assassino já poderia estar de volta ao próprio país.

Patrascue olhou pela janela, digerindo as minhas palavras, as engrenagens da sua mente funcionando devagar.

– Não é óbvio, até para você, que alguém está tentando me incriminar?

Na verdade, eu disse "atribuir a culpa a mim", porque não conhecia a palavra certa para "incriminar" em francês, e era melhor não escorregar no vocabulário num momento tão decisivo.

– Por que o verdadeiro assassino não eliminou a prova? – insisti. – Seria muito fácil fazer isso num castelo desse tamanho, com tantos cantos, fendas e grades nas paredes e pisos. Ou por que não a guardou consigo?

Por um tempo, Patrascue não disse nada.

– Porque só uma criminosa inteligente se absolveria da culpa me fazendo acreditar que estava sendo incriminada por outra pessoa – disse ele por fim. – Vou dizer o que eu acho, senhorita inglesa. Acho que é uma trama inteligente entre a senhorita e seu amigo inglês, que, num gesto muito conveniente, partiu com o corpo antes que eu pudesse examinar o cadáver ou interrogar o inglês.

Abri um sorriso.

– Na verdade, ele não é inglês. Ele é irlandês.

Ele abanou a mão num gesto entediado.

– Inglês, irlandês, qual é a diferença? Já ouvi falar desse Sr. O'Mara. Ele se envolveu num escândalo num cassino, creio eu. E está interessado em ganhar dinheiro. Mas não se preocupe. Vou mandar os meus homens atrás dele, ele será trazido de volta para cá e a verdade vai aparecer.

– Não seja ridículo – respondi. – A rainha da Inglaterra ficaria horrorizada se soubesse que fui tratada dessa forma, já que fui enviada para representar o meu país. A princesa Maria Theresa, minha querida amiga de escola, também vai ficar horrorizada se eu contar isso para ela.

Patrascue pôs os dedos sob o meu queixo e fez com que eu me aproximasse dele.

– Acho que a senhorita ainda não percebeu a posição em que está. Eu tenho o poder de prendê-la e trancafiá-la, e garanto que as nossas prisões não são lugares agradáveis; há ratos, doenças, criminosos contumazes... e às vezes se passam meses ou anos até que um caso vá a julgamento. Mas, considerando que a senhorita está aqui para uma ocasião tão festiva, vou ser generoso. Vou apenas informar que a senhorita não pode sair do castelo sem a minha permissão.

Ele estava cravando as unhas na pele do meu queixo, mas eu me recusei a demonstrar medo.

– Acho difícil eu sair, já que estou aqui para um casamento que vai acontecer na semana que vem – falei. – Além disso, eu soube que pode nevar outra vez, e, nesse caso, ninguém vai sair por um bom tempo.

Ele aproximou o rosto do meu. O hálito dele fedia a alho e coisas piores.

– Já que a senhorita insiste com tanta ênfase na sua inocência, deve ter alguma opinião sobre quem cometeu esse crime terrível. Quem a senhorita acha que foi? Dragomir, por exemplo? A senhorita diz que viu tudo... por acaso viu Dragomir pôr alguma coisa numa taça? Pense bem, minha jovem, se quiser ir para casa depois do casamento.

Percebi, então, que ele não era tão burro quanto eu tinha pensado. O plano era me deixar com tanto medo pela minha segurança que eu ficasse disposta a acusar Dragomir. Ele estava prestes a descobrir que as garotas inglesas são feitas de um material mais resistente. Elas não se desmancham em prantos quando um policial feroz ameaça prendê-las. Embora eu tivesse as minhas suspeitas em relação a Dragomir, com certeza não ia dividi-las com esse homem.

– Se quer a minha opinião, acho que você precisa considerar a possibilidade de ter sido um vampiro.

Vinte e cinco

– Aah, senhorita, fiquei com tanto medo – disse Queenie assim que os homens saíram. – Aqueles brutos horríveis entraram aqui e começaram a revirar as suas coisas. Passei uma bela descompostura neles. "O que vocês acham que estão fazendo?", falei. "Essas coisas pertencem a uma pessoa da realeza, e ela não vai querer que vocês fiquem emporcalhando tudo com essas mãos sujas." Mas não adiantou muito, porque eles não falavam inglês. O que aquele homem disse para a senhorita?

– Ele acha que eu envenenei o homem que ficou doente no jantar ontem à noite – respondi. – Eles encontraram o que parecia ser um frasco de veneno naquele baú.

– Aposto que eles mesmos plantaram lá. Não dá para confiar nos estrangeiros, não é, senhorita? É o que o meu pai diz, e ele deve saber, porque esteve nas trincheiras da Grande Guerra.

– Seu pai pode estar certo nesse caso específico.

Com certeza, plantar a prova ali era uma possibilidade – mas por que me escolher? Seria porque vim de um lugar distante e, portanto, minha prisão causaria um problema político local? Ou ele achava que eu parecia vulnerável e cederia facilmente à pressão, confessando o crime ou me mostrando disposta a pôr a culpa em Dragomir? Era bem coisa de drama gótico. Eu só esperava que os homens de Patrascue não alcançassem Darcy. Eu achava improvável que eles conseguissem.

O céu na minha janela parecia pesado com a promessa de mais neve. Olhei com anseio para a minha cama. Um cochilo rápido parecia uma boa ideia, mas eu realmente não podia adiar a conversa com Nicolau. Ele ainda podia estar correndo sério perigo. Por que, ai, por que Darcy teve que escolher esse momento para partir? Ele podia ter ficado de olho em Nicolau e impedido outro assassinato.

Desci mais uma vez. Os corredores pareciam mais frios do que nunca, com os estandartes nas paredes ondulando ao vento. Enquanto eu olhava ao redor, percebi que havia serviçais por toda parte. Geralmente, ninguém nota a presença dos criados, mas nesse momento eu estava especialmente atenta a eles. Isso me fez pensar: se havia um intruso no castelo, alguém devia estar ciente dele. Seria impossível se esgueirar por aí sem encontrar um ou dois serviçais, então alguém tinha que estar alimentando o invasor e escondendo-o em segurança. Isso indicava que o assassino precisava ser alguém da região, e não um dos convidados búlgaros.

É claro que os meus pensamentos se voltaram de novo para o conde Dragomir. Percebi que eu estava passando pela porta da sala de estar onde tinha visto o retrato. Abri a porta com cuidado e encontrei a sala vazia. Fui até a lareira na ponta dos pés e olhei para o retrato. À luz tremeluzente do fogo, ele quase parecia vivo.

– Está sozinha, milady? – disse uma voz grave atrás de mim.

Eu ofeguei com o susto, me virando. O conde Dragomir estava ali, em carne e osso.

– Posso trazer alguma coisa? – perguntou ele. – Quem sabe um chá? Acho que os ingleses gostam de tomar chá a esta hora.

– Hã… Não, obrigada – gaguejei.

– Então, talvez milady tenha entrado aqui para ficar sozinha ou para tirar um cochilo vespertino. Vou deixá-la sonhar em paz.

Ele se curvou e estava prestes a sair quando criei coragem para falar.

– Conde Dragomir, eu percebi que há uma inimizade entre você e o policial Patrascue.

– Tenho certeza que o sentimento é mútuo – respondeu Dragomir. – Quando éramos jovens, estudamos na mesma universidade. A antipatia entre nós foi instantânea. Já na época ele era um sujeito furtivo e dissimulado.

Senti que ele tinha mais coisa para contar, mas não ia falar. Respirei fundo e arrisquei a segunda pergunta.

– Aquele retrato na parede. Já reparou? A semelhança com você é impressionante, mas tenho certeza que você não nasceu em mil, setecentos e alguma coisa. – Dei uma risadinha descontraída.

– Tem razão. A semelhança na família é forte – concordou ele, examinando o quadro. – É um dos meus antepassados. Este castelo já foi nosso, sabe? Na verdade, fomos governantes da Transilvânia quando ela era um estado autônomo, e não parte da Romênia.

– Mas me disseram que você vinha da Iugoslávia.

– Um dos meus ancestrais decidiu se arriscar a lutar contra os ocupantes turcos – contou ele. – Na época, os turcos eram muito poderosos, e ele foi imprudente. Meu ancestral contou com a ajuda dos vizinhos no que deveria ter sido uma rebelião regional, mas, infelizmente, minha família tinha conquistado a fama de brutal e implacável. O socorro não veio. O castelo foi tomado e minha família teve que fugir para o exílio. Então é verdade que cresci no que hoje é parte da Iugoslávia. Fui estudar em Viena, onde conheci o atual rei da Romênia, que também era estudante. Fizemos amizade e, tempos depois, quando subiu ao trono do país, ele me ofereceu um cargo no governo. A vida estava árdua desde a Grande Guerra e não era fácil encontrar emprego, por isso tive prazer em aceitar a oferta. Ironicamente, recebi o comando deste castelo e agora sou um mordomo chique no local onde a minha família já foi soberana. Mas é a vida, não é? Nada é garantido.

Eu assenti.

– Minha família também perdeu toda a fortuna que tinha – comentei. – Meu irmão vive com muito pouco no castelo da família. São tempos difíceis.

– Acredito que eu teria conseguido um posto mais elevado nos círculos governamentais se não fosse pelo nosso amigo Patrascue. – Ele se aproximou de mim. – Me diga uma coisa… Patrascue a recrutou para me encurralar, não foi? É assim que ele trabalha: decide quem ele gostaria que fosse o culpado, prende a pessoa e inventa a prova para incriminá-la.

– Ele sugeriu que eu pudesse ter visto você pôr o veneno na taça – admiti. – Falei que não vi nada disso.

– Os ingleses sempre se comportam como damas e cavalheiros. – Ele sorriu. – Mas não subestime esse Patrascue. Ele tem um poder considerável no meu país. Existem boatos de que ele é um fantoche da Rússia. Eles gostariam de se expandir para esta região. Eu entendo por que o príncipe Nicolau quis que todos achassem que a morte foi natural. Por aqui, qualquer coisa pode desencadear um incidente internacional. – Ele endireitou um vaso de flores numa mesinha e, de repente, ergueu o olhar. – No seu lugar, eu não me envolveria com nenhum inquérito não autorizado nem investigação amadora. Milady está brincando com fogo. Aproveite o seu papel como madrinha e se divirta. É isso que as moças devem fazer, não é?

Dragomir fez um sinal gracioso com a cabeça e saiu. O tom de voz dele tinha sido agradável, mas a ameaça tinha sido verdadeira. Será que ele estava preocupado com a minha segurança ou com a dele?

O castelo tinha sido o lar dos ancestrais de Dragomir. E, dada a sua história familiar, ele poderia muito bem ter assuntos a resolver com qualquer um dos vizinhos balcânicos. E a sede de vingança de muitas gerações. Talvez uma guerrinha entre países fosse exatamente o que ele queria.

Fui atrás de Dragomir, saindo da sala de estar. Se fosse mesmo ele que tinha administrado o veneno, por que parecera tão prestativo depois, quando nos encontramos? Ele tinha ajudado a recolher os utensílios, comandado os serviçais, levado o corpo para o quarto e se comportado como um mordomo perfeito o tempo todo. Por quê? Será que ele queria parecer acima de qualquer suspeita? Ou ele sabia que tinha cometido um assassinato inteligente e jamais seria pego? Ou ele se sentia culpado por ter matado o homem errado?

Com esses pensamentos correndo em disparada pela mente, eu me vi naquela galeria longa onde o café da tarde estava sendo servido. Minha mãe tinha encontrado o grupo de condessas mais velhas e estava sentada na companhia delas, comendo torta. Quando eu me aproximei, ela acenou.

– Vamos jogar bridge daqui a pouco, querida. Quer jogar conosco?

– Não, obrigada, sou péssima no bridge. A princesa ainda está na sala de provas?

– Ah, não, querida. Ela apareceu cerca de meia hora atrás, se serviu de café preto e olhou com anseio para os bolos. Se quer saber, aquela menina está morrendo de fome. Está magra demais. Os homens europeus gostam que a mulher tenha um pouco de carne em cima dos ossos.

– E o príncipe Nicolau, você o viu recentemente?

– Não o vejo desde a hora do almoço. Acho que ele e Anton saíram para caçar, e espero que Max tenha ido com eles. Eles só ficam felizes quando estão atirando em alguma coisa… ou fazendo sexo, claro.

– Mãe! – Fiz uma careta de advertência para ela.

Minha mãe olhou para as outras mulheres, que devoravam suas tortas como se não houvesse amanhã.

– Elas não entenderam. O inglês delas é uma lástima, querida. Além disso, já passou da hora de você conhecer os fatos da vida. Eu negligenciei completamente os meus deveres nessa questão. Os homens só têm duas ideias na cabeça: matar e copular.

– Tenho certeza que existem muitos homens mais sensíveis, que se interessam por arte e cultura.

– Sim, querida, é claro que existem. Eles são chamados de fadinhas. E são mesmo adoráveis… uma companhia espirituosa e divertida. Mas, na minha vida longa e variada, eu descobri que as companhias mais interessantes não servem para nada na cama, e vice-versa.

Ela deu uma última mordida no bolo, lambeu o garfo – enrolando a língua no que teria sido um gesto sedutor na presença de um homem – e foi se juntar às outras mulheres, que estavam armando uma mesa de bridge.

Eu me servi de café e bolo e me sentei sozinha num sofá, irrequieta. Quer dizer que Nicolau tinha saído para caçar outra vez? Eu sabia, por experiência própria, como era fácil atingir o alvo errado, e Darcy não tinha sugerido exatamente que uma caçada era um ótimo jeito de matar alguém sem nenhuma inconveniência? Mas, a essa altura, eu não podia ir atrás de Nicolau. Eu tinha que esperar até ele voltar. Dragomir tinha me advertido contra investigações amadoras, mas, ao que parecia, eu era a única pessoa no castelo, além do assassino, que sabia a verdade. Eu tinha que avisar Nicolau assim que ele voltasse.

O bolo parecia absolutamente delicioso – camadas de chocolate, creme e nozes. Comi uma fatia, mas achei difícil de engolir. Se eu não conseguisse encontrar uma boa resposta para a primeira pergunta – quem queria matar o príncipe Nicolau? –, talvez eu devesse analisar a próxima dúvida lógica: por quê? Eu sabia que as pessoas cometem assassinatos por diversas razões: medo, ganância, vingança, sendo o medo o motivo mais premente dos três. Quem, no castelo, tinha algo a temer em relação ao príncipe, algo tão terrível que a pessoa precisasse silenciá-lo para sempre? Eu não conseguia responder a essa pergunta. Eu sabia muito pouco sobre todos ali. Quem tinha algo a ganhar com a morte dele? A resposta óbvia para isso era Anton. Se o irmão morresse, ele seria o próximo na linha de sucessão ao trono. E ele tinha os meios – o conhecimento de química – e tinha se levantado para bater a própria taça na do irmão. Não – essa teoria não se sustentava, já que o veneno tinha sido colocado no vinho tinto quando Nicolau já tinha passado a beber champanhe, e Anton teria percebido isso.

Das outras pessoas próximas à mesa, Matty não ia querer eliminar o noivo pouco antes do casamento. Eu estava sentada de frente para ela, assim como Siegfried, e nenhum de nós tinha administrado o veneno. Isso me levava de volta a Dragomir ou a um serviçal anônimo, subornado com uma grande quantia de dinheiro para cometer o ato impensável. Se não fosse nenhum deles, era um assassinato político. Para mim, isso fazia mais sentido, porque um anarquista ou comunista não se importaria em executar o assassinato numa ocasião tão pública – na verdade, ele preferiria que fosse visível e espetacular, como o assassinato do arquiduque em Sarajevo que tinha dado início à Grande Guerra.

O caso era importante demais para mim. Eu já tinha me envolvido com uma equipe de comunistas infiltrados muito bem treinados e não tinha a menor vontade de repetir a experiência. Na verdade, eu queria fazer o que Dragomir tinha sugerido: me divertir com as outras garotas e aproveitar os festejos do casamento. Eu só queria que Darcy não estivesse contando comigo.

Vinte e seis

A galeria longa, Castelo de Bran
Ainda 18 de novembro

EU AINDA ESTAVA BRINCANDO COM O MEU BOLO quando Matty entrou na galeria com ar distraído.

– Nicolau ainda não voltou? – perguntou ela.

Percebi que ela pronunciou o nome à maneira francesa, "Nicolá", e que não o chamou de Nicky nem de Nick, como o irmão dele fazia.

– Não o vi – respondi.

– Sério, que ideia mais ridícula sair para caçar num tempo desses. Como os homens são bobos... pelo menos alguns deles.

Ela se acomodou ao meu lado no sofá, de olho no meu bolo.

– Minha mãe diz que os homens só se interessam por duas coisas: matar e fazer sexo – comentei, tentando fazê-la rir.

– Nem todos – respondeu ela, desviando o olhar. – Em Paris, conheci artistas, escritores, homens que tinham um lado romântico e sabiam se expressar.

– Minha mãe afirma que são todos fadinhas.

– Nem todos – repetiu ela.

Ela se levantou e foi até uma janela alta e arqueada. A luz do dia estava se apagando depressa.

– Está começando a nevar de novo. Espero que eles não se percam. Acho que é melhor avisar Dragomir e mandar serviçais para procurá-los.

E foi embora.

Fazia poucos minutos que Matty tinha saído quando ouvi vozes altas e o estrondo de botas na escada, e Nicolau e Anton entraram na sala, com os cabelos e cílios salpicados de flocos de neve. O rosto dos dois estava iluminado, e eles riam.

– Sua noiva estava preocupada com você – comentei quando Nicolau passou por mim.

– Acho que sair foi uma ideia meio absurda – disse Nicolau. – Nós nos perdemos. Max caiu num monte de neve e tivemos que cavar para tirá-lo de lá.

– E, depois de tudo isso, voltamos de mãos vazias – acrescentou Anton. – Mas foi muito divertido. E é péssimo passar o dia todo preso dentro de casa.

Eles foram diretamente até os bules de café e os bolos, depois vieram se sentar ao meu lado.

– O que você queria me dizer naquela hora, antes daquele bruto do Patrascue interromper? – perguntou Nicolau. – Ele não queria prender você pelo assassinato nem nada assim, não é?

– Na verdade, ele queria, sim. Ele achou um pequeno frasco de vidro, contendo o que acreditava ser o veneno, num baú no meu quarto.

– Meu Deus – disse Nicolau. – Mas nem um sujeito bronco como Patrascue acharia que você o escondeu lá, não é?

– Eu argumentei que poderia ter jogado o frasco pela janela com facilidade, e ele ficaria enterrado na neve, onde demoraria meses para ser encontrado – expliquei.

– Então a pergunta é: quem tentou incriminar você? – indagou Anton.

– O assassino, eu presumo, já que ele precisou fugir depressa – sugeriu Nicolau.

– Ou o próprio Patrascue, o que considero mais provável – respondi. – Ele queria me assustar para que eu acusasse Dragomir.

– Ah, ele acha que foi Dragomir? Que interessante. Eu mesmo já tive essa suspeita – contou Nicolau.

– Nesse caso, acho que ele não importa se Dragomir é culpado ou não. Os dois têm uma rixa de longa data... não sei exatamente o motivo, mas ele adoraria incriminar Dragomir. Eu me recusei a colaborar e me deixar intimidar.

– Muito bem – disse Anton. – Eu adoro as garotas inglesas, e você, Nick? Verdadeiras fortalezas. Pense em Boudica. – Ele estendeu a mão e apertou o meu joelho de leve.

– Comporte-se, Toni. Você não pode ficar com mais de uma ao mesmo tempo, sabe? – disse Nick, rindo.

– Por que não? Quanto mais, melhor. Esse é o meu lema. Na verdade, fico chateado de não ter nascido na Turquia. Eu adoraria ter um harém. Seria um desafio ver com quantas eu conseguiria ficar na mesma noite.

– Você está ofendendo a moça – disse Nicolau.

– Não, tudo bem – respondi, rindo.

Mas Anton se levantou, anunciando:

– Vou procurar Belinda. Ela adora ouvir as minhas façanhas e está sempre disposta a aumentá-las.

– Um dia esse jovem vai ter que aprender a levar a vida a sério – comentou Nicolau logo que Anton ficou fora de alcance. – Meu pai está em desespero por causa dele. É uma pena ele ter nascido príncipe. Acho que ele se sairia bem como astro de cinema em Hollywood… ou, melhor ainda, como dublê.

Olhei ao redor. As mulheres tinham começado a partida de bridge. Um homem idoso discursava sem pressa diante de vários condes jovens. Eu me aproximei mais de Nicolau.

– O que eu queria falar… – comecei.

– Ah, sim. Você descobriu alguma coisa importante?

– Muito importante, ainda mais para você. – E narrei o incidente exatamente como me lembrava dele, concluindo: – Então, foi a sua taça que ele pegou.

Nicolau passou um tempo sem dizer nada. Depois, suspirou.

– É muito preocupante, não é? Acho que vivemos sob a ameaça de assassinato, mas ainda é um choque quando quase acontece conosco. Tenho certeza que é um anarquista dos infernos. Provavelmente ele fez o que Patrascue sugeriu e pagou a um dos serviçais para fazer o trabalho sujo.

– Você não consegue pensar em mais ninguém que possa querer a sua morte? – perguntei. – Ninguém aqui que tenha ódio de você?

Nicolau abriu um sorriso irônico.

– Eu sempre me considerei um sujeito simpático. Não sou do tipo que cria inimigos.

– Mas, se foi um assassinato político, por que não tentar matar o seu pai em vez de você?

– Consigo pensar em duas respostas para essa pergunta: meu pai não estava aqui na noite em questão. Lembre-se que a comitiva dele foi detida pela avalanche na passagem. Se tudo foi planejado para aquela noite, talvez eles tenham decidido que eu era a segunda melhor opção como vítima. E a segunda resposta é que talvez não importe qual de nós eles vão matar. Lembra do arquiduque em Sarajevo? Ele era uma figura menor na dinastia dos Habsburgos, mas, ainda assim, o incidente deu início a uma guerra mundial.

Eu estremeci.

– Isso é horrível. Como é que você consegue viver sem nunca sentir que está em segurança?

– Acho que não tenho escolha – respondeu ele. – Gostamos de pensar que trazemos estabilidade e cultura à região, mas ela sempre foi um foco de intriga e violência. Eles matam uns aos outros desde o início. E nenhum deles foi mais violento do que a família que era dona deste lugar. Vlad, o Empalador, e seus descendentes. Tenho certeza que você já ouviu falar dele. Que grupinho cruel e implacável! Eu li sobre isso em alguns dos livros da biblioteca do castelo. Alguns dos atos terríveis daquela família deixariam o seu estômago embrulhado. E, claro, os livros e os habitantes da área afirmam que Vlad se tornou Drácula e ainda está vivo.

E Nicolau riu.

– Aí está você, finalmente, seu malvado! – Matty entrou na sala e se abaixou para beijar a testa dele. – Eu estava preocupada com você. E ainda está com neve na cabeça.

Decidi ser discreta e deixar os dois a sós. Voltei para o meu quarto e olhei pela janela. A neve caía depressa – flocos grandes e pesados rodopiavam ao redor das torres. Meus pensamentos foram diretamente para Darcy, que estava em algum lugar naquela passagem. Eu esperava que ele tivesse sido sensato e procurado abrigo na estalagem. Na verdade, eu só queria que essa coisa toda acabasse.

Fiquei pensando onde Queenie estaria. Presumi que ela ainda estava na cozinha, enchendo a cara de bolo. Se ela voltasse para Londres comigo, ia me abandonar assim que descobrisse que eu vivia à base de feijão cozido e torradas. Pensei se devia ir procurá-la, mas não conseguia tirar da cabeça a imagem perturbadora de Matty com sangue escorrendo pelo queixo. Eu não queria acreditar em vampiros, mas sabia muito bem o que tinha visto. Se ela era mesmo uma vampira, eu não tinha a menor intenção de ser o próximo quitute no menu dela.

Andei de um lado para outro. Eu precisava começar a me vestir logo para o jantar e era quase impossível entrar num vestido de festa sozinha. Pensei em ir falar com a minha mãe e ver se a criada dela podia arrumar o meu cabelo, como prometido. Seria interessante ver como eu ficaria com um penteado de verdade. E nada de Queenie aparecer. Abri o guarda-roupa com cuidado, pois não sabia o que podia estar à espreita dentro de um móvel daquele tamanho, e tirei o único vestido de festa apresentável. Eu não podia usá-lo pela terceira noite seguida, mas também não podia usar o que tinha marcas de queimadura. Era uma pena a minha mãe ser uma pessoa tão miúda, pensei. Eu sabia que ela viajava com um monte de roupas maravilhosas. De repente, tive uma ótima ideia. Conhecendo Belinda, ela devia ter trazido um baú cheio de vestidos elegantes. Talvez ela pudesse me emprestar um deles hoje à noite.

Desci depressa o primeiro lance de escadas e o corredor até onde eu achava que ficava o quarto de Belinda. Ao passar por uma porta, ouvi vozes – uma delas masculina, baixa e calma; a outra feminina, alta, furiosa e estridente.

– O que você estava pensando? – perguntava ela em francês. – Como você pôde fazer isso? Vai estragar tudo.

Não ouvi a resposta do homem. *Que interessante*, pensei, e segui pelo corredor. No que eu esperava que fosse a porta do quarto de Belinda, bati, sem saber o que poderia estar acontecendo lá dentro. Esperei e estava prestes a ir embora quando a porta se abriu e Belinda apareceu, sonolenta.

– Ah – disse ela, decepcionada ao me ver. – Achei que fosse Anton. Desculpe. Eu estava tirando uma soneca muito necessária antes do jantar. Já está na hora de nos arrumarmos?

– Quase – respondi.

– Então entre – disse ela, me conduzindo para o interior do quarto pequeno e quadrado.

Ela se jogou de costas na cama e fechou os olhos de novo. Olhei ao redor. Para os padrões do castelo, o quarto era bem simples. Belinda não tinha um guarda-roupa nem um baú que parecessem aterrorizantes.

– Quem veste você? – perguntei. – Você não trouxe uma criada a mais na sua mala, não é?

– Não, deixei a fiel Florrie lá em casa. Ela fica nervosa de viajar para o exterior. Felizmente, Matty está sendo um doce e vai mandar a criada dela cuidar de mim quando terminar de vestir a patroa. O quarto dela fica aqui ao lado. Como você pode ver, estou no que antes devia ser um vestiário. É muito inconveniente, porque desconfio que as paredes não sejam à prova de som, e de vez em quando recebo um visitante noturno.

Eu me sentei na beirada da cama.

– Belinda, com esse seu comportamento, você nunca se preocupa com a possibilidade, você sabe, de conceber?

Belinda deu uma risadinha.

– Meu bem, a sua escolha de palavras é deliciosamente antiquada. Existem umas coisinhas úteis chamadas preservativo e capuz cervical, sabe? E, se por acaso eu engravidasse, existe uma clínica maravilhosa no litoral, perto de Bournemouth, e tenho certeza que o homem em questão liberaria a verba necessária para o procedimento. – O sorriso dela murchou. – Não faça essa cara horrorizada, querida. As pessoas fazem isso o tempo todo. É claro que é mais fácil para as mulheres casadas. Elas não precisam de clínicas, contanto que o bebê se pareça um pouco com o pai oficial. Aceite, Georgie: o sexo é um dos esportes preferidos da nossa classe social. Ajuda a passar as longas horas entre as caçadas, práticas de tiro e pescaria. – E ela riu de novo.

– Você acha que um dia vai se casar? – perguntei.

– Só se eu encontrar alguém rico e enfadonho o bastante, de preferência velho e míope. – Ela estendeu as mãos e segurou meu rosto entre elas. – Eu gosto disso, querida. Adoro a emoção da conquista. Não consigo me imaginar passando a vida presa a um homem só.

– Você e a minha mãe devem vir de outro planeta. Passar a vida com um homem me parece ótimo.

– O problema é com quem, querida – disse Belinda, se jogando mais uma vez nos travesseiros com um suspiro. – Seu amado Darcy não tem os recursos nem o temperamento certo para apreciar uma vidinha doméstica. Na verdade, eu o imagino transformado num desses homens enigmáticos que viajam pelo mundo, vivendo da própria astúcia até a velhice.

Eu suspirei.

– Talvez você tenha razão. Eu queria não ter me apaixonado por ele, mas aconteceu. Está todo mundo me pressionando para escolher um casamento sensato. Eu provavelmente poderia até conseguir alguém como Anton, se quisesse. Mas não quero. E com certeza não quero viver numa parte do mundo onde posso ser assassinada a qualquer momento.

– Deixe de ser boba, querida. Tenho certeza que Anton e a família dele estão bem seguros. Quem ia querer matá-los?

Percebi que ela não sabia de nada e me levantei antes de dar com a língua nos dentes.

– Belinda, na verdade, eu vim aqui pedir um favor. Minha criada, Queenie, conseguiu deixar uma marca de queimadura enorme no meu melhor vestido de festa. Não posso continuar usando o mesmo vestido em todos os jantares, então queria saber se você poderia me emprestar um dos seus.

– Essa sua criada é um desastre. Qual será a próxima? Será que ela vai derramar o chá em cima de você e provocar queimaduras de terceiro grau? Que pena que estamos isoladas na neve, senão você poderia mandá-la para casa no próximo trem.

– Ela nunca conseguiria cruzar a Europa sozinha – comentei, rindo apesar de tudo. – Ela ia acabar em Constantinopla, num harém. Ouvi dizer que eles gostam muito de mulheres grandes e roliças por lá.

Belinda se levantou e foi até um guarda-roupa branco com bordas douradas.

– Acho que posso emprestar alguma coisa para você – disse ela, abrindo-o.

Devia ter pelo menos dez vestidos pendurados lá dentro.

– Belinda… quanto tempo você esperava passar aqui? – perguntei, perplexa.

– Nunca se sabe quanto uma viagem vai durar – respondeu ela. – A gente conhece alguém e, de repente, aparece um convite para ir ao sul da França ou a um *château* no Vale do Loire, por isso é sempre bom estar preparada.

Examinei os vestidos um por um e escolhi o que considerei menos extravagante – de tecido turquesa-claro, corte reto e simples.

– Ótima escolha – disse ela, sorrindo para mim. – Não é bem o meu estilo, mas fico com ele para o caso de precisar parecer virginal para os pais de alguém.

– Só se você for uma atriz melhor do que a minha mãe.

– Já passou da hora de você também experimentar, para saber o que está perdendo! – gritou ela para mim enquanto eu saía levando o vestido. – E não deixe a sua criada chegar perto dele com o ferro.

Ao voltar para o corredor, não ouvi nenhum som no quarto ao lado. Chocada, percebi que aquele devia ser o quarto de Matty. Quem estava lá com ela? Um homem com quem ela falava francês? Eu sabia que Matty falava alemão quando estava com Nicolau. Seria o pai dela? A mãe era francesa, afinal de contas, então, talvez essa fosse o idioma que usavam em casa, mas Siegfried também preferia falar alemão. Fiquei tentada a espiar pelo buraco da fechadura. Fui sorrateiramente até a porta, me abaixei e aproximei o olho dela. Mas não consegui ver nada. Obviamente, a chave estava na fechadura.

De repente, ouvi o som de passos apressados atrás de mim. Duas damas de companhia da condessa mais velha estavam vindo na minha direção. Ao me verem de joelhos num corredor estranho, elas me olharam com curiosidade.

– Eu... hã... derrubei o meu anel – falei. – Quando as minhas mãos ficam muito frias, às vezes ele cai.

– Vamos ajudá-la a procurar – respondeu uma delas.

– Ah, não, obrigada. Acabei de encontrar. – Eu me levantei depressa. – É muita gentileza.

Ouvi uma conversa murmurada em alemão enquanto me apressava para seguir o meu caminho, sentindo o rosto arder.

Voltei em segurança ao meu quarto e fechei a porta com um suspiro de alívio. Ainda não havia nenhum sinal de Queenie. Sério, isso já era demais. Não que ela fosse útil para me vestir, mas é de se esperar que uma criada apareça para trabalhar de vez em quando. Deixei o vestido na cama e fui para a cozinha, decidida. Ao descer, passei por uma das criadas, seguindo na direção contrária. Ela fez uma reverência.

– Minha criada está lá embaixo? – perguntei. Depois repeti em francês: – Estou procurando a minha criada.

– Não, Alteza – respondeu ela em francês. – Não tem ninguém lá.

Isso provavelmente significava que Queenie estava no próprio quarto, tirando um longo cochilo. Ela dormia mais do que qualquer outra pessoa que eu conhecesse. Escolhi a que esperava ser a torre certa e subi a escada em espiral até chegar ao corredor do quarto dela, com suas correntes de ar frio. Se ela tivesse se aconchegado debaixo das cobertas para se aquecer, eu não poderia criticá-la. Enquanto estava ali, tentando lembrar qual era a porta do quarto dela, outra porta se abriu e dela saiu uma jovem elegante, vestida de preto.

– O que deseja, Vossa Alteza? – perguntou ela em francês.

Respondi que estava procurando Queenie.

– O quarto dela fica ao lado do meu. Este. – E apontou para uma porta. – Mas acho que ela não está aqui. Com licença. Preciso ir vestir a princesa para o jantar.

Abri a porta de Queenie e procurei um interruptor de luz, mas não consegui encontrar. À luz fraca do corredor, vi que o quarto estava desocupado. A cama estava arrumada. Queenie com certeza não estava lá.

Vinte e sete

Ainda 18 de novembro
Perdi Queenie.

EU ME RETIREI, PERPLEXA E MEIO PREOCUPADA. Aonde ela poderia ter ido? A um encontro secreto com outro serviçal? Mas eu não tinha muito tempo para pensar nisso. Já que tinha que me arrumar sozinha, era melhor me apressar. Entrei com dificuldade no vestido de Belinda, que felizmente tinha um zíper do lado e não colchetes nas costas, escovei o cabelo, empoei o nariz e finalizei a toalete. E nada de Queenie aparecer. Eu já estava preocupada e irritada. Onde é que ela podia estar?

Cheguei à galeria diante do salão de banquetes e a encontrei repleta de pessoas com ainda mais acessórios e joias do que na noite anterior. E tiaras. Ah, meu Deus, eu devia ter colocado a minha tiara. Eu estava pensando se teria tempo de voltar correndo ao quarto para buscá-la quando o príncipe Siegfried me segurou.

— Você está encantadora, lady Georgiana — disse ele. — Esse vestido é muito adequado, se me permite dizer.

— Eu não sabia que devíamos usar tiaras — falei. — Deixei a minha no quarto.

— Não importa. Você está deliciosamente revigorante assim.

Por que ele estava sendo tão encantador? Será que achava que eu sabia alguma coisa sobre ele que não gostaria que eu contasse a alguém?

— Posso acompanhá-la até o jantar mais uma vez hoje à noite? — perguntou ele, me oferecendo o braço.

Eu não podia recusar e deixei que ele me conduzisse para o meio da multidão. Eu estava imaginando onde estariam os pais dele quando as trombetas soaram. Dragomir, com aspecto mais imponente do que nunca, deu um passo à frente.

– Os pais da noiva, Suas Majestades Reais, o rei e a rainha da Romênia, e os pais do noivo, Suas Majestades Reais, o rei e a rainha da Bulgária – anunciou.

A multidão se abriu e os casais reais, devidamente coroados, com as rainhas transbordando joias, desfilaram pelo meio, enquanto as pessoas faziam mesuras e reverências à passagem deles. Quando passaram por mim, também me curvei. O rei da Romênia estendeu a mão para mim, abrindo um sorriso caloroso.

– Que encantadora – comentou ele.

Formamos uma fila para seguir os monarcas até o salão. Fiquei sentada de frente para Siegfried, não muito longe dos pais dele. A cadeira ao meu lado estava vazia e olhei em volta, percebendo que eu não tinha visto Matty. Ela entrou correndo no último minuto, parecendo atrapalhada.

– Perdão, mamãe, perdão, papai. Eu dormi demais e a burra da criada não me acordou a tempo – explicou ela.

Que interessante, pensei. A criada tinha descido com muita antecedência. E o homem com quem eu a tinha ouvido discutir não era o pai dela.

O jantar começou com um ensopado de carne bem temperado. Matty tomou uma ou duas colheradas e depois ficou brincando com a comida. Agora eu estava intrigada. Quem tinha estado no quarto dela antes do jantar? Olhei para os vários condes e barões jovens de uma ponta até a outra da mesa, tentando associar um nome a cada rosto. Na noite passada, Nicolau os tinha apresentado um por um enquanto brindava a eles, mas me pareceu que a maioria deles falava alemão, não francês. A única outra opção era que Matty estava falando com alguém como Dragomir; mas será que o protocolo a deixaria receber um serviçal no quarto, ainda mais, como eu sabia agora, quando a criada dela não estava presente? Talvez Belinda tivesse ouvido mais e pudesse elucidar a dúvida, mas a minha amiga estava sentada na outra ponta da mesa, com ar entediado, entre dois cavalheiros idosos obviamente fascinados por estarem sentados perto dela. O curioso era que a minha mãe exibia uma expressão semelhante na outra extremidade da mesa. Essas duas eram muito parecidas. Seria muito mais fácil se Belinda fosse filha dela, não eu.

Os serviçais levaram o ensopado inacabado de Matty e deixaram uma porção de truta na nossa frente. Até então, a única parte boa de toda aquela experiência era que eu tinha voltado a comer bem, mas nesse momento eu estava com tanta dificuldade para comer quanto Matty. Siegfried estava me falando alguma coisa. Eu assentia e sorria, ainda sentindo aquele nó de aflição no estômago. Onde é que estava Queenie? Ela não podia ter saído do castelo, o que significava que ela estava em algum lugar ali dentro, presumivelmente segura. Se eu a conhecia, talvez ela tivesse encontrado um canto quente onde se encolher e àquela altura já tivesse acordado, se sentindo culpada.

Olhei para Matty, que agora tentava esconder a truta embaixo de uma folha de alface.

– Tem alguma coisa errada? – sussurrei para ela.

– Não, nada. Por que haveria alguma coisa errada? Mas acabei de saber que o velho foi envenenado. Minha criada me contou.

– Sua criada contou? – perguntei, preocupada. – Como foi que ela descobriu?

– Ela ouviu Patrascue falar.

– Entendi.

Tentei imaginar quantas outras pessoas no castelo teriam ouvido alguma coisa e se todas já sabiam do assassinato. De nada ia adiantar tentar esconder o fato do pai de Nicolau se até os serviçais já sabiam.

Observei o rosto dela. Quanto será que a criada dela tinha ouvido? E será que Matty sabia que o veneno era destinado a Nicolau? Ela não sugeriu que sabia, mas continuou:

– Que transtorno. Meu casamento está se transformando num pesadelo. Não sei por que achei que seria uma boa ideia vir para o castelo. Eu sou muito burra. Burra, burra, burra. Poderíamos estar no palácio em Bucareste, indo ao teatro e nos divertindo.

Ela parou de falar quando o pai dela, o rei, se levantou. Dragomir bateu na mesa com o martelo de madeira.

– Peço silêncio por Sua Majestade, o rei Michael.

O rei deu as boas-vindas a todos os convidados, principalmente ao noivo e aos pais dele, e ergueu a taça num brinde à amizade eterna entre as duas nações. Bebemos – aqueles de nós que sabíamos a verdade hesitando um pouco, vigiando todos os outros. Mas ninguém tombou, e o rei prosseguiu.

– Enquanto dividimos a alegria das núpcias de nossa filha, tenho o prazer de anunciar que em breve haverá uma segunda celebração depois desta. Meu filho me informou que também vai se casar.

Murmúrios de aprovação percorreram a mesa.

– E teremos imenso prazer em receber mais uma descendente da nossa estimada rainha Vitória na família. O pai dela foi um grande amigo meu, e estou ansioso para chamá-la de minha filha.

Eu olhava de um lado para o outro para ver de quem o rei estava falando. Ele ergueu a taça outra vez.

– Por isso, peço a todos que fiquem de pé e levantem suas taças num brinde ao meu filho, Siegfried, e à sua futura noiva, lady Georgiana.

Todos se levantaram. Eu tive a sensação de cair num poço profundo. Eu queria gritar "Nããão!", mas todos estavam sorrindo e erguendo as taças para mim.

– Sua danadinha! Você nem me contou. – Matty me abraçou e beijou o meu rosto dos dois lados. – Não posso dizer que eu escolheria Siegfried, mas estou muito feliz porque você vai ser minha irmã.

O que eu podia fazer? Fui educada com as regras de etiqueta empurradas goela abaixo. Uma dama jamais faria alarde num banquete. Uma dama nunca poderia contradizer um rei. Mas esta dama nunca se casaria com o príncipe Siegfried – por nada no mundo. Siegfried estava erguendo a própria taça para mim, franzindo os lábios de bacalhau num beijo. *Ah, meu Deus... não me diga que eu vou ter que beijá-lo.*

Os comensais se sentaram e eu me apressei a fazer o mesmo antes que o beijo fosse exigido. Mas não tinha percebido que o mordomo tinha afastado a cadeira para mim. Num momento eu estava de pé, com a taça na mão; no outro, eu estava sentada no nada e tinha desaparecido debaixo da mesa com um gritinho de susto. É claro que todas as cabeças se viraram para mim de novo. Alguém me resgatou depressa daquela posição indigna, com o rosto ardendo de vergonha, e me pôs na cadeira. Todos ao redor fizeram um estardalhaço por minha causa, esperando que eu não tivesse me machucado e erguendo as taças de champanhe para mim. Ouvi murmúrios de "foi champanhe demais, subiu à cabeça dela" e "ataque de nervos, coitadinha".

Acredite, se eu pudesse me enfiar debaixo da mesa e sumir naquele momento, teria feito isso. Mas havia muitas pernas à minha volta. Fiquei profundamente grata quando o prato seguinte chegou: uma iguaria húngara de carnes flamejantes servidas sobre uma espada. Foi aplaudida com "oohs" e "aahs".

Eu via tudo como se estivesse assistindo a um filme sobre a vida de outra pessoa. Isso não podia estar acontecendo comigo. Quando foi que eu tinha dado a Siegfried algum sinal de que ia me casar com ele? Eu estava suando frio. Na verdade, eu tinha chegado perto de flertar com ele ontem à noite. Eu tinha implorado para ele dançar comigo com o objetivo de impedi-lo de fazer uma visita ao marechal de campo Pirin. E ele encarou isso como um sinal de que eu tinha mudado de ideia. E, hoje à noite, ele tinha me perguntado alguma coisa que eu não tinha ouvido bem e eu assentira, sorrindo. Ah, caramba. Será que Siegfried tinha me perguntado se eu mudara de ideia? Achei que ele estivesse só falando da comida ou do tempo. Condenada. Eu estava condenada. As palavras "gerar um herdeiro" ecoavam na minha mente, seguidas pela sugestão que Belinda me deu, rindo, para eu me deitar, fechar os olhos e pensar na Inglaterra.

Isso nunca ia acontecer, nem que eu tivesse que me jogar de uma torre. Bom, talvez nada tão dramático assim. Fugir para a Argentina, disfarçada de camponesa, quem sabe, ou até ir morar com vovô em Essex. Eu não ia me casar com Siegfried, mas teria que encontrar uma saída sem humilhar ninguém. Talvez eu pudesse descobrir por acaso que ele se sentia mais atraído por homens do que por mulheres e dizer aos pais dele que eu jamais poderia tolerar esse comportamento. Isso devia funcionar. Mas não hoje à noite. Agora não. Nesse momento, eu precisava ser a futura noiva de Siegfried.

O jantar terminou sem mais mortes, acidentes e surpresas, e nós, mulheres, fomos conduzidas até a sala de estar para tomar café e licores. Eu estava olhando ao redor para ver se conseguia fugir despercebida quando a rainha da Romênia apareceu diante de mim de braços abertos.

– Minha querida menina – disse ela. – Eu nem sei dizer o quanto estou feliz com isso. Esse era o nosso maior desejo e também o dos seus primos reais. – E me abraçou.

De repente, eu entendi tudo: aquela excursão tinha sido uma tramoia para me convencer a me casar com Siegfried. Eu nunca tinha sido a melhor amiga de Matty na escola. Teria sido mais adequado a rainha mandar a própria filha para representar a família no casamento, em vez de mim. Como dizem nos filmes de gângsteres americanos, eles tinham armado para mim. Eu tinha sido enganada. Tinha caído numa cilada. As mulheres se aglomeravam ao meu redor, me afagando e dando parabéns. Até a minha mãe veio me dar um beijo na bochecha.

– Muito sensata – sussurrou ela no meu ouvido. – Você vai ter muito dinheiro para comprar roupas, e ele não vai incomodar você. Quanto aos futuros bebês, é uma pena Darcy ter cabelo escuro, mas a mãe de Siegfried também tem, então tudo bem.

Levantei o olhar e vi Belinda me encarando com uma expressão admirada e zombeteira. Assim que conseguiu, ela me puxou para o lado.

– Você perdeu o juízo? – perguntou ela. – Você não pode estar tão desesperada.

– Não estou e não perdi – sibilei em resposta. – Tudo isso é um mal-entendido horrível. Eu nunca disse que ia me casar com ele, mas tive que agradá-lo ontem à noite e ele me entendeu mal. Belinda, o que é que eu vou fazer?

– Posso ser madrinha? – perguntou ela, a zombaria aflorando outra vez.

– Não tem a menor graça. Você precisa me ajudar.

– Você pode dizer a ele que não é virgem – sugeriu ela. – Acho que gente como Siegfried se importa com essas coisas.

– Mas você sabe que eu sou.

– Então corrija isso o quanto antes.

– Obrigada! – Eu ri, nervosa. – E como é que eu vou fazer isso? Darcy foi embora outra vez, e eu não estou desesperada a ponto de querer corrigir isso com mais ninguém.

– Acho que posso emprestar Anton – disse ela, como se estivéssemos falando de luvas.

– Belinda, você não está levando a situação a sério.

– Querida, você tem que admitir que é tão divertido que não dá nem para descrever. Você vai se tornar a Sra. Cara de Peixe. Pelo menos vai ser princesa, e Fig vai ter que se curvar diante de você.

– Acho que isso não compensa estar casada com o Cara de Peixe. Este é o pior dia da minha vida. Falando nisso, por acaso você viu a minha criada?

– Ela deve ter escapulido de novo para procurar bolo.

– Não, eu já perguntei, e ela não estava no andar de baixo. Também não estava no quarto. Estou preocupada com ela, considerando tudo que aconteceu.

– Como assim? – perguntou Belinda, e lembrei que ela não sabia do assassinato de Pirin.

– Os vampiros e tudo mais – respondi, fazendo-a rir de novo.

– Meu amorzinho, você não acredita mesmo que tem vampiros no castelo, não é?

– Num lugar como este, é fácil acreditar em qualquer coisa.

– Milady, creio que devo lhe dar os parabéns – disse uma voz grave logo atrás de mim.

Eu me virei e vi o conde Dragomir parado ali. Ele fez uma reverência exagerada.

– Estou ansioso para servi-la como minha princesa.

Quando ele estava se retirando, eu me lembrei da minha preocupação.

– Conde Dragomir, podemos conversar?

– Claro, Vossa Alteza.

Ele pôs a mão no peito e se curvou. Quer dizer que eu já tinha sido elevada a Alteza antecipadamente? Eu o chamei para um canto.

– Conde Dragomir, estou preocupada porque a minha criada parece ter desaparecido. Ela não foi me vestir para o jantar e não está no quarto dela. Eu gostaria de saber se você pode perguntar aos outros serviçais se eles a viram e talvez até mandar um grupo de busca para procurá-la por mim. Ela pode ter virado a esquina errada e caído de uma escada escura.

– Tem razão. Num castelo como este, existem muitos pontos perigosos para quem vai aonde não deve. Mas não se aflija, milady. Vou mandar os serviçais cuidarem disso agora mesmo. Vamos encontrá-la.

Ele estava prestes a sair de novo quando vi lady Middlesex e a Srta. Deer--Harte, que entraram juntas na sala. Decidi fazer mais uma pergunta.

– Conde Dragomir, aquela dama inglesa ali… ela me disse que viu um jovem se esgueirar pelos corredores à noite, e depois o mesmo rapaz escondido numa das arcadas, espionando o banquete na primeira noite. Eu estava imaginando se você teria ideia de quem pode ser ou se é possível que um desconhecido esteja se escondendo no castelo.

– Como é que um desconhecido poderia ter entrado no castelo, milady? – perguntou Dragomir. – Vossa Alteza viu com os próprios olhos: só existe um portão, que é vigiado o tempo todo. A única forma de entrar sem passar por ele seria voando.

– Ou escalando a parede? – sugeri.

Ele riu.

– Milady andou ouvindo os boatos sobre vampiros, não é? Nenhum homem em sã consciência tentaria escalar a parede do castelo.

– Quer dizer que nenhum dos serviçais informou ter visto um jovem desconhecido, pálido, de cabelos claros?

– Não, milady. Nenhum dos serviçais viu um desconhecido no castelo. Se tivessem visto, teriam me informado no mesmo instante. Me parece que a sua amiga inglesa está se deixando levar pela imaginação. Lembre-se de como ela ficou perturbada quando chegou aqui. Além disso, Sua Alteza, seu noivo, tem cabelos claros. Talvez seja ele o homem que a sua amiga viu.

Considerei insistir no assunto e revelar que eu mesma tinha visto o tal rapaz e que o retrato dele tinha estado pendurado no meu quarto até ser misteriosamente trocado por outro. Mas Dragomir decidiu encerrar a conversa dizendo:

– Perdão, Vossa Alteza, mas sou necessário em outro lugar.

E recuou, afastando-se sem me dar as costas.

Eu estava pensando como seria estranho se eu fosse mesmo uma princesa e as pessoas tivessem que sair de ré da minha presença quando lady Middlesex se aproximou, com a Srta. Deer-Harte a reboque.

– Ora, eis aí uma surpresa para a posteridade – comentou ela. – Estou vendo que você conseguiu arranjar um bom casamento. A rainha vai ficar contente. Meus parabéns.

Consegui abrir um sorriso fraco e assentir.

– Perguntei a Dragomir se algum dos serviçais informou ter visto o jovem da Srta. Deer-Harte, mas ele descartou a ideia de que um desconhecido poderia ter entrado no castelo.

– Eu sei o que vi – disse a Srta. Deer-Harte, enfática. – E vou provar a todos que tenho razão. Ele não pode fugir num clima desses, então vou acabar vendo-o e estou com o meu apito. Assim que o vir, vou apitar para chamar atenção.

– Cuidado com o que fala, Deer-Harte... aí vem aquele homem detestável – alertou lady Middlesex, olhando para trás sem se virar.

Patrascue, acompanhado de alguns de seus homens, tinha entrado na sala de estar. Embora todo mundo estivesse com trajes apropriados para uma festa à noite, ele ainda usava um sobretudo preto com a gola virada para cima. Ele ficou parado na porta, olhando em volta. Foi como se uma rajada de ar gelado tivesse invadido a sala. As mulheres pararam no meio da conversa. Patrascue acenou a mão de um jeito preguiçoso.

– Não se incomodem com a minha presença, Majestades. Por favor, continuem.

Ele me viu, e as mulheres abriram espaço enquanto ele vinha na minha direção.

– Ouvi dizer que a senhorita merece os parabéns. Quer dizer que mudou de ideia e aceitou a oferta dele, lady inglesa Georgiana? Em breve a senhorita será parte do meu povo. Estou ansioso por isso.

Mais uma vez senti a ameaça: em breve, você estará sob meu controle. Mas consegui assentir num gesto gracioso e agradecer com palavras.

– Os homens ainda não deixaram a mesa de jantar, Sr. Patrascue – disse a rainha em sua clara voz francesa. – Sugiro que nos deixe terminar o café e o conhaque em paz.

– Majestade. – Patrascue se dignou a curvar a cabeça com educação e se retirou.

Dei um suspiro de alívio.

– Minha querida, não deixe esse homem aborrecê-la – disse a rainha, estendendo a mão para mim. – Não entendo por que ele está tão interessado em você, mas ignore-o. É o que todos nós fazemos. Venha tomar uma taça de conhaque. Você está muito pálida.

Ela me levou de volta ao grupo.

Logo depois, os homens se juntaram a nós. Siegfried e Nicolau vieram falar conosco. Siegfried pegou a minha mão e encostou nela aqueles lábios frios de peixe. Eca. Se o contato com a minha mão era tão ruim, eu nem me atrevia a pensar como seria beijá-lo.

– Você é uma moça muito sensata – disse ele. – Permita-me parabenizá-la pelo bom gosto. Vai ter uma vida feliz.

Não consegui pensar numa resposta. Limitei-me a abrir um sorriso forçado, querendo que o chão se abrisse para me engolir. Felizmente, dessa vez, Matty não sugeriu dançar, então não fui obrigada a dançar com Siegfried. Em vez disso, eles trouxeram uma roleta, e logo as pessoas estavam apostando o que me pareceu serem grandes somas de dinheiro.

– Quantos anos você tem agora, Georgiana? – perguntou Siegfried.

Respondi que tinha 22. Ele pôs uma pilha de fichas no número 22.

– Em sua homenagem – explicou ele. – Tenho certeza que você vai me dar sorte.

E, na rodada seguinte, a maldita roleta parou naquele número. Siegfried sorriu e empurrou uma montanha de fichas na minha direção. Distribuí fichas aleatórias pelo tabuleiro, sem a menor ideia do que estava fazendo, e parecia impossível perder. Notei que tanto Patrascue quanto Dragomir tinham entrado na sala e estavam parados, espreitando nas sombras.

– Acho que é melhor eu devolver as suas fichas antes que a minha sorte acabe – falei quando não consegui mais aguentar a tensão.

– A sua sorte não vai acabar enquanto você estiver comigo – respondeu ele. – E é claro que os ganhos são seus. Afinal, você vai ter que começar a preparar o enxoval.

Quando fui trocar as fichas, fiquei surpresa e encantada ao descobrir que tinha ganhado várias centenas de libras. Em qualquer outra ocasião, aquele tesouro inesperado teria me dado alívio e alegria. Hoje à noite, eu me sentia como uma condenada à morte recebendo a notícia de que o cavalo dela tinha ganhado a corrida.

Escapei assim que pude e voltei para o meu quarto. Ainda não havia nenhum sinal de Queenie. Senti o nó de medo no estômago crescer. Ninguém desaparece sem motivo. Uma pessoa já tinha sido assassinada. Será que Queenie tinha topado com o assassino no lugar e na hora errados? Se fosse o tal jovem de cabelos claros, ela já o tinha visto no quarto dela e conseguiria identificá-lo. É claro que eu também conseguiria, o que podia significar que eu também estava em perigo.

Fui até a janela e olhei para a noite lá fora. Estava caindo uma neve suave e imperava o silêncio que só a neve traz.

– Eu queria que você estivesse aqui, Darcy – murmurei. – Tomara que você esteja bem.

Fechei as venezianas e as cortinas pesadas, e fiquei olhando para o fogo agonizante. Meus nervos estavam tensos como molas de relógio. Num só dia, o chefe de uma polícia secreta tinha ameaçado me prender, eu tinha descoberto que estava noiva do repugnante Siegfried e minha criada havia desaparecido. Sem contar que tinha ocorrido um assassinato no castelo. Era óbvio que eu não ia conseguir dormir sem saber o que tinha acontecido com Queenie. Acendi uma vela e subi de novo até o quarto dela. Continuava intocado. Os corredores e escadas estavam desertos. Eu não sabia mais o que fazer. Espiei uma passagem escura atrás da outra. Dragomir tinha prometido mandar serviçais para procurá-la, e eu não conhecia metade do castelo. Não tive escolha a não ser voltar para o meu quarto e me preparar para dormir.

Fiquei deitada por muito tempo, sem conseguir pregar os olhos. Eu estava começando a cochilar quando ouvi o ruído de alguma coisa arranhando o lado de fora da janela, depois as venezianas se sacudindo. Eu me sentei, acordada e alerta. Eu tinha trancado as janelas por dentro, não tinha? Olhei para a escuridão, desejando que as cortinas pesadas não cobrissem as janelas, com todas as fibras do meu ser preparadas para a fuga. Nada se mexeu. Não houve mais nenhum som. Relaxei. Devia ter sido uma rajada súbita de vento que sacudiu as venezianas e nada mais, pensei. Mas, só por segurança, fui até a lareira e peguei aquele castiçal outra vez.

Em seguida, me deitei, segurando firme o cabo do castiçal, e comecei a me sentir meio boba. Falei para mim mesma que estava me preocupando à toa. Queenie devia ter escorregado e caído de alguma escada sem uso. Provavelmente tinha torcido o tornozelo e logo alguém ia encontrá-la. E não existia essa coisa de vampiro. Enquanto eu tinha esses pensamentos, senti um sopro de ar gelado atingir o meu rosto, e as cortinas se mexeram. Então, enquanto eu olhava, horrorizada, uma mão branca surgiu entre as cortinas e uma silhueta entrou em silêncio no meu quarto.

Vinte e oito

Meu quarto no meio da noite
De sexta para sábado, 18-19 de novembro

Eu me sentei na cama, agarrando o castiçal. A figura escura se aproximou mais, movimentando-se com graciosidade felina. Quando ele afastou a cortina da cama e se debruçou na minha direção, ergui o castiçal para bater nele. Foi aí que vi a silhueta delineada pelo fogo. A cabeça e o pescoço estavam cobertos de pele. Eu devo ter ofegado ao levantar o castiçal, porque ele agarrou o meu pulso com uma das mãos enquanto cobria a minha boca com a outra.

– Não faça barulho – disse uma voz no meu ouvido.

Olhei para ele, tentando distinguir as feições à luz do fogo. Mas reconheci muito bem a voz.

– Darcy? O que você está fazendo aqui? – perguntei, sentindo uma onda de alívio. – Você quase me matou de susto.

– Eu percebi. – Ele tirou o castiçal da minha mão. – Você é bem feroz. Se eu não tivesse ouvido você respirar fundo, estaria largado no chão com a cabeça esmagada. Regra número um do jogo do segredo: nunca respire fundo.

Ele sorriu ao tirar o casaco e o gorro, sentando-se na cama ao meu lado.

– Eu oferguei porque vi a sua cabeça e ela estava coberta de pelos arrepiados. Achei que você fosse um lobisomem.

– Primeiro vampiros, agora lobisomens. O que vem depois? Bruxas, fadas? Pensando bem, já tem umas fadinhas aqui no castelo. – Ele sorriu. –

Para sua informação, este é o tipo de gorro que os habitantes da região usam para caçar. – Ele soltou a correia que o prendia sob o queixo. – Viu? Tem abas para proteger as orelhas. No frio, é uma maravilha.

– Mas o que você está fazendo aqui? – insisti. – Achei que tivesse ido embora com o corpo de Pirin.

– E fui mesmo. Mas concluí que não estava gostando muito da situação no castelo, aí pensei em voltar atrás e ficar de olho em tudo. O marechal de campo Pirin não vai se incomodar. Eu deixei o carro num monte de neve e voltei esquiando.

– Você escalou mesmo a parede?

– Não é tão impossível quanto parece. Alguém deixou uma corda pendurada lá fora, de maneira conveniente.

– E se a corda não estivesse bem presa? Você teria caído e morrido – argumentei.

– Às vezes um sujeito tem que correr certos riscos.

– Não esse sujeito – retruquei. – Eu não quero encontrar o seu corpo quebrado em cima das pedras, entendeu?

Ele olhou para mim com ternura e tirou uma mecha de cabelo do meu rosto.

– Não se preocupe comigo. Eu estou sempre protegido. Sorte de irlandês.

– Ah, Darcy, você é tão irritante que dá vontade de matar – reclamei, me jogando nos braços dele.

Aninhei o rosto na lã molhada do casaco enquanto ele me abraçava com força.

– Você está com cheiro de ovelha molhada – constatei, rindo.

– Pare de se queixar, mulher. Eu atravessei uma tempestade de neve e escalei a parede de um castelo para vê-la. Você devia estar grata.

– Estou, sim. Muito grata. Você não sabe como estou feliz por vê-lo.

– Aconteceu alguma coisa relevante desde que fui embora?

– Não muito, apenas que eu descobri para quem era o veneno, fui incriminada por uma prova plantada pela polícia secreta e, ah, descobri que estou noiva do príncipe Siegfried.

– O quê? – Ele começou a rir. – Você está brincando, não é?

– As três afirmações são a mais pura verdade.

– Você não aceitou se casar com Siegfried. Diga que não.

– Não, mas ele acha que sim. O pai dele anunciou o noivado no jantar de hoje, então eu não podia me levantar e fazer um escândalo na frente de toda aquela gente, não é?

Darcy estava fazendo uma careta.

– Mas o que foi que fez Siegfried achar que você vai se casar com ele?

– Acho que ontem à noite eu o encorajei demais.

– Você o encorajou?

– Eu tinha que dar um jeito de impedi-lo de ir visitar o marechal Pirin – expliquei. – Então implorei para ele dançar comigo. Hoje ele me disse alguma coisa, mas Matty estava falando ao mesmo tempo e eu não ouvi bem o que ele dizia, por isso sorri e assenti. – Eu olhei para ele, desesperada. – Darcy, o que é que eu vou fazer? Preciso sair dessa sem causar um incidente internacional.

– Por enquanto, acho que é melhor você deixar como está – respondeu ele. – Não se preocupe. Nós vamos dar um jeito de resolver tudo. Pelo menos você não precisa ter medo de Siegfried tentar entrar no seu quarto à noite. E os outros assuntos? Você disse que descobriu que o veneno não era para Pirin?

Assenti e contei tudo sobre a taça. Darcy ficou sério.

– Quer dizer que o veneno era para Nicolau. Você comentou isso com mais alguém?

– Com o próprio Nicolau. Achei que ele tinha o direito de saber para tomar mais cuidado. Não sei se ele contou para mais alguém. Até onde eu sei, ele pode ter falado com Matty.

– Isso seria um erro. A notícia pode estar espalhada por todo o castelo, a essa altura.

– Pelo menos o envenenador vai ser avisado que nós sabemos a verdade. Ele não vai ter coragem de tentar fazer isso de novo.

– Mas ele pode tentar fazer outra coisa. Num lugar como este, é muito fácil sumir com alguém.

– Eu sei. A minha criada também desapareceu. Estou muito preocupada com ela. Não consigo imaginar onde ela possa estar.

– E você disse que a polícia secreta tentou plantar uma prova contra você?

– O que parece ser o frasco de cianureto apareceu no meu baú.

– Foi aquele idiota do Patrascue, suponho. – Darcy fez outra careta.

– Você sabe dele?

– Ah, sim. Já nos conhecemos.

– Ele ficou muito furioso de você ter conseguido escapar com o corpo. Ele foi terrível, Darcy. Ameaçou me prender.

– Mas o que foi que fez esse sujeito suspeitar de você? Eu sei que ele não é muito inteligente, mas...

– Acho que ele estava só tentando me assustar para eu acusar Dragomir.

– Faz sentido. É bem o *modus operandi* dele.

– Mas não deixei que me intimidasse. Acho que ele ficou bem irritado.

Darcy estava encarando a luz do fogo.

– Nesse caso, estou pensando se ele tem alguma coisa a ver com o desaparecimento da sua criada. Será que ele a pegou como moeda de troca?

– Que coisa horrível. Se ele tiver feito isso, vou ficar furiosa. Queenie é uma garota simples, Darcy. Ela deve estar tremendo de medo.

Darcy apertou a minha cintura.

– Não se preocupe, eu voltei. Vamos resolver tudo amanhã.

Aninhei a cabeça de novo no peito dele e fechei os olhos.

– Espero que sim – falei. – Eu só queria que alguém encontrasse o assassino e tudo voltasse ao normal.

– Quer dizer que você não chegou mais perto de descobrir a verdade? – perguntou Darcy.

– Se o veneno era para Nicolau, é possível que tenha sido um assassino experiente, ou mesmo um anarquista, que entrou usando aquela corda que você encontrou, pôs o veneno e escapou pelo mesmo caminho. A única coisa que contradiz essa teoria é que não parece haver nenhum rastro de alguém saindo do castelo.

– Você está se esquecendo de outra coisa – disse Darcy. – Alguém no castelo deve ter baixado a corda para ele. Isso significa que ele teve ajuda interna. Tem mais de uma pessoa envolvida.

– Sabemos que só Dragomir e os serviçais chegaram perto da mesa – relembrei –, mas precisamos incluir um misterioso Sr. X. Lembra quando eu contei que um desconhecido entrou no meu quarto e se debruçou na minha cama, e eu achei que fosse um vampiro?

– E eu disse que ele tinha entrado no quarto errado – acrescentou Darcy, assentindo.

– Bom, eu procurei por todo o castelo e não vi esse homem de novo em lugar nenhum. Só que o retrato dele, ou de alguém muito parecido com ele, estava pendurado na parede quando eu cheguei aqui, e depois foi trocado pelo que você está vendo agora. Por que alguém faria isso?

Darcy balançou a cabeça.

– Para mim, não faz sentido.

– Se não era um vampiro, e sim um ser humano, é alguém que conhece bem o castelo. Talvez o retrato fosse de um dos antepassados dele, e ele percebeu que eram muito parecidos, por isso entrou furtivamente e o levou. – Eu me sentei, percebendo uma coisa de repente. – Dragomir. Ele me contou que a família dele era dona deste castelo, e no andar de baixo tem um retrato idêntico a ele. E se o invasor for outra pessoa da família? Ao que parece, eles foram expulsos do castelo pelos turcos depois de uma rebelião fracassada. Eles esperavam socorro dos vizinhos, mas ninguém ajudou. E se for um assassinato por vingança?

– Duvido – disse Darcy. – Essa família foi expulsa do castelo mais de duzentos anos atrás. Sei que a vingança é uma força considerável nesta parte do mundo, mas as famílias reais atuais tanto da Romênia quanto da Bulgária só chegaram ao trono no século XIX. Elas não têm nenhum laço com os Bálcãs. As potências europeias as levaram ao trono, e, como você sabe, Nicolau é da linhagem Saxe-Coburgo-Gota, assim como você. Uma dinastia da Transilvânia não poderia ter uma rixa com eles.

– O conde Dragomir lamenta o fato de ser só um serviçal chique no castelo que já foi dos ancestrais dele – expliquei.

– Nesse caso, ele atacaria a realeza romena, e não um príncipe búlgaro, não é?

– O que nos leva de volta ao misterioso Sr. X. A dama de companhia de lady Middlesex, a Srta. Deer-Harte...

Parei de falar quando Darcy começou a rir.

– Ela não tem culpa de ser desse jeito – falei. – Preste atenção. A Srta. Deer-Harte é uma bisbilhoteira profissional. Ela afirma ter visto o mesmo homem se esgueirar por um dos corredores à noite e, depois, à espreita numa arcada durante o jantar na primeira noite. Ela diz que era a arcada logo atrás da cadeira onde Nicolau estava sentado e acha que ele estava avaliando o cenário, como disse lady Middlesex.

Darcy se levantou e foi até o fogo, tirando o casaco molhado e jogando-o numa cadeira.

– Você contou isso a mais alguém além de mim? – perguntou ele.

– Eu não sabia a quem contar. Até agora, conseguimos esconder tudo das famílias reais. O conde Dragomir é o único com autoridade para ordenar uma busca completa pelo castelo, e ele pode estar envolvido no crime.

– Não conte a mais ninguém – disse Darcy.

Ele se sentou na cadeira baixa perto da lareira e começou a desamarrar as botas.

– Eu também posso bisbilhotar, mas, enquanto isso, não avise a ninguém que voltei. Se você está sem a sua criada no momento, melhor ainda, porque posso me esconder aqui.

– Você não vai começar a bisbilhotar agora, vai?

– Eu acabei de atravessar uma nevasca e escalar uma corda. Estou exausto! Chegue para lá. Estou indo para a cama.

Ele se aconchegou ao meu lado, me tomando nos braços.

– Agora que você está noiva do herdeiro de um trono, pode ser que eu tenha que encarar a guilhotina por isso – sussurrou ele e me beijou.

Tentei retribuir o beijo, mas a tensão de tudo que tinha acontecido não me deixava em paz.

– Desculpe. Não dá – falei. – Eu estou tão apreensiva com tudo que não consigo parar de pensar e me preocupar.

– Não se preocupe, porque eu também não pretendo fazer nada – disse ele. – Estou tão cansado que posso pegar no sono a qualquer momento. Na verdade…

E eu vi as pálpebras dele se fecharem. Ele ficava lindo de olhos fechados, quase como uma criança dormindo, com aqueles cílios mais longos que os de qualquer homem. Eu me aproximei e beijei o rosto dele.

– Maldito Siegfried – resmunguei, embora uma dama não deva xingar.

Eu também estava fechando os olhos, embalada pelo ritmo da respiração de Darcy, quando um estrondo terrível, acompanhado de um grito sobrenatural, me despertou. Foi como se alguém tivesse jogado todas as panelas e frigideiras do castelo escada abaixo. Saí da cama com um pulo.

– O que foi isso? – perguntei.

Darcy abriu os olhos com preguiça.

– Algum serviçal deve ter derrubado uma bandeja cheia de pratos. Volte a dormir.

– Não, foi uma coisa pior – respondi.

Peguei o cardigã mais próximo, calcei os chinelos e saí para o corredor escuro. Pelo jeito, o som tinha sido alto o bastante para acordar outras pessoas. Siegfried estava parado ali, parecendo um fantasma com seu camisolão. *Ah, meu Deus, imagine encarar esse espectro todas as noites.*

– Georgiana, *mein Schatz*, você ouviu esse barulho?

– Ouvi.

– Não se preocupe. Eu vou protegê-la – disse ele, avançando com cautela.

Do andar de baixo vieram gritos. Siegfried e eu fomos até a escadaria mais próxima. Encontramos um grupo de pessoas já reunido ao pé da escada em espiral. Elas estavam curvadas sobre o que parecia ser uma armadura.

– Quem pode ter derrubado uma das nossas armaduras escada abaixo? – perguntou Siegfried. – O que está acontecendo aqui?

Reverentes, os serviçais se levantaram ao som da voz do patrão.

– Alteza, eu ouvi o barulho e vim correndo – disse um deles. – Parece que…

Ele não terminou a frase, pois um gemido alto veio de dentro da armadura. Alguém abriu a viseira e, lá de dentro, um par de olhos muito humanos olhou para nós. E o ocupante gemeu outra vez.

– O que significa isso? – perguntou Siegfried. – Que tolice você está aprontando?

– Recebi ordens para vigiar – respondeu o homem na armadura, com o rosto contorcido de dor. – O chefe Patrascue me mandou montar guarda. Ele disse para eu me disfarçar assim.

– Que sujeito ridículo – rosnou Siegfried. – Ele não tinha esse direito. Essas armaduras são heranças preciosas do Estado e não devem ser usadas como fantasias de Carnaval.

– Minha perna! – gemeu o homem. – Alguém me tire dessa geringonça.

Enquanto o retiravam com cuidado, uma figura vestida de preto veio voando até nós.

– O que foi que aconteceu? – perguntou o recém-chegado. Ele olhou para a armadura no chão. – Cilic, é você?

– Sim, chefe, sou eu.

– O que está fazendo aí no chão? – perguntou Patrascue.

Eu avisei que ele não era muito inteligente.

– Perdi o equilíbrio e caí – respondeu o homem, depois gemeu alto mais uma vez para enfatizar a situação. – É difícil enxergar com essa viseira.

– Você não tinha o direito de instruir seu homem a usar a nossa armadura – protestou Siegfried. – Que ideia foi essa? Muito ridícula, não acha?

– Eu tive meus motivos – respondeu Patrascue. – Mandei meus homens montarem guarda discretamente no castelo para proteger as famílias reais, mas não imaginei que esse homem seria tolo a ponto de tentar sair do lugar.

– Eu precisava ir ao banheiro – argumentou o homem, e depois soltou um gemido excepcionalmente alto quando tiraram a peça da armadura da perna dele. – Não vi o degrau no alto da escada.

– Leve esse homem para uma cama e pare com esse comportamento absurdo agora mesmo – exigiu Siegfried. – Esta é uma propriedade real, e você não tem nenhuma autoridade aqui, Patrascue. Agora, vá embora e nos deixe em paz. Você perturbou a minha noiva. Venha, *mein Schatz*.

Ele estendeu a mão para mim e me acompanhou até a porta do meu quarto.

– Sinto muito por seu sono ter sido interrompido por esse idiota. Posso mandar levar alguma coisa ao seu quarto para ajudá-la a dormir melhor? Talvez um copo de leite quente? Mais carvão para a lareira?

– Ah, não, obrigada, Vossa Alteza – gaguejei, sabendo que Darcy ainda devia estar deitado na minha cama. – Não preciso de nada.

– Você não precisa mais se dirigir a mim como "Vossa Alteza", *mein Schatz* – disse Siegfried. – Agora, somos Siegfried e Georgiana.

– Obrigada, Siegfried – murmurei.

Ele bateu os calcanhares, mas isso não teve muito efeito, já que estava descalço.

– Muito bem. Espero que não tenhamos mais nenhuma perturbação hoje.

E pegou na minha mão, encostando aqueles lábios de peixe nela outra vez.

Vinte e nove

Meu quarto, com companhia
Ainda no meio da noite

Entrei no quarto com um suspiro de alívio. Mesmo na escuridão, dava para ver a cama desarrumada e nenhum sinal de Darcy.

– Darcy? – sussurrei.

Ele devia ter ouvido a voz de Siegfried lá fora e decidido se esconder, só por garantia. Andei pelo quarto na ponta dos pés, erguendo cortinas, espiando embaixo da cama.

– Está tudo bem, você já pode sair – falei.

Mesmo assim, ele não apareceu. Olhei para o baú. É claro que eu não ia abrir aquilo. Mas abri o guarda-roupa e olhei o interior. Ele era grande o suficiente para esconder vários homens.

– Você está aí? – perguntei.

– Com quem você está falando? – Uma voz logo atrás de mim fez com que eu me virasse com o coração aos pulos.

Darcy estava ali.

– Eu estava procurando você – respondi. – Não faça mais isso. Você vai me fazer ter um ataque cardíaco.

– Ouvi a comoção e decidi que era melhor ver o que era – disse ele. – Como sempre, aquele tonto do Patrascue estava metendo os pés pelas mãos. Volte para a cama, você está gelada.

Fui para a cama e ele me acompanhou. Apoiei a cabeça no ombro dele.

Eu me senti maravilhosamente protegida e segura. Me lembro de ter pensado: *É isso que eu quero e preciso. Se ao menos...*

Acho que devo ter dormido, porque, a princípio, o som dos gritos parecia fazer parte do meu sonho. Só aos poucos voltei à superfície e percebi que eles faziam parte do mundo real. Darcy já estava de pé.

– O que aconteceu, agora? – perguntou ele. – Será que ninguém consegue ter uma noite de sono decente neste lugar?

– Vou ver – falei. – Deve ser mais um dos homens de Patrascue andando por aí de armadura e assustando as criadas.

Darcy riu.

– É bem possível. Por enquanto, vou ficar aqui. Não quero que ninguém saiba que estou no castelo.

Mais uma vez, Siegfried estava na porta do quarto dele.

– Peço perdão, *mein Schatz*. Dois aborrecimentos absurdos numa só noite são inaceitáveis. Vou exigir que aquele Patrascue pegue seus subalternos e saia do nosso castelo imediatamente.

Ele saiu pelo corredor comigo a reboque. Dessa vez, descemos o primeiro lance de escadas e não encontramos ninguém. Havia outros hóspedes com roupa de dormir parados na porta dos quartos ao longo do segundo corredor enquanto os gritos continuavam, vindos de baixo.

– Deve ser uma criada histérica – disse minha mãe quando passei por ela. – Provavelmente teve que se defender de um lacaio. Acontece o tempo todo.

Passamos por baixo de uma arcada e nos vimos no alto do último lance de escadas acima do salão de entrada – aqueles degraus alarmantes que eram colados à parede sem nenhum corrimão. Já havia um grupo de pessoas reunido ao pé da escada. Uma delas era mesmo uma criada, que agora soluçava em vez de gritar, enquanto outros serviçais tentavam consolá-la. Ao lado dela havia um balde de carvão derramado. O resto do grupo estava em volta de algo no chão.

– O que foi? – gritou Siegfried, a voz ecoando pelo corredor de teto alto. – Por que estão nos submetendo a essa algazarra?

O grupo se separou. Algumas criadas se curvaram. Dragomir deu um passo à frente.

– Alteza, houve uma tragédia – informou ele. – A dama inglesa... Ela deve ter caído de uma grande altura. Não há nada a fazer.

E ali, ao pé da escada, jazia o corpo da Srta. Deer-Harte, a cabeça virada num ângulo anormal. Eu já tinha visto a morte de perto, mas a tensão crescente dos últimos dias fez a bile subir à minha garganta. Minha cabeça começou a girar e, por um segundo, achei que fosse desmaiar. Eu me apoiei na parede de pedra fria e desci os degraus aos poucos antes que desmaiasse e me juntasse à Srta. Deer-Harte no piso lá embaixo.

– Alguém precisa avisar lady Middlesex – falei, tentando me controlar. – Essa era a dama de companhia dela.

– Coitada – disse Siegfried, olhando o corpo com aversão. – O que será que ela estava fazendo, vagando aqui embaixo no meio da noite?

– Talvez a comoção dos homens de Patrascue a tenha incomodado e ela estivesse indo à cozinha procurar uma bebida quente ou um conhaque – sugeriu Dragomir. – Ou talvez ela fosse sonâmbula. Quem sabe? É lamentável que isso tenha acontecido.

Havia uma tranquilidade na voz dele que me fez analisá-lo com atenção. Eu sabia muito bem por que a Srta. Deer-Harte estava vagando por aí. Será que dessa vez tinha visto o homem que estava procurando e sido tola o bastante para segui-lo? E seria possível que Dragomir estivesse envolvido naquilo? Eu queria voltar ao meu quarto para contar a Darcy o que tinha acontecido, mas talvez meu primeiro dever fosse dar a notícia a lady Middlesex.

Nós a ouvimos muito antes de vê-la.

– E agora, que disparate é esse? Por que estão me tirando da cama a uma hora dessas? – A voz dela ecoou pelo corredor. Ela apareceu no alto da escada. – Que me importa se mais um estrangeiro burro caiu e...

Ela parou, com o rosto rígido de pavor.

– Deer-Harte? – ofegou ela. – Não. Não, não pode ser. – E abriu caminho rumo à base da escada até ficar diante do corpo. – Ah. – Ela levou a mão à boca e um grande soluço brotou de lá.

Eu me aproximei e, hesitante, pousei a mão no ombro de lady Middlesex. Ela não era o tipo de pessoa que alguém pensaria em abraçar. Ela continuou a encarar a amiga no chão enquanto soluços convulsivos sacudiam o corpo dela. Eu estava tão chocada quanto os outros. Não era a reação que eu esperava que ela tivesse por alguém que, segundo eu imaginava, ela considerava uma dama de companhia bem irritante.

– Sinto muito – falei. – Que horror isso ter acontecido.

Ela assentiu, fazendo um esforço para se recompor.

– Pobre tola. Sempre imaginando ver perigo e intriga aonde quer que fosse. Ela disse que ia ficar de olhos e ouvidos atentos.

– É, ela deve ter saído para fazer a ronda e caído. Esses degraus sempre me pareceram terrivelmente perigosos.

Eu não falei o que estava pensando: que ela não tinha caído. Tinha sido empurrada.

– Vamos, lady Middlesex. – O conde Dragomir assumiu o comando. – Não há nada que possa fazer aqui. Vou acompanhá-la de volta ao seu quarto e mandar que levem um pouco de conhaque e leite quente para Vossa Senhoria.

– Tudo bem. Eu a acompanho – falei para ele. – Eu sei que você tem muito a fazer aqui embaixo.

Tive que arrastar lady Middlesex para subir aquela escada horrível. Ela cambaleou como se estivesse em transe. Mas, quando chegamos ao quarto, ela já tinha recuperado a compostura.

– É muita gentileza sua – murmurou. – Meio chocante, não é? Na verdade, não sei o que vou fazer sem ela. Me acostumei com a companhia.

Eu a ajudei a entrar no quarto e ir até a cama.

– Acho que não vou conseguir dormir de novo – disse ela. – Preciso tomar providências para que o corpo dela seja levado para casa. Ela não ia gostar de ser enterrada em solo estrangeiro. Ela detestava viajar pelo mundo, pobrezinha. Só me acompanhava por extrema dedicação. Eu nunca devia ter exigido isso… foi errado. – E ela tateou em busca de um lenço, que levou ao rosto.

– Quer que eu fique aqui? – perguntei.

– Não, prefiro ficar sozinha, obrigada – respondeu ela com rigidez.

– Se precisar de mim, mande um dos serviçais me chamar.

Ela assentiu. Quando cheguei à porta, eu a ouvi dizer com voz monótona:

– Ela pressentiu, não foi? No instante em que chegamos, ela disse que sentia o cheiro da morte. Mas não entendeu que a morte que pressentia era a dela.

Ao sair, fechei a porta e voltei depressa para o meu quarto. Mais uma vez, Darcy tinha sumido de vista. Fui para a cama, ainda quente da presença dele, e me deitei, pensando na sensação de conforto e segurança que tinha sentido ao me recostar nos braços dele. Em seguida, a imagem de Siegfried estirado ao meu lado na cama surgiu na minha mente. *Não!*, eu quis gritar.

Eu só queria estar longe daquele lugar horrível e voltar a me sentir segura. Porque uma ideia tinha me ocorrido ao fazer o caminho de volta pelos corredores. Se a Srta. Deer-Harte tinha sido assassinada por ter visto o assassino e poder identificá-lo, eu também estava em perigo.

Fiquei acordada, olhando para o dossel escuro acima de mim, tentando entender o que estava acontecendo.

Alguém entrando no meu quarto, debruçando-se sobre a minha cama. A troca do retrato na parede. Matty com sangue escorrendo da boca. Pirin bebendo de uma taça destinada a Nicolau. E, agora, a morte da Srta. Deer-Harte. O que isso tudo significava? O que ligava esses fatos, se eu quisesse ser racional e não acreditar que estava num lugar habitado por vampiros? Mas não consegui chegar a uma resposta lógica. Na verdade, não gostei da única resposta que não parava de aparecer: e se o jovem que tínhamos visto fosse um vampiro que assombrava o castelo, e Matty, Dragomir e sabe Deus quantos serviçais estivessem sob o feitiço dele? Isso explicaria por que ninguém além da Srta. Deer-Harte o tinha visto sob a arcada, observando o banquete. Eu sabia que essa teoria parecia ridícula, mas na Escócia existia muita gente que jurava ter visto fadas, e tínhamos alguns fantasmas no Castelo de Rannoch. Então, quem podia dizer que não existiam vampiros?

Acho que acabei dormindo, pois, quando abri os olhos, uma faixa de luz do sol iluminava aquele retrato medonho na parede. Eu estava deitada sozinha naquela cama enorme e ainda não havia nenhum sinal de Darcy. Eu me levantei, me lavei e me vesti, depois desci para comer. A sala de café da manhã estava cheia de pessoas, conversando amigavelmente enquanto comiam. Ninguém parecia saber nem se preocupar com a tragédia da noite anterior, mas, para elas, a Srta. Deer-Harte era só uma dama de companhia que tinha perdido o equilíbrio e caído. A única ausente era lady Middlesex.

Nicolau sorriu para mim enquanto eu me servia de um pouco de café.

– Um lindo dia de sol, para variar. Acho que é um bom dia para caçar se a neve não estiver muito funda.

– Minhas madrinhas não podem sair, então não tente atraí-las – disse Matty. – Hoje de manhã temos a última prova dos vestidos.

– Eu nem sonharia em atrair as jovens para longe da prova dos vestidos – respondeu ele. – Quero que todas vocês fiquem ainda mais lindas e radiantes no grande dia.

Por acaso, eu estava olhando para o rosto de Matty. Vi um breve lampejo de irritação ou pânico antes de ela sorrir.

– É claro que todas ficaremos radiantes e lindas, meu caro Nicolau. Temos que estar na melhor forma para o dia do casamento.

Continuei a observar Matty enquanto ela dava uma mordidela numa torrada. Algo que ele dissera a tinha deixado triste ou zangada. E, agora, analisando-a com atenção, percebi que ela estava com uma péssima aparência – pálida e abatida, com olheiras. Não parecia nem um pouco uma noiva radiante. Ela estava brincando com o resto da fatia de torrada, esfarelando-a em pedacinhos antes de afastar o prato, se levantar e ir embora. Tive a impressão de que estava muito tensa. Por quê?

Percebi uma linha de raciocínio interessante se esgueirando pela minha mente. Meu avô, policial aposentado, sempre citava as palavras de seu oficial superior, um inspetor que ele admirava muito: "Comece pelo óbvio e desenvolva o caso a partir daí. Em nove a cada dez vezes, a resposta está bem debaixo do seu nariz."

Pensando na facilidade para colocar o veneno na taça de Nicolau, Matty e Dragomir eram as duas pessoas que poderiam ter feito isso sem nenhuma dificuldade. Até então, eu tinha dispensado Matty por ser a noiva. Por que ela ia querer matar o futuro marido? Mas agora, enquanto continuava a observá-la, me lembrei que às vezes a alegria dela parecia forçada. Ela estava interpretando o papel da noiva feliz e, no entanto, tinha feito comentários sobre Nicolau ser uma boa escolha, já que era obrigada a se casar. Ela também tinha comentado que preferia ter ficado em Paris. E se ela tivesse decidido tomar o caminho mais drástico para escapar do casamento envenenando o noivo?

Decidi que já era hora de confrontá-la e extrair a verdade. Eu ia encontrar uma oportunidade hoje de manhã, durante a prova dos vestidos. Afinal, estaria perfeitamente segura numa sala cheia de mulheres e com Darcy em algum lugar no castelo. Mas, caso houvesse alguma verdade naquela história de vampiros, eu não devia estar preparada? Fiquei olhando para a mesa de comida do café da manhã. Alguns daqueles frios tinham muito alho, a julgar pelo cheiro. Será que eles serviriam como defesa contra vampiros? Ou eu precisava de dentes de alho? Eu não podia ir até a cozinha pedir dentes de alho, então enchi o prato de fatias de linguiça. Não era exatamente meu desjejum favorito, mas consegui comer. Depois, até eu mesma conseguia sentir o cheiro forte no meu hálito. Eu só esperava que um possível vampiro também sentisse. Se ao menos eu conseguisse encontrar um crucifixo pequeno no castelo e guardá-lo no bolso...

Quando me levantei para sair, Nicolau estava de pé na porta, falando com o pai. Estava com uma expressão séria. Houve uma rápida troca de palavras, e o rei partiu pelo corredor. Nicolau me viu e fez uma careta.

– O velho está fazendo um alvoroço por causa de Pirin – disse o príncipe. – Ele queria saber quando é que os fios telefônicos vão ser consertados. Ele precisa saber como Pirin está, se chegou ao hospital em segurança e se o médico dele está vindo de Sófia. Estava exigindo que mandássemos um carro para descobrir. Falei várias vezes que tinha nevado de novo e que a passagem devia estar fechada, mas ele não aceita não como resposta. A situação pode ficar mais complicada. Onde é que estará Darcy?

Fiquei tentada a contar que Darcy estava no castelo, mas achei melhor deixar essa decisão para o próprio Darcy, quando ele reaparecesse. Eu não conseguia imaginar o que ele poderia estar fazendo, mas tinha certeza de que era importante.

– A tensão dos acontecimentos infelizes está começando a afetar a sua noiva – comentei.

– É, ela é muito sensível – disse Nicolau. – Mais uma morte ontem à noite. Eu queria não ter cedido ao pedido de Maria e concordado em fazer a cerimônia neste castelo. Teria sido muito mais agradável no palácio.

Quando o deixei, vi o conde Dragomir andando apressado à minha frente. Chamei o nome dele e ele se virou, relutante.

– Eu estava pensando se você já tem alguma notícia da minha criada – falei. – Estou extremamente preocupada.

– Sinto muito, Alteza. Não tive nenhuma notícia. Mas não se preocupe, pois a minha gente vai continuar procurando por ela.

– Ela não pode ter desaparecido – insisti. – Quero o máximo empenho na procura, senão vou ter que pedir ao Sr. Patrascue que mande os homens dele cuidarem do caso.

A ameaça funcionou. Vi um ar de alarme nos olhos de Dragomir.

– O Sr. Patrascue não conseguiria encontrar nem o próprio nariz se não estivesse grudado ao rosto – respondeu ele. – Prometi que vamos encontrá-la e é o que vamos fazer.

Ele saiu apressado com a capa voando atrás. Perambulei pelos corredores, procurando uma cruz aceitável, mas só consegui encontrar um crucifixo de um metro e oitenta num nicho. Eu não ia conseguir carregar aquilo por aí. Também vi uma cruz pendurada no pescoço de uma das criadas, mas ela não falava inglês nem francês e não consegui fazê-la entender que eu só queria pedir o pingente emprestado. No fim, não tive escolha a não ser ir para o pequeno salão provar o vestido. Uma vozinha na minha cabeça sussurrava que eu estava sendo tola de ter medo de uma amiga de escola, mas eu não sabia mais no que acreditar.

Algumas das outras madrinhas já estavam no salão, reunidas num grupinho próximo, conversando em alemão. Quando entrei, elas me lançaram olhares culpados, e tive certeza de que estavam falando de mim. Hannelore disse:

– Estávamos falando do seu noivado com o príncipe Siegfried. Não estamos muito felizes por você. Achamos que você talvez não saiba a verdade a respeito dele. Você precisa saber tudo sobre esse Siegfried antes de aceitar se casar com ele.

– Obrigada – respondi. – Vou aceitar seu conselho.

Ela me puxou para perto.

– Ouvimos dizer que ele não se interessa por mulheres, entende? Ele não vai satisfazer você na cama.

O que eu devia dizer? Que não tinha a menor intenção de me casar com ele? A preocupação de Hannelore era genuína e comovente.

– Obrigada – repeti. – Prometo não decidir nada com pressa.

– E, se você acha que é bom ser princesa – continuou Hannelore –, saiba que não é muito divertido. É só dever, dever e mais dever.

As outras moças que entendiam inglês assentiram, concordando. Naquele momento, Matty entrou na sala.

– Estamos prontas para ficar divinas? – perguntou ela, animada.

Ela estava maquiada, com as bochechas bem coradas e os lábios vermelhos. A prova começou. Os vestidos estavam quase acabados, e faltava só ajustar daqui e puxar dali para ter certeza de que o caimento seria perfeito. Por cima do vestido, todas usaríamos um manto branco com borda de pele que ia até o chão – uma das peças mais sublimes que eu já tinha visto. Quando experimentamos o traje, parecíamos rainhas da neve.

Minha prova estava terminada, mas continuei ali, junto da lareira, esperando o momento certo para ficar a sós com Matty. Ela estava agindo de um jeito animado e alegre, dando risadinhas com as outras garotas, me fazendo pensar se não seria um remédio, e não ser uma vampira, que explicava suas mudanças de humor.

Por fim, ela se aproximou do fogo e estendeu as mãos para aquecê-las.

– Está gelado aqui, não é? – comentou ela. – Me faz lembrar da escola. Lembra como era frio nos dormitórios?

– Isso geralmente acontecia porque Belinda tinha deixado a janela aberta para sair à noite e visitar o instrutor de esqui – respondi, sorrindo com a lembrança.

Eu me aproximei dela e decidi correr o risco.

– Matty, precisamos conversar.

A quantidade de alho no meu hálito a fez cambalear um pouco, mas ela não caiu, não fugiu nem se derreteu como uma boa vampira deveria fazer na presença de alho.

– Sobre o quê? Aconteceu alguma coisa? – O sorriso dela murchou.

Olhei para o salão ao redor. Todas pareciam ocupadas.

– Eu sei – falei em voz baixa. – Eu sei a verdade.

Ela pareceu aturdida, mas depois deu de ombros.

– Claro que você sabe. Ele foi tolo o bastante para entrar no seu quarto por engano, e eu fui tola o bastante para esquecer que tinha um retrato dele na parede do seu quarto. Ele pintou aquele quadro para mim. Ele é um artista brilhante. Sempre teve talento, desde que era criança.

Enquanto falava, ela enganchou o braço no meu e me levou para longe das outras garotas e do barulho das máquinas de costura. A princípio, não entendi do que ela estava falando, mas aos poucos uma luz foi se acendendo na minha mente. Matty tinha dado vários sinais de que não amava Nicolau, que queria ficar em Paris. Ela estava apaixonada por outro homem. Mas a frase sobre a criança foi desconcertante.

– Você o conheceu quando ele era criança?

– Claro. Ele cresceu aqui, no castelo.

– No castelo?

Ela assentiu.

– O pai dele trabalha para nós. No verão, quando eu vinha para cá, nós brincávamos juntos. Fomos muito amigos na infância. Depois, fui mandada para Paris e descobri que ele também estava lá, estudando arte. Dessa vez, nos apaixonamos... um amor maravilhoso e ardente. Meu pai me informou que eu tinha que me casar com Nicolau. Implorei para ele mudar de ideia, mas ele não quis me ouvir. Ele disse que uma princesa sempre põe o dever em primeiro lugar. Falei que amava outro, mas ele me proibiu de vê-lo. – Ela pegou a minha mão com os dedos frios. – No fim, cumprimos nosso dever. Assim como você e Siegfried. Tenho certeza que você não o ama. Não é possível que ame. Mas você faz o que a família espera.

Assenti.

– Deve ser muito difícil para você. Não sei se consigo me casar com um homem que não amo.

– Vlad queria que eu fugisse com ele – sussurrou ela, erguendo o olhar como se quisesse ter certeza de que as outras pessoas no salão ainda estavam longe, ocupadas com alguma atividade. – Nós dois viveríamos juntos em Paris e seríamos felizes. Mas fui educada com o dever empurrado goela abaixo. Não consegui fazer nada.

– E você pediu para fazer o casamento aqui por causa das suas lembranças felizes?

– Vlad sugeriu isso para que pudéssemos ficar juntos uma última vez – disse ela. – Ele prometeu que daria um jeito de vir me ver. Ele conhece muito bem o castelo. Você o viu escalar a parede, não viu? Ele sempre gostou de correr riscos horríveis, mas de que outra forma ele conseguiria entrar para me ver sem ser visto por ninguém?

– Você deixou uma corda pendurada para ele?

– Não, eu nem imaginava que ele ia tentar escalar a parede. Prendemos a corda depois, na janela do quarto da minha criada, para o caso de ele ter que fugir às pressas.

– E eu estou dormindo no seu antigo quarto – constatei, entendendo. – Ele esperava encontrar você no quarto. Não admira ele ter ficado tão surpreso ao me ver.

– É, meus pais anunciaram no último minuto que eu tinha que dormir o mais longe possível do meu futuro noivo e perto da minha dama de companhia, a condessa Von Durnstein, até o casamento. Meu pai adora protocolos antiquados, sabe?

– Vlad ainda está aqui?

– Ah, sim. Felizmente, existem vários cômodos secretos no castelo. Ele está escondido, e a minha criada, Estelle, é maravilhosa e leal. Ela leva comida para ele. E, por falar em comida, você também testemunhou meu outro pecado secreto, não foi?

– Quando foi isso?

– No corredor que leva à cozinha – sussurrou ela, olhando em volta mais uma vez. – Não consegui resistir.

– O que exatamente você estava fazendo? – perguntei com cuidado, sem querer ouvir a resposta.

Ela se aproximou um pouco mais.

– As tortinhas de cereja da cozinheira. Aquela geleia de cereja melada e deliciosa. Quando desci para a cozinha, ela estava assando as tortas. Roubei algumas. Tive que fazer uma dieta rígida para caber no vestido de casamento, mas sempre tive problema com meu peso. Eu gosto de comer. E isso era outra questão: Vlad não se incomodava quando eu tinha carne nos ossos. Ele me amava do jeito que eu era. – Ela mordeu o lábio. – Agora, estou com medo de Nicolau não gostar de mim se eu ganhar todo aquele peso de novo e ele me vir do jeito que eu era quando comia normalmente.

Olhei para ela, sentindo compaixão. Eu entendia como devia ser horrível abrir mão do verdadeiro amor e se casar com alguém que ela não amava nem um pouco. E ainda se condenar a não comer. Mas eu não podia esquecer a grande pergunta que permanecia sem resposta.

– Matty, sobre a morte de Pirin. Você sabe quem pôs o veneno naquela taça?

– Só pode ter sido um desconhecido, um assassino – disse ela. – Quem mais poderia ser?

– Você não acha que seu Vlad pode ter...

– Matado um marechal de campo estrangeiro? Por que ele faria isso? – perguntou ela, zangada.

– Matty, tem uma coisa que você precisa saber – falei, percebendo que estava correndo um risco. – A taça de vinho era para Nicolau.

– O quê?

– Pirin era um camponês. Ele não aprendeu boas maneiras à mesa. E estava muito bêbado. Ao fazer aquele brinde, ele pegou a taça de vinho mais próxima, e fez isso com a mão esquerda. Eu estava sentada na frente dele. Eu vi. Era a taça de vinho de Nicolau, só que Nicolau tinha passado a beber champanhe quando os brindes começaram, lembra?

– Não – disse ela, tão alto que as outras mulheres no salão olharam para nós. Depois, ela balançou a cabeça com vigor e baixou a voz. – Não, isso é ridículo. Impensável. Vlad nunca faria isso. Ele é doce. É gentil. Você devia ter visto como ele me tratava em Paris. Como uma princesa deve ser tratada. – Ela pegou a minha mão. – Você é minha velha amiga querida e posso confiar em você. Venha conhecê-lo, venha perguntar cara a cara, e você vai ver. Já falei de você para ele, e logo seremos irmãs.

– Está bem – respondi.

Ela me levou para fora do salão, depois abriu uma porta numa parede de painéis que levava a uma escada secundária estreita.

– É meu atalho para a sala secreta – explicou ela. – Este castelo é cheio de salas assim. Quando crianças, nós adorávamos usá-las para brincar de esconde-esconde. Menos Siegfried. Naquela época, ele já era pomposo. Cuidado com os degraus, eles são muito estreitos, e está escuro aqui.

Ela começou a subir na minha frente. Eu a segui. Num instante, eu estava de pé no piso de pedra; no seguinte, a pedra em que eu estava pisando se inclinou para baixo e eu estava mergulhando na escuridão.

Num calabouço. Não muito agradável.
Sábado, 19 de novembro

Eu estava meio escorregando, meio desabando aos trancos numa rampa de pedra áspera, sem conseguir parar nem desacelerar a queda, esperando o momento inevitável de colidir com uma superfície dura lá embaixo. Passou pela minha cabeça a imagem ridícula de Alice no País das Maravilhas, caindo pela toca do coelho, quando bati em outro painel de pedra que se abriu. Em seguida, caí rumo ao nada, tive a estranha sensação de braços se estendendo para mim e acabei pousando numa coisa mais macia do que esperava, antes de tombar no chão de pedra e tudo ficar preto.

Recuperei a consciência com um ruído pavoroso – o som de um lamento sobrenatural. Abri os olhos. Eu estava deitada num piso de pedra fria, na escuridão quase absoluta. Uma coisa branca e redonda pairava sobre mim – um rosto pálido como a lua cheia me encarando com a boca aberta numa espécie de ladainha horrível. Logo consegui identificar palavras em meio ao lamento.

– Ai, céus, ai, nossa, ai, senhorita.

– Queenie? – murmurei.

Tentei me sentar e o mundo oscilou de um jeito alarmante ao redor, enquanto sentia uma dor forte na cabeça.

– Desculpe, senhorita. Tentei pegá-la, mas a senhorita caiu rápido demais. Pelo menos amorteci um pouco a sua queda.

– Foi em você que eu caí?

– Isso mesmo.

– Meu Deus. Foi um gesto muito corajoso da sua parte. Você se machucou?

– Não muito. Sou bem reforçada. Mas a senhorita veio numa velocidade…

– Bem, você também viria, se o chão se abrisse de repente debaixo dos seus pés – falei.

– Eu sei. Eu vim. Por sorte, caí de bunda… desculpe o palavreado, senhorita… e, como eu disse, sou bem reforçada. Mas não foi pior do que quando meu pai tirava a cinta para me bater quando eu era criança. – Ela me ajudou a me sentar. – Estou muito feliz de ver a senhorita. É uma dama de verdade por vir me salvar. Eu sabia que a senhorita vinha, lógico.

– Detesto desiludi-la, Queenie, mas não sou sua salvadora, e sim uma prisioneira como você.

– Onde estamos, senhorita? Que lugarzinho mais sinistro.

Olhei ao redor. Estávamos numa sala circular. Um facho de luz cinzenta entrava por uma pequena grade na base de uma parede. De resto, todas as superfícies eram de pedra. Não havia nenhuma porta.

– Acho que estamos na masmorra que mencionamos de brincadeira.

– Como é que é?

– É um lugar onde são colocados os hóspedes indesejados – respondi. – Ouvi falar de masmorras em castelos antigos, mas nunca tinha visto uma. Existem masmorras com alçapões: você pisa na pedra errada, ela se abre e você cai numa cela onde ninguém vai conseguir encontrar você.

– Aah, não diga uma coisa dessas, senhorita. – Ela agarrou a manga do meu vestido. – Alguém vai nos encontrar, não vai?

– Espero que sim – respondi.

Mas, enquanto as palavras saíam da minha boca, fiquei imaginando quem saberia da existência do lugar. Matty obviamente sabia, porque Vlad tinha crescido no castelo e conhecia todos os cantos e esconderijos. Mas será que mais alguém sabia? Os serviçais? Dragomir? Tive uma visão horrível de todos me procurando pelo castelo sem me encontrar, enquanto Queenie e eu morríamos de fome. Não era o fim que eu teria escolhido; na verdade, se tivesse escolha, acho que preferia até me casar com o príncipe Siegfried – isso mostra o quanto eu estava desesperada.

– Não se preocupe – falei. – Prometo que vamos dar um jeito de sair. Aliás, como foi que você veio parar aqui?

– Não sei muito bem – respondeu Queenie. – Vi um homem pegar o que parecia ser um atalho para a cozinha. Ele abriu uma porta num painel na parede e entrou, e vi que ele estava descendo uma escada, então fui atrás. Logo depois, eu estava caindo num poço e vim parar aqui.

– Esse homem... como ele era?

– Eu não vi direito. Ele estava de roupa preta. Achei que era um dos serviçais.

– Ele tinha cabelo louro-claro?

– Agora que a senhorita falou, tinha, sim.

– Então ele achou que você o estava seguindo por outro motivo. Foi por isso que você veio parar aqui.

– Quem é ele, senhorita? Um bandido?

– Ele é o jovem que você viu no seu quarto naquela noite, e pode muito bem ser um assassino. Quando sairmos daqui, vamos ter que tomar cuidado.

– Como é que vamos sair? Não tem nem porta.

– Bem, nós entramos – argumentei, tentando parecer mais animada do que estava. – Podemos tentar sair pelo mesmo caminho. Se você tiver força para me sustentar nos ombros, consigo alcançar o teto. Talvez eu possa tentar empurrar uma daquelas pedras e abrir uma passagem.

Queenie se agachou e me deixou subir nas costas dela, e nos movimentamos aos poucos, até eu ficar logo abaixo do ponto mais alto do teto arqueado. Encontrei a pedra que tinha aberto sozinha para eu entrar, mas estava encaixada com tanta precisão que não sobrava espaço para enfiar as mãos e segurá-la. Quebrei as unhas tentando puxá-la para baixo, mas não adiantou.

– Isso não vai funcionar – comentei. – É melhor você me pôr no chão.

Desci das costas de Queenie e nos sentamos, ofegando, enquanto eu examinava o cômodo.

– Tem uma gradezinha ali na parede. Sou tão magra que talvez consiga passar por ela – sugeri.

– Não faça isso, senhorita. Aposto que é perigoso.

– Não vamos ficar aqui na esperança de alguém nos encontrar – falei. – Eu já mandei procurarem por você em todo o castelo. Se eles não conseguiram encontrar você, não tenho muita esperança de encontrarem nós duas.

Eu me deitei de bruços no chão e espiei pela grade. Não era nada animador. Só conseguia ver outra parede de pedra a cerca de três metros de distância. Puxei a grade, depois a empurrei, mas ela não se mexeu. Sinceramente, eu não achava que ela ia se mexer, considerando que estava lá havia centenas de anos, mas eu tinha que tentar.

– Me ajude a puxar essa coisa, Queenie – pedi.

Puxamos juntas, mas era difícil passar os dedos pelos orifícios pequenos da grade. Nós nos viramos e tentamos chutá-la. Não adiantou nada.

– Precisamos de alavancagem – falei. – Minha anágua é de seda. A sua é de algodão?

– Se a minha anágua é de algodão? É, sim, senhorita.

– Então, tire.

Ela obedeceu, me lançando um olhar estranho enquanto eu tentava rasgar o tecido em tiras. Por fim, usando unhas e dentes, os grampos de cabelo de Queenie e meu broche, conseguimos rasgá-lo em tiras longas. Amarramos essas tiras à grade.

– Quando eu disser "já", você empurra a parede com os pés e puxa as tiras com todas as suas forças – expliquei.

Nós puxamos. De repente, ouvi um rangido e um estalo quando a grade saiu voando. Nós nos entreolhamos e assentimos, contentes.

– Mas não sei como a senhorita vai passar por ali – disse Queenie. – Com certeza vai ficar presa.

Tive que concordar com ela. A abertura não devia ter mais que 40 centímetros de altura e 60 de largura.

– Por sorte, sou magra e os chapeleiros dizem que a minha cabeça é pequena – falei.

– Senhorita, se eu pudesse, ia no seu lugar, mas acho que nem o meu dedão do pé passa por ali, imagine o resto do corpo.

Olhei para ela e sorri, sentindo um carinho genuíno. Ela podia ser a pior criada do mundo, mas estava presa numa situação desesperadora e não estava fazendo um escândalo.

– Bom, é agora ou nunca – falei e passei a cabeça pelo buraco.

O que vi não me animou. Eu estava perto do fundo de um poço profundo. Podia ser um poço de água, porque havia gelo abaixo de mim e outra grade no alto, longe de onde eu estava. Eu não conseguia ver nenhuma outra abertura nas laterais.

– Talvez, se gritarmos, alguém pode nos escutar – sugeri. – Tente gritar "socorro" comigo, Queenie.

Nós gritamos. Tentei em francês. Nada aconteceu.

– Parece que estou vendo os restos de uma escada de ferro do outro lado – falei. – Se o gelo aguentar o meu peso, posso descer e ir até lá.

– E se não aguentar, senhorita?

– O pior que pode acontecer é eu ficar muito molhada e gelada. Vale a pena tentar. Vou sair de costas.

Eu me deitei no chão e arrastei os pés pela abertura, depois recuei até os meus pés ficarem pendurados, então mais um pouco, até me dobrar na cintura, e por fim até me apoiar só nos ombros e braços.

– Segure as minhas mãos e não solte enquanto eu não mandar – pedi.

Queenie fez o que eu dizia. Apertei os ombros, encolhendo o tronco, depois inclinei a cabeça para um lado para passá-la pelo buraco. Ainda faltavam 60 centímetros para os meus pés alcançarem o gelo.

– Pode soltar as minhas mãos, Queenie. Vou tentar descer.

Eu não tinha calculado que as pedras estariam tão escorregadias. Deslizei de uma vez só e caí com força no gelo, que deu um rangido agourento. No mesmo instante, me ajoelhei e comecei a engatinhar. Enquanto eu avançava, o gelo oscilava, mas consegui chegar à outra parede. Então, encontrei um dos degraus velhos e comecei a subir. Eles estavam quebrados e escorregadios, e o trajeto foi horrível. Um deles caiu da parede quando tentei me içar e bateu no gelo com um baque ecoante.

– Você consegue – falei para mim mesma. – Você já escalou montanhas na sua terra. Não vai ser mais difícil que aquilo.

Depois do que pareceu uma eternidade, cheguei ao topo.

– Estou no alto da escada, Queenie! – gritei. – Vou tentar empurrar a grade para cima.

Assim que olhei para a grade, percebi que seria uma tarefa impossível. Ela estava no meio, a uma grande distância de onde eu estava. Eu conseguia tocar na borda dela, mas não conseguiria empurrá-la com força nenhuma, esticada daquele jeito. Reprimi as lágrimas de frustração. Limpei o máximo de neve possível da grade e tentei olhar o que havia além dela. Tudo que consegui ver foram paredes de pedra vazias. Não havia nem uma porta ou janela amigável à vista. Com certeza, em algum momento, alguém ia passar por lá. A questão era quanto tempo eu ia conseguir aguentar até as minhas mãos congeladas pararem de me obedecer.

– Socorro! – gritei mais uma vez. – *Au secours!*

Droga. Eu queria saber gritar "socorro" em alemão, pois aquela área já tinha sido parte do Império Habsburgo e muitos camponeses ali falavam esse idioma.

De repente, ouvi uma respiração forte acima de mim e um rosto apareceu lá no alto. Olhei para cima, cheia de esperança, mas descobri que era um focinho comprido coberto de pelo cinzento. Dali, era difícil saber se era um cachorro ou um lobo.

– Bonzinho, bonzinho – falei.

O animal arreganhou os lábios, rosnando.

– Isso mesmo – continuei, de repente percebendo o que fazer. – Vamos, comece a latir. Au, au!

Joguei neve nele, fazendo-o recuar. Num gesto imprudente, enfiei os dedos pela grade e os balancei. O animal inclinou a cabeça, desconfiado, mas não latiu. Então, em desespero, comecei a cantar. Não sou a melhor cantora do mundo e, uma vez, a minha cantoria fez os cães do Castelo de Rannoch começarem a uivar.

– *Speed, bonny boat, like a bird on the wing* – cantei. Era "The Skye Boat Song", uma das minhas canções favoritas.

– A senhorita está bem? – gritou Queenie.

– Estou só cantando – respondi. – Cante também.

– Eu não sei a letra.

– Cante uma que você conheça.

– Ao mesmo tempo que a senhorita?

– Não importa.

Nós cantamos. Acho que ela estava cantando "If you were the only girl in the world", enquanto eu continuava com "The Skye Boat Song". Era um terror. Por fim, o cachorro levantou a cabeça e uivou. A canção ecoou do poço e o uivo ecoou daquelas paredes.

Ouvi uma voz humana xingando o cão.

– Socorro! – gritei. – Me tire daqui!

Um rosto apareceu no limite da minha visão. A mulher ofegou, fez o sinal da cruz e começou a recuar.

– Traga ajuda! – gritei para ela em inglês e francês. – Princesa inglesa!

Ela se foi. O cachorro também. E eu fiquei lá, remoendo a decepção. Ela devia ter pensado que eu era um espírito maligno ou coisa do tipo. Ela fugiu. Depois disso, o povo provavelmente passaria anos evitando esse lugar. De repente, ouvi o mais abençoado dos sons: várias vozes elevadas. E homens apareceram lá no alto, um deles segurando uma espingarda antiga, outros com pedaços de pau, os rostos tensos de medo.

– Me ajudem, por favor! – falei. – Chamem o conde Dragomir. Eu princesa inglesa. – Era um leve exagero, mas eu sabia que a palavra "princesa" era parecida em todos os idiomas que eu falava.

Eles conversaram freneticamente uns com os outros; de repente, um deles voltou com um pé de cabra, abriu a grade, e mãos me libertaram.

Nesse momento, o conde Dragomir chegou no pátio, andando a passos largos. O rosto dele demonstrou horror e choque ao me reconhecer.

– *Mon Dieu*. Lady Georgiana, o que foi que aconteceu?

– Fui jogada na sua famosa masmorra – respondi. – Minha criada ainda está lá embaixo.

– Mas a masmorra era só uma lenda – disse ele. – Ninguém jamais a encontrou.

– Pois ela existe, pode acreditar. Minha criada está lá e a abertura é pequena demais para ela passar. Mandem alguém descer um chá quente para ela, uma sopa ou qualquer coisa assim, depois vamos tentar encontrar a abertura no castelo.

Dragomir já estava distribuindo ordens.

– Vamos tirá-la daí em pouco tempo, Queenie! – gritei. – O socorro está a caminho. Não se preocupe.

O som produziu um eco tão estranho no poço que eu não sabia se ela ia entender.

– Minha cara lady Georgiana, entre, vamos aquecê-la – disse Dragomir, abrindo a porta de uma construção externa qualquer. – Vamos trazer café quente e cobertores.

– Primeiro precisamos tirar a minha criada de lá – falei. – Por favor, me leve de volta ao castelo agora mesmo.

– Muito bem. Como Vossa Alteza quiser.

Dragomir me acompanhou, atravessando alguns pátios, passando por uma porta num muro e subindo alguns degraus, e logo estávamos de volta ao castelo propriamente dito.

– Alteza, como é que foi parar nessa masmorra? – perguntou ele.

– Eu estava seguindo a princesa Maria Theresa. Ela foi na minha frente e...

Eu não consegui dizer a ele que ela havia me levado naquela direção de propósito para que eu pisasse na pedra errada e caísse. Agora eu tinha certeza de que ela e Vlad tinham planejado juntos o assassinato do príncipe Nicolau. Eu não sabia quem tinha administrado o veneno, mas era um dos dois. O problema era que estávamos todos reunidos para o casamento dela – duas famílias reais, muitas pessoas importantes e muitas oportunidades de provocar um incidente diplomático. Se ao menos eu conseguisse localizar Darcy, ele ia saber o que fazer. Mas a minha primeira tarefa era resgatar Queenie.

– Vou mostrar a masmorra para você – falei.

Conduzi Dragomir pelos corredores até chegarmos ao ponto certo. Eu procurava a porta nos painéis da parede quando ouvi o som de passos atrás de mim. Eu me virei e vi dois homens de Patrascue avançando na minha direção.

– Por favor, venha conosco – disse um deles num francês medonho. Ele agarrou o meu braço.

– Espere – respondi, tentando me libertar. – Para onde vocês querem me levar? Primeiro temos que salvar a minha amiga.

Mas o outro homem pegou meu outro braço e os dois me arrastaram pelo corredor num passo ligeiro.

– Esperem. Devagar, me escutem! – gritei, mas de nada adiantou.

Um terceiro homem foi na frente e abriu uma porta. Eles me empurraram para dentro e eu me deparei com um quadro vivo. O rei da Romênia e Siegfried estavam sentados em cadeiras de encosto alto num dos lados da lareira. O rei da Bulgária, Nicolau e Anton estavam sentados do outro lado. Na frente deles, Darcy, com dois policiais segurando-o pelos braços. E, ao lado dele, Patrascue.

Trinta e um

Castelo de Bran
Sábado, 19 de novembro

Quando fui jogada dentro da sala, o quadro vivo se mexeu e todos se viraram para mim, horrorizados.

– O que significa isso? – perguntou o rei da Romênia, levantando-se. – O que foi que aconteceu com você, minha querida?

– Obviamente, ela estava tentando fugir, mas os meus homens a pegaram – declarou Patrascue antes que eu pudesse responder. – Agora, os dois suspeitos estão sob a nossa custódia. O caso está encerrado. Podem dar continuidade ao casamento com confiança e serenidade.

– Do que você está falando? – perguntei.

Darcy me lançou um olhar prolongado que me aconselhava a não falar muito.

– Esse idiota disse a Suas Majestades que Pirin foi envenenado – falou Darcy. – E, além disso, ele enfiou na cabeça que você e eu fomos pagos para assassiná-lo.

– É óbvio demais para alguém com a minha experiência e o meu talento – disse Patrascue. – O Sr. O'Mara achou que era muito esperto e que conseguiria fingir ir embora com o corpo antes de eu poder examiná-lo. Acho que ele estava tentando esconder a prova. E lady Georgiana nega ter escondido o frasco de veneno no baú do quarto dela. Mas eles não conseguem ludibriar Patrascue. Eu me pergunto: por que é que eles estão aqui?

Por que ela viria a este casamento no lugar de um integrante da família real inglesa?

– Eu sou da família real – retruquei. – O rei é meu primo.

– Mas por que mandar uma simples prima para representar o povo inglês quando o rei poderia mandar um dos filhos?

– Porque eu pedi à minha filha que a convidasse – respondeu o rei com a voz tensa de irritação. – Meu filho anunciou que a tinha escolhido como futura noiva e queríamos que ela tivesse a oportunidade de nos conhecer melhor. Por isso, faça o favor de tratá-la com o mesmo respeito que você concede a nós. Está entendido?

Patrascue esboçou uma reverência.

– Claro, Majestade. Mas, se ela se envolveu no assassinato a sangue-frio de um homem importante, com certeza o seu filho ia querer saber a verdade sobre o caso antes de se casar com essa mulher.

– É óbvio que eu não estou envolvida – falei.

Siegfried se aproximou de mim.

– Georgiana, esses homens a machucaram? Você está com uma aparência horrível. Você está sangrando.

– Não foram eles – falei. – Eu caí numa cela. O conde Dragomir não acreditou em mim, mas existe mesmo uma masmorra oculta neste castelo. Minha criada ainda está lá embaixo.

– Uma masmorra oculta neste castelo? Com certeza é só uma lenda.

– Eu garanto que é verdade – insisti.

– Como foi que você encontrou essa masmorra? – perguntou o rei.

Hesitei. Estava num país estrangeiro, prestes a acusar a princesa. E se ninguém acreditasse em mim? Seria muito fácil o rei concordar com Patrascue que Darcy e eu éramos os culpados. Mas, se eu fosse o pai dela, gostaria de saber a verdade, não é? Talvez eu conseguisse encontrar um modo de fazer Matty confessar.

– Vossa Majestade, pode pedir que sua filha se junte a nós? – falei. – Acredito que ela pode ajudar a provar a minha inocência.

– É claro. Por favor, diga à princesa que solicito a presença dela na minha sala de estar particular.

Um dos homens de Patrascue se curvou e obedeceu, saindo.

– Talvez você seja inocente, lady Georgiana – disse Patrascue. – Talvez esse Sr. O'Mara tenha escondido o veneno no seu quarto para incriminá-la enquanto fugia com o corpo. Ouvimos boatos sobre o Sr. O'Mara. Ele é um homem implacável e está sempre muito interessado em ganhar dinheiro, não é verdade? Como aconteceu num certo escândalo num cassino?

Darcy chegou a rir.

– O escândalo foi eu ter sido expulso porque não parava de ganhar. Eles acharam que eu estava trapaceando. Na verdade, eu só estava com muita sorte. Sorte de irlandês, sabe? Mas garanto que sou filho de um respeitável lorde irlandês. Eu não mataria ninguém por dinheiro. Matar alguém porque me irritou já é outra história...

Ele lançou um olhar enfático para Patrascue. Se o assunto não fosse tão sério, eu teria rido. Darcy não parecia muito preocupado.

– Então por que está aqui, Sr. O'Mara? Depois de interrogar os outros jovens, me parece que o senhor não é amigo pessoal do príncipe Nicolau.

– Fomos muito amigos na escola – respondeu Nicolau, zangado. – O resto não é da sua conta.

De repente, me ocorreu que Nicolau podia ter previsto algum tipo de problema no casamento e Darcy tinha sido chamado para protegê-lo.

– Mas entenda que ele está aqui a meu convite, e acredito piamente que ele não tenha nada a ver com a morte do marechal de campo Pirin. A simples sugestão é ridícula. Você devia estar procurando...

Nicolau parou de falar quando Matty entrou, com ar confuso e preocupado. Ao me ver, ela abriu um sorriso de alívio.

– Aí está você, Georgie! – disse ela. – Eu estava pensando aonde você tinha ido parar. Estávamos todos procurando por você.

Eu retribuí o sorriso.

– Ah, acho que você sabe muito bem onde eu estava, já que foi você que me mandou para lá.

– Como assim? Num instante você estava me seguindo escada acima, mas, quando cheguei ao topo, eu me virei e você não estava lá.

– Talvez tenha sido porque eu estava no processo de cair pelo alçapão da masmorra – respondi.

Ela deu uma risada tensa e nervosa.

– Masmorra? Isso não existe. Acredite, quando éramos crianças, nós procuramos por toda parte, não foi, Siegfried?

– Eu vou lhe mostrar – falei. – Minha criada ainda está presa na cela lá embaixo e já passou da hora de alguém resgatá-la.

Eu os guiei pelos corredores até reconhecer o lugar onde a porta devia estar.

– Vossa Alteza pode, por favor, mostrar a porta nos painéis da parede? – perguntei a Matty.

Ela deu de ombros, deu um passo à frente e abriu uma parte da parede.

– Vocês vão ver uma escada para cima – falei –, e uma das pedras do piso precipita a vítima desavisada na masmorra. Eu não sei qual delas.

– Mas eu subo e desço por aqui o tempo todo – respondeu Matty. – É um atalho do meu quarto até o andar principal.

– Vossa Alteza gostaria de testar as pedras para nós? – perguntei.

– Claro.

Ela foi com confiança até a escada e subiu os primeiros degraus.

– Viu? – Ela se virou e sorriu. – Não tem nada aqui, só uma passagem comum.

– Deve ter um botão, uma alavanca ou alguma outra coisa que acione o mecanismo – insisti. – Procurem nas paredes. A princesa Maria estava à minha frente e…

Matty me lançou um olhar penetrante.

– Espere. Você está achando que fui eu que a mandei para a tal masmorra? Que eu trouxe você aqui para enganá-la?

– É exatamente isso que eu acho. Desculpe, Matty, mas você não queria mesmo me apresentar a Vlad, não é? Você queria que ele continuasse escondido.

– O quê? – berrou o pai de Matty. – Vladimir? Aquele rapaz está aqui, no castelo? Depois que eu a proibi de vê-lo?

– Não, pai. É claro que não – disse Matty. – Ele não está aqui. Eu não sei do que Georgiana está falando.

– Desça aqui, mocinha – ordenou o rei. – Venha para a luz, onde eu possa ver o seu rosto. Eu sempre consigo perceber se você está mentindo para mim.

– Pai, por favor, não faça isso na frente de toda essa gente.

Matty desceu a escada. Os homens de Patrascue, que tinham se espremido no corredor estreito, abriram espaço para ela. Houve muitos encontrões e empurrões e, quando Matty desceu do último degrau, o chão de repente se inclinou sob ela. Matty começou a cair, gritando. Mãos se estenderam para pegá-la e ela foi puxada de volta em segurança. Ficamos olhando para o buraco escuro no chão.

– Agora vocês acreditam em mim? – perguntei. – Queenie? – gritei. – Você está me ouvindo?

– É a senhorita? – disse o eco de uma voz, parecendo distante e baixa. – Eu ainda estou aqui.

– Vamos tirá-la daí num instante – gritei em resposta.

– Vossa Majestade, o que está acontecendo? – O conde Dragomir apareceu atrás de nós. – Existe mesmo uma masmorra oculta? Depois de todos esses anos! Achei que fosse só uma lenda.

– Minha criada continua lá embaixo – falei.

– Peço desculpas, lady Georgiana. Vamos tirá-la agora mesmo.

O rei se virou para ele.

– E eu lhe pergunto, Dragomir: você sabia que Vlad estava no castelo?

– Não, Majestade – respondeu Dragomir, zangado. – Eu deixei claro que ele devia ficar longe daqui.

– Quero que vasculhem o castelo, caso ele esteja escondido – disse o rei. – Você vai usar todos os homens disponíveis para essa tarefa, entendeu?

– Sim, Majestade – concordou Dragomir com a voz monótona –, mas Vlad me deu a palavra dele e...

– Ele não está aqui, pai! – gritou Matty.

– Todos os homens disponíveis! – vociferou o rei. – E quanto a você, mocinha... – ele se virou para a filha com fúria no olhar –, quero saber a verdade. Volte para a minha sala agora mesmo. Não podemos discutir essas questões aos gritos pelos corredores, para todo mundo escutar.

Ele levou a filha de volta para a sala particular. Todos nós os seguimos. Quando entramos e a porta foi fechada, o rei falou com frieza.

– Eu quero a verdade, Maria. Aquele rapaz está no castelo? Você se atreveu a vê-lo de novo?

– Não, pai – respondeu Matty. – Georgiana entendeu mal.

– Eu o vi – contei. – Sinto muito, Matty. Se não fosse um caso de assassinato, eu não revelaria o seu segredo, mas é. E o seu noivo tem o direito de saber que vocês tentaram matá-lo.

– O quê? – berrou Matty. – Não, não é nada disso. Eu já disse que Vlad é um doce. Ele nunca mataria ninguém.

– E você? – indaguei. – Você deu pistas suficientes de que não queria se casar com Nicolau, de que estava sendo forçada a isso quando amava outra pessoa.

– Você acha que coloquei veneno na taça de Nicolau?

– Um momento, por favor. – Patrascue se pôs entre nós. – Eu não entendi. Foi um marechal de campo búlgaro que foi envenenado. Foi isso que me disseram. Não é verdade?

– O veneno era para mim – explicou Nicolau. Ele estava encarando Matty com horror e descrença no olhar. – Pirin era um camponês. Ele não tinha boas maneiras à mesa. Ele pegou a taça cheia mais próxima, e era a minha. – Nicolau balançou a cabeça. – Não consigo acreditar que você fez isso, Maria. Se a ideia de se casar comigo era tão abjeta, por que não me disse? Eu nunca esperaria que você se submetesse a uma vida de infelicidade.

– Não, Nicolau. – Ela se aproximou e pousou a mão com suavidade no braço dele. – Você não é abjeto para mim. É uma pessoa decente e gentil, e eu não deveria me opor a passar o resto da vida com você. Acontece que me apaixonei por outra pessoa. Alguém que está abaixo de mim e com quem eu não poderia me casar. Mas juro que não tentei matar você. E Vlad também não.

– Então você admite que ele esteve aqui? – Patrascue se meteu na briga. Era quase como assistir a uma peça de teatro.

– Tudo bem. Eu admito. Mas ele só veio se despedir de mim.

– Onde ele está agora? – perguntou Patrascue.

– Longe. Foi embora há muito tempo.

– Como foi que ele conseguiu sair do castelo quando estamos cercados de neve?

– Ele trouxe esquis – explicou Matty. – Ele foi embora antes de aquele homem ser envenenado.

Eu não acreditei nela nem por um instante, nem Patrascue.

– Milady diz que o viu, lady Georgiana? – perguntou ele, virando-se de repente para mim. – Quando foi isso?

– Na minha primeira noite aqui, ele entrou no meu quarto por engano. Ele achou que era o quarto da princesa Maria. E outra pessoa o avistou

257

observando o banquete: a Srta. Deer-Harte, a dama inglesa que agora também está morta, e que podemos concluir que foi empurrada de uma escada enquanto investigava à noite.

– Então são dois assassinatos, não um? – perguntou Patrascue.

– A dama inglesa pode ter caído – argumentou Siegfried.

– A Srta. Deer-Harte não desceria aquela escada se não estivesse seguindo alguém – falei. – Ela estava decidida a pegar o homem que tinha visto.

– Eu posso provar que Vlad não teve nada a ver com a segunda morte – disse Matty. – Tudo bem, admito que ele não foi embora. Ele passou a noite toda comigo. Não saiu do meu lado nem por um instante. – Ela ergueu a cabeça num gesto rebelde.

– Maria! – O rei ficou boquiaberto de horror. – Você não pode anunciar esse comportamento vergonhoso para o mundo. Você acha que o seu noivo vai querê-la, agora que você disse a todos que não é mais virgem?

Matty olhou para o príncipe.

– Sinto muito, Nicolau. Eu nunca quis constrangê-lo nem colocá-lo nessa situação embaraçosa, mas não posso deixar o homem que amo ser acusado de um crime que eu sei que ele não cometeu.

Nicolau assentiu.

– Eu aprovo a sua coragem, Maria – disse ele.

– Então, como sabemos que o homem que essa dama inglesa viu não era o Sr. O'Mara? – perguntou Patrascue. – Ainda não estou convencido de que estávamos acusando a pessoa errada, já que lady Georgiana fez essas acusações contra a princesa. Eu acho que ela está tentando desviar a nossa atenção.

– Quanto a isso, receio ter o mesmo álibi que a princesa Maria – disse Darcy. – No momento em que a pobre mulher estava sendo empurrada escada abaixo, eu estava na cama com lady Georgiana.

É claro que fiquei totalmente vermelha ao sentir todos aqueles olhares sobre mim.

– Então é verdade? – perguntou Siegfried. – Você não nega?

– Sinto muito, mas é verdade – respondi. – Darcy estava comigo quando ouvimos os gritos no andar de baixo.

– Mas, se essas pessoas têm um álibi para o segundo assassinato, e agora? – disse Patrascue. – Eu gostaria de desconsiderar um desses álibis, mas, pela culpa no olhar dessas jovens altezas, percebo que é tudo verdade. O assassino é alguém totalmente diferente? Alguém que até agora não consideramos?

Uma pessoa atrás de mim pigarreou, e Dragomir deu um passo à frente. Até aquele momento eu não tinha percebido a presença dele na sala. Quando avançou, a capa fez um voo impressionante ao redor dele.

— Vossa Majestade, isso já foi longe demais. Não quero que a sua filha sofra mais nada. Eu gostaria de me declarar culpado pelos assassinatos.

O rei se aproximou dele.

— Você, meu velho amigo? Você tentou matar o príncipe Nicolau? Mas por quê? Por que você faria isso?

— Tenho os meus motivos — respondeu Dragomir. — Digamos apenas que esta é a casa dos meus ancestrais e que estou vingando os fantasmas da minha linhagem pelas ofensas cometidas contra eles.

Foi nesse momento que a porta atrás de nós se abriu, deixando entrar uma grande rajada de vento frio.

— Não seja ridículo, pai — disse uma voz, e o esquivo Vlad entrou na sala.

À luz do dia, ele era ainda mais bonito do que o retrato, mas tinha algo de selvagem nos olhos dele, e na mão direita ele segurava uma arma de fogo.

— Pai? Ele chamou você de pai? — gaguejou o rei.

— Isso mesmo — respondeu Dragomir. — Ele é meu filho. Não pude me casar com a mãe dele porque ela era de origem humilde, mas cumpri meu dever em relação a ele. Paguei pela educação dele e o mandei estudar em Paris. E eu o amo como qualquer pai ama o único filho.

— E agora ele está tentando demonstrar sua nobreza assumindo a culpa por uma coisa que não fez — disse Vlad. — Eu tentei envenenar o príncipe Nicolau. Coloquei uma cápsula de gelatina com cianureto no vinho tinto dele no começo do jantar. Planejava estar bem longe daqui quando o veneno agisse. Eu não ia deixar que ficasse com a mulher que eu amo. Estou furioso por ter fracassado. Mas não vou fracassar de novo.

— Vlad! — Matty correu na direção dele. — Como você pôde fazer isso? Eu confiei em você. Amei você. Nunca pensei, nem por um instante…

— Por você, Maria — respondeu Vlad. — Fiz tudo por você. Eu não queria que você fosse condenada a se casar com outro quando me amava.

— Já conversamos sobre isso — disse Matty. — Eu disse a você que o meu dever em relação à minha família vinha em primeiro lugar e sempre vai vir. Agora, baixe essa arma. Você não vai atirar em ninguém.

– Saia do caminho, Maria. – Vlad a empurrou com o cano da pistola.

– Você vai ter que atirar em mim primeiro – disse ela, encarando-o com calma e rebeldia.

– É claro que não quero atirar em você. – Ele ergueu a voz de um jeito perigoso.

– Não vou deixar você atirar em Nicolau – disse Matty – nem em ninguém.

– Por que você sempre tem que ser tão nobre? – perguntou Vlad.

– Porque nasci para isso.

– Vá para o inferno! – gritou Vlad. – Vão todos para o inferno! Malditos! Sem aviso, ele agarrou Matty, passando o braço ao redor do pescoço dela, e a puxou para a frente dele.

– Ela vem comigo – anunciou Vlad. – Você achou que eu ia desistir de você assim?

– Você está louco. Me solte! – gritou Matty, ofegante, enquanto o braço dele apertava a garganta dela.

Nicolau deu um passo na direção dos dois.

– Para trás – avisou Vlad. – Se eu tiver que atirar nela, não vou hesitar. Não tenho mais nada a perder. Aliás, por que não? Eu atiro nela e depois em mim. Pelo menos vamos ficar juntos na morte.

Ele a estava arrastando até a porta, que tinha se fechado. Ele tateava atrás com a mão que segurava a arma, tentando abrir a porta, que de repente se escancarou, batendo no lado da cabeça dele e fazendo-o perder o equilíbrio. Quando ele cambaleou, Nicolau e Anton pularam sobre ele e o dominaram, enquanto Patrascue afastava Matty. Imobilizado no chão, Vlad gritou de dor, e Nicolau prendeu os braços dele para trás.

E, atrás da porta, suja, desgrenhada e perplexa, estava Queenie.

– Desculpe, senhorita, eu não queria bater em ninguém, mas disseram que a senhorita estava aqui – disse ela. – Ele vai ficar bem, não vai?

– A princesa Maria vai ficar bem, e é isso que importa – respondi.

Trinta e dois

24 de novembro
Finalmente a caminho de casa.
Mal posso esperar.

DEPOIS DAQUILO, SÓ HOUVE UM ACONTECIMENTO ESTRANHO, ou talvez dois. Vlad ficou preso num dos antigos calabouços até a passagem ser reaberta. Dois dias depois, quando a neve já tinha derretido o bastante, descobriram que a cela estava vazia. Matty e Dragomir juraram que não o tinham ajudado a escapar, e, na verdade, o único jeito de escapar daquela prisão era passar por uma porta que era vigiada o tempo todo. Até onde eu sei, ele nunca foi encontrado. E, numa noite qualquer, despertei com um som que lembrava o bater de grandes asas do lado de fora da minha janela. Quando me levantei e consegui abrir as venezianas, não vi nada.

Lady Middlesex partiu, acompanhando o corpo da Srta. Deer-Harte de volta à Inglaterra. Era uma mulher totalmente diferente, contida e grata por qualquer gesto de bondade. A atitude intimidadora e a arrogância tinham se esvaído como o ar de um balão estourado.

Alguns dias depois, Matty e Nicolau se casaram conforme planejado. O pai de Nicolau decidiu não adiar o casamento, decretando que o período de luto pelo marechal de campo começaria depois de seu funeral de Estado, que teria toda a pompa e circunstância, e esperava-se que apaziguasse os macedônios. Achei que Nicolau estava sendo extremamente compreensivo, considerando tudo, mas ele parecia gostar mesmo de Matty, e ela dele.

Enquanto estávamos nos vestindo para o casamento, Matty me chamou de lado.

– Somos amigas de novo, não somos?

– Claro – respondi.

– Você não continua achando que eu mandei você para a masmorra, não é?

– Já que você mesma quase caiu também, tenho que acreditar que não. Vlad devia estar escondido e acionou o mecanismo depois de você passar.

– Se você não tivesse conseguido sair… que horror.

– Tudo bem. Eu teria devorado Queenie – falei, rindo. – Pobrezinha. Ela foi muito corajosa e, no fim, salvou você, mesmo que tenha sido sem querer.

Ficamos em silêncio.

– Na verdade, não posso jurar que Vlad ficou comigo na cama a noite inteira – disse ela. – Ele pode muito bem ter saído sem me acordar e empurrado aquela inglesa da escada.

– Ou o pai dele fez isso para protegê-lo. Acho que nunca vamos saber.

– Não sei o que deu em mim – disse ela finalmente.

– Eu sei – respondi. – Vlad era muito bonito.

Ela abriu um sorriso triste.

– Era mesmo, não é? E eu estava sozinha em Paris, pronta para um romance, e ele chegou, meu amiguinho de infância transformado num homem lindo. E, além do mais, ele não era mais o filho de um serviçal, e sim um homem confiante, cosmopolita. Eu era inocente e insegura, e nenhum homem tinha olhado para mim daquele jeito. Não admira eu ter me apaixonado.

Matty olhou para mim, implorando compreensão. Eu assenti.

– Mas eu devia ter percebido – acrescentou ela. – Ele assumia riscos demais. Cortejava o perigo. Afinal de contas, ele tem a herança do ancestral terrível.

– Acho que você vai ser feliz com Nicolau – falei.

– Ele está sendo muito compreensivo e gentil. Podia ser muito pior. Por falar nisso, é uma pena que você não vai ser minha cunhada.

Ainda não contei que eu e Siegfried tivemos uma conversinha. Ele declarou que, depois de saber da minha conduta libertina com Darcy, não poderia cogitar se casar comigo. Tentei manter uma expressão neutra ao dizer que entendia muito bem e desejava boa sorte a ele.

– Você sabe que arruinou a minha reputação para sempre, não é? – falei para Darcy mais tarde.

Ele sorriu.

– O que você prefere: ter má reputação ou passar o resto da vida casada com Siegfried?

– Quer dizer que foi por isso que você disse aquilo? Você não achava mesmo que um de nós seria visto como suspeito do assassinato da Srta. Deer-Harte. O que você achou foi que Siegfried nunca ia se casar comigo se achasse que eu tinha passado a noite com outro homem.

– Mais ou menos isso – concordou Darcy. – Eu só me arrependo de termos passado a noite dormindo.

– Eu gostei. Foi muito reconfortante ter você ao meu lado.

Ele colocou o braço em volta da minha cintura.

– Eu também gostei. Mas isso não quer dizer que eu não esteja interessado em outras atividades noturnas com você, num momento e num lugar mais apropriados.

– Teremos outras oportunidades – falei.

E assim o casamento aconteceu com toda a pompa e circunstância que se espera de um casamento da realeza. Usei a minha tiara e aquela capa espetacular com barra de pele sobre o vestido parisiense. Fiquei tão bonita que até a minha mãe se admirou.

– Se você não fosse tão alta, poderia ir para Hollywood tentar uma carreira no cinema, querida – disse ela. – Você herdou a minha estrutura óssea. A câmera nos adora.

Os trombeteiros anunciaram a nossa procissão pelo corredor da capela do castelo. O órgão trovejou. Um coral cantou na galeria, e a congregação estava resplandecente com coroas e uniformes sofisticados. Nicolau e Matty formavam um belo casal. Houve apenas um pequeno porém: ela estava usando um grosso colar de pérolas, por isso eu nunca tive a chance de ver bem o pescoço dela. Assim, acho que nunca vou saber sem nenhuma sombra de dúvida se Vlad era mesmo um vampiro ou não. Mas de uma coisa você pode ter certeza: dessa vez, eu estava bem feliz em voltar para casa.

QUEENIE ECOOU MEUS SENTIMENTOS QUANDO ESTÁVAMOS NO convés do navio que atracava em Dover.

– Que alegria ver de novo a costa da boa e velha Inglaterra, não é, milady?

– É mesmo, Queenie.

Belinda tinha ouvido falar de uma festa numa vila no sul da França e estava indo para Nice. Ia tentar usar de novo o truque do carro que quebrava perto da casa e tinha implorado que eu fosse com ela.

– Pense bem: sol, comida boa e homens lindos – dissera ela.

Era tentador, mas recusei porque não era do meu feitio invadir festas. Além disso, percebi que Queenie já estava farta do exterior e senti que era meu dever levá-la para casa em segurança. Eu também ansiava pela familiaridade da vida em Londres, mesmo que isso incluísse conviver com Binky e Fig. Pelo menos eu sabia o que havia entre nós. Pelo menos os dentes deles não viravam presas longas no meio da noite. E Darcy tinha prometido voltar a Londres em breve, depois de cuidar de uma questão qualquer em Belgrado.

Olhei para o rosto redondo e distraído de Queenie. Na verdade, eu estava voltando para casa com uma boa quantia de dinheiro no bolso, graças às vitórias na roleta. Poderia pagar uma criada por um tempo, ainda mais considerando que Binky e Fig comprariam a comida. Respirei fundo, sentindo que poderia me arrepender do que estava prestes a dizer.

– Queenie, estou disposta a manter você como minha criada se você estiver preparada para aprender como a criada de uma dama deve se comportar.

– É mesmo, senhorita? – Ela ficou emocionada. – Quer dizer que eu me saí bem?

– Não, você foi um desastre total do começo ao fim, mas foi corajosa e não se queixou de nada, e acabei me afeiçoando a você. Posso oferecer 50 libras por ano, casa e comida. Eu sei que não é muito, mas...

– Eu aceito, senhorita – disse ela. – Vou ser a criada de uma mulher chique, quem diria! Espere só até eu contar para aquela lá no Three Bells, a Nellie, que se acha grande coisa só porque passou um dia na França e comprou uma cinta-liga de renda.

– Queenie, não é "senhorita", é "milady".

– Pode deixar, senhorita.

CONHEÇA OS OUTROS LIVROS DA SÉRIE A ESPIÃ DA REALEZA

A espiã da realeza

Apesar de ser a 34ª na linha de sucessão ao trono inglês, lady Victoria Georgiana Charlotte Eugenie de Glen Garry e Rannoch – Georgie para os íntimos – está totalmente falida. Para continuar se mantendo, ela tem duas opções: se casar com um príncipe com cara de peixe ou se tornar acompanhante de uma tia idosa e reclusa.

Georgie se recusa a aceitar qualquer um desses destinos deprimentes e decide ir sozinha para Londres em busca de emprego e liberdade.

Mas antes que consiga qualquer uma dessas coisas, é convocada para um chá com a própria rainha, que a incumbe de espionar o príncipe de Gales e sua amante americana.

Enquanto tenta se desdobrar para arranjar um trabalho remunerado e ao mesmo tempo bancar a detetive para Sua Majestade, Georgie chega em casa um dia e encontra, morto em sua banheira, o francês arrogante que estava reivindicando a posse da propriedade ancestral dos Glen Garry e Rannoch.

Agora ela terá que usar seus dotes investigativos recém-descobertos para provar a inocência de sua família e limpar seu sobrenome. Para isso, contará com a ajuda de um avô de sangue nada azul, de uma antiga amiga de escola e de um irlandês bonitão de linhagem nobre porém tão pobretão quanto ela.

O caso da princesa da Baviera

Londres, 1932. Lady Victoria Georgiana Charlotte Eugenie de Glen Garry e Rannoch, 34ª na linha de sucessão ao trono inglês, continua sem um tostão furado e trabalhando secretamente como faxineira para sobreviver.

Por isso, quando a rainha lhe pede para hospedar Hanni, uma princesa da Baviera, Georgie fica um pouco desesperada. Afinal, está vivendo sem empregados e sua magra despensa não tem nenhuma iguaria digna da realeza – a não ser que a princesa goste de feijões em lata.

Georgie então coloca o avô plebeu e a vizinha dele para fazer as vezes de criados enquanto se desdobra para ficar de olho em Hanni, que tem o péssimo hábito de cometer pequenos furtos, entornar todas nas festas e correr atrás de rapazes nem um pouco adequados à sua posição social.

Quando um desses jovens convida Hanni para conhecer a livraria em que trabalha, Georgie reluta mas acaba concordando em ir junto. Ao chegar lá, as duas encontram o cadáver do moço e se tornam as principais suspeitas do crime.

Agora Georgie precisa recorrer mais uma vez a seu talento investigativo para livrar não só o próprio pescoço, mas também o de sua difícil hóspede, enquanto ainda lida com a aparição repentina de um certo irlandês que sempre faz seu coração bater mais forte...

A caçada real

Lady Georgiana, a 34ª herdeira do trono inglês, continua tocando às escondidas seu empreendimento de faxina em Londres. Quando sua elegante clientela debanda para o campo, Georgie tenta emplacar outro negócio: um serviço de acompanhantes para jantares e peças de teatro.

Infelizmente, seu primeiro cliente, um homem não muito gentil, parece ter uma ideia totalmente equivocada das suas atribuições e ela acaba tendo que ser resgatada por Darcy O'Mara, o irlandês bonitão que sempre a deixa de pernas bambas.

Para evitar mais escândalos, Georgie é mandada de volta para a Escócia para ficar sob a guarda do irmão, um duque falido, e da esposa mal-humorada dele.

Ao chegar lá, a própria rainha a incumbe de impedir de uma vez por todas que o Príncipe de Gales caia nos braços de sua inadequada amante americana durante a temporada de caça.

Enquanto se vira para atender Sua Majestade, Georgie ainda precisa ajudar a Scotland Yard, que a obriga a ficar de olho em todos os convidados para descobrir qual deles planeja atirar em um membro da família real em vez de nas perdizes...

CONHEÇA OUTROS LIVROS DA COLEÇÃO MISTÉRIOS EM SÉRIE

Natureza-morta
Louise Penny
Série Inspetor Gamache

O experiente inspetor-chefe Armand Gamache e sua equipe de investigadores da Sûreté du Québec são chamados a uma cena de crime suspeita em Three Pines, um bucólico vilarejo ao sul de Montreal. Jane Neal, uma pacata professora de 76 anos, foi encontrada morta, atingida por uma flecha no bosque.

Os moradores acreditam que a tragédia não passa de um infeliz acidente, já que é temporada de caça, mas Gamache pressente que há algo bem mais sombrio acontecendo. Ele só não imagina por que alguém iria querer matar uma senhora que era querida por todos.

Porém, o inspetor-chefe sabe que o mal espreita por trás das belas casas e das cercas imaculadas e que, se observar bem de perto, a pequena comunidade começará a revelar seus segredos.

Natureza-morta dá início à série policial de grande sucesso de Louise Penny, que conquistou leitores no mundo todo graças ao cativante retrato da cidadezinha, ao carisma de seus personagens e ao seu estilo perspicaz de escrita.

Graça fatal
Louise Penny
Série Inspetor Gamache

Ninguém gostava de CC de Poitiers: nem o marido patético, nem a filha apática e muito menos os moradores de Three Pines. Ela conseguiu se indispor com todos à sua volta até o dia em que foi morta.

O inspetor-chefe Armand Gamache, uma lenda na polícia do Québec, é chamado de volta ao vilarejo para investigar esse novo homicídio.

Ele logo percebe que está lidando com um crime quase impossível: CC foi eletrocutada no meio de um lago congelado, na frente de toda a cidade, durante um torneio esportivo local. E ninguém parece ter visto algo que ajude a esclarecer o caso.

Quem teria sido insano o suficiente para tentar algo tão arriscado e macabro – e brilhante o suficiente para conseguir executar o plano?

Com seu estilo compassivo e observador, Gamache escava sob a superfície idílica da comunidade para descobrir segredos perigosos há muito enterrados, enquanto fantasmas do próprio passado ameaçam voltar para assombrá-lo.

O mais cruel dos meses
Louise Penny
Série Inspetor Gamache

É primavera no vilarejo de Three Pines, no Quebec. Em meio às flores desabrochando e aos ovos de chocolate, alguns moradores decidem aproveitar a presença de uma médium para realizar uma sessão espírita no casarão abandonado da colina.

A ideia é livrar a cidade do mal que se apoderou dela – mas a tensão do momento faz com que um deles não saia vivo dali. Em pouco tempo, um questionamento ganha força: é possível alguém morrer de susto ou terá sido um assassinato?

O inspetor-chefe Armand Gamache é então chamado para investigar. Neste terceiro caso da série, ele será obrigado a enfrentar problemas dentro da própria polícia, além dos fantasmas que assombram essa vila, onde as relações são muito mais perigosas do que parecem. Afinal, os moradores logo entendem que o mal não está em uma casa assombrada, e sim guiando as ações de um deles.

É proibido matar
Louise Penny
Série Inspetor Gamache

Um hotel no meio do nada parece o destino perfeito para um investigador descansar e se afastar do trabalho. Até que um caso macabro acontece.

No auge do verão canadense, o inspetor Gamache e sua esposa comemoram o aniversário de casamento no Manoir Bellechasse, um hotel luxuoso em meio à natureza, não muito longe do vilarejo de Three Pines.

Só que os dois não estão sozinhos: a família Finney, tão rica quanto complicada, também se reuniu lá para uma ocasião especial. Para surpresa dos Gamaches, chegam ainda mais dois convidados para o evento, conhecidos do casal.

Após uma forte tempestade, o descanso dos hóspedes é abalado quando uma pessoa é encontrada morta, esmagada por uma estátua.

Só então Gamache revela ser inspetor-chefe da Sûreté du Québec, dando início à investigação. Com todos impedidos de sair, o assassino está preso no hotel – mas um predador encurralado é ainda mais perigoso.

Nessa busca pelos segredos e rivalidades escondidos sob aparências refinadas, Gamache se verá confrontando lembranças familiares que há muito o atormentam.

CONHEÇA OS LIVROS DE RHYS BOWEN

A espiã da realeza
A espiã da realeza
O caso da princesa da Baviera
A caçada real
O mistério da noiva da Transilvânia

Para saber mais sobre os títulos e autores da Editora Arqueiro,
visite o nosso site e siga as nossas redes sociais.
Além de informações sobre os próximos lançamentos,
você terá acesso a conteúdos exclusivos
e poderá participar de promoções e sorteios.

editoraarqueiro.com.br